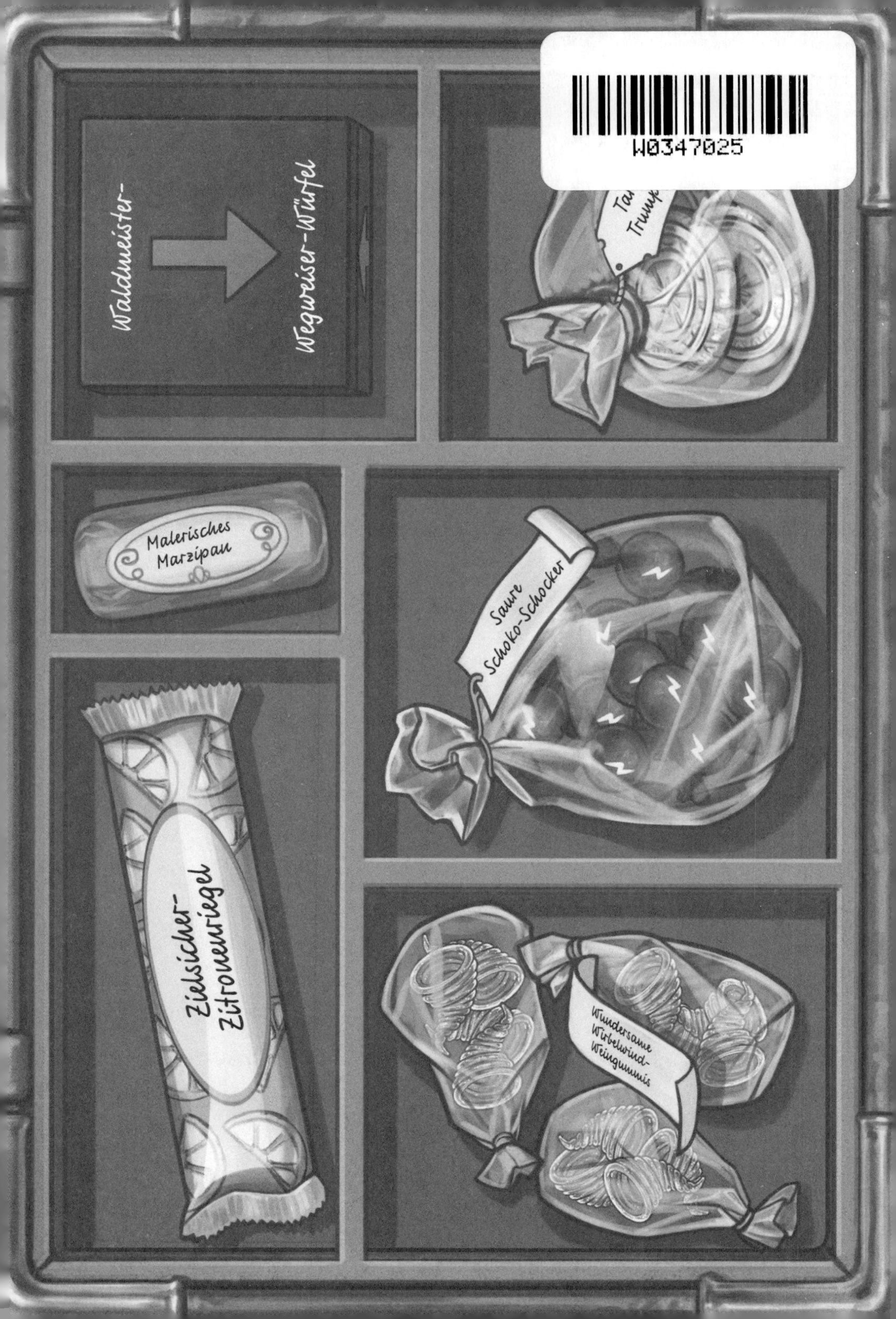
Waldmeister-
Wegweiser-Würfel
Malerisches Marzipan
Saure Schoko-Schocker
Zielsicher-
Zitronenriegel
Wundersame Wirbelwind-Weingummis

Tanja Voosen

Die Zuckermeister
Die verlorene Rezeptur

Weitere Bücher von Tanja Voosen im Arena Verlag:
Die Zuckermeister – Der magische Pakt

Tanja Voosen arbeitet Vollzeit als Dosenöffnerin für ihren Kater Tiger und nutzt ihre freien Stunden, um Kinder- und Jugendbücher zu schreiben. Sie wurde 1989 in Köln geboren, floh aber kurz darauf in die Eifel, wo sie bis heute auf der Suche nach einem magischen Abenteuer durch die Wälder irrt. Trotz ihres »süßen Talents« überlässt sie lieber ihren Romanfiguren das Herstellen von magischen Süßigkeiten, da ihre Kreationen immer auf seltsame Weise gleich wieder verschwinden. Wie jeder richtige Autor hat sie unzählige Regale voller Bücher und findet ihre Ideen natürlich stets durch völlig absurde Träume.

Mehr von Viktoria Gavrilenko findet man unter *https://viccolatte.artstation.com/*.

Tanja Voosen

Die Zuckermeister

Die verlorene Rezeptur

Mit Illustrationen von
Viktoria Gavrilenko

Arena

Ein Verlag in der **westermann** GRUPPE

MIX
Papier aus verantwortungsvollen Quellen
FSC® C110508
FSC
www.fsc.org

2. Auflage 2021

Rottendorfer Straße 16, 97074 Würzburg

Dieses Werk wurde vermittelt durch die
Michael Meller Literary Agency GmbH, München
Covergestaltung und Innenillustrationen: Viktoria Gavrilenko
Lektorat: Laura Held
Layout und Satz: Malte Ritter, Berlin
Gesamtherstellung: Westermann Druck Zwickau GmbH
ISBN 978-3-401-60534-0

Für Eva.

Du bist mutig wie Elina.

Du bist lustig wie Charlie.

Du bist loyal wie Robin.

Unser Talent ist Freundschaft.

Kapitel 1

»Elina, komm da sofort runter!«, rief Robin verärgert.

»Was genau machst du da eigentlich?«, fragte Charlie.

Die Stufen unter Elinas Turnschuhen knarzten und knackten, als sie sich über das Geländer lehnte. Vom Zuckerhut-Turm aus konnte man sooooo weit sehen!

»Spaß haben!«, rief Elina zurück. Sie beugte sich noch ein Stück weiter vor, rutschte mit einer Hand ab und schnappte erschrocken nach Luft. Aufregung jagte durch ihren Körper. Das war knapp gewesen! Erleichtert lachte sie auf.

»Das reicht jetzt«, bestimmte Charlie und kam zu ihr hoch.

Elina streckte die Arme aus. »Charlie! Lass uns aufs Dach klettern!«

Charlie umfasste ihren Arm. »Ganz bestimmt nicht.«

»Spielverderberin!«, maulte Elina.

Widerwillig ließ sie sich von Charlie die Treppe hinunterziehen. Als sie wieder festen Boden unter den Füßen hatte, überkam Elina ein seltsames

Gefühl. All die Abenteuerlust schrumpfte in ihrem Inneren zusammen und – puff – weg war sie.

Sie blinzelte mehrmals und starrte ihre Freunde an. »Was ist passiert?«

»Diese megakatastrophalen Knacksweg-Kirschdinger!«, schimpfte Charlie. »Haben dich voll durchdrehen lassen. Mit Kühnheit hatte das nichts mehr zu tun!«

»Die heißen Kühne Kirschkracher«, korrigierte Robin sie. »Ich konnte doch nicht wissen, dass Elina wegen denen einen auf Trapezkünstlerin machen will.«

Elina rieb sich den Kopf. Stimmt, da war ja was gewesen …

Benommen blickte sie zum Turm mit der Wendeltreppe zurück, der an das Zuckerhut-Haus anschloss. Seit drei Wochen ging Elina hier nun schon ein und aus, doch sattsehen konnte sie sich daran immer noch nicht. Es war so herrlich bunt zusammengewürfelt! Die Fassade war mit verschiedenen Farben gestrichen, der Schornstein wirkte wie ein krummer Hut auf dem Dach und die vielen Verzierungen der Fenster sahen wie süßes Gebäck aus. Es war einfach magisch!

Charlie wedelte mit der Hand vor ihrem Gesicht rum. »Hallo! Geht's dir gut?«

»Ja, alles super«, sagte Elina hastig. »Mir geht's gut.«

»Ich dachte wirklich, eine Süßigkeit zu testen, wäre lustiger, als weiter im Wohnzimmer zu hocken und in die alten, langweiligen Bücher zu gucken«, sagte Robin kleinlaut. »Tut mir leid, Elina.« Er schloss den samtroten Beutel, aus dem sie sich einen der Kühnen Kirschkracher genommen hatte. »Das Rezept ist wohl ein bisschen zu stark geworden – das wars dann mit der Magie für heute.«

»Ja, ist besser so.« Elina lächelte. »Die Kühnen Kirschkracher zu benutzen, war trotzdem toll. Ich habe mich echt mutig gefühlt und hatte vor nichts mehr Angst!«

»Meine Eltern kriegen das Rezept sicher noch richtig hin«, erwiderte Robin.

»Na ja, jetzt wo sie ihre Süßigkeitenwerker-Lizenz haben, wäre das wohl besser, sonst steht Belony bald wegen magischer Nebenwirkungen kopf«, sagte Charlie. »Wenn Leute Hilfe brauchen und deshalb einen Zettel an den Wunschbaum hängen, verlassen sie sich schließlich auf die Erben Madame Picots, also auf euch.«

»Bisher ging doch auch alles gut«, meinte Robin.

»Auf Zuckerhut-Chaos-Art«, scherzte Elina.

Die drei lachten und gingen zurück ins Haus. Im Wohnzimmer trafen sie auf Juna, Robins ältere Schwester. Sie hielt einen leeren Teller in der Hand und blickte entsetzt auf die im ganzen Raum verteilten Bücher, in denen die drei zuvor gelesen hatten.

»Hallo, Juna«, begrüßte Elina sie.

»Hallo«, grummelte Juna. Eigentlich war das älteste Zuckerhut-Mädchen stets die gute Laune in Person, aber heute wirkte sie mit den wirren Haaren und dem großen Mayonnaise-Klecks auf dem Shirt ziemlich durch den Wind. Nun sah sie empört zu Robin. »Ich wollte nur kurz in die Küche, aber an dieser Unordnung kann ja kein Mensch vorbeigehen! Es sieht aus, als hätte eine Bombe eingeschlagen!«

»Na und?«, meinte Robin. »So lerne ich am besten.«

»Lernen? Ihr wart doch gerade draußen. Was habt ihr da gemacht?«

»Wir haben uns nur ein bisschen abgelenkt, um den Kopf

frei zu kriegen«, sagte Elina. »Ist ja kaum auszuhalten, wie viel Theorie man für eure Süßigkeitenwerker-Prüfungen büffeln muss. Und draußen ist so schönes Wetter.«

Charlie grinste. »Genau! Sogar Elina ist die Lust vergangen und die lernt gerne.«

Juna hob skeptisch eine Augenbraue. »Eine kleine Pause ist ja auch okay«, sagte sie, fixierte aber dann wieder Robin. »Doch du nimmst deine Prüfung nicht ernst. Das mit deinen Pausen geht schon die ganze Woche so!«

Robin machte ein finsteres Gesicht. »Das stimmt gar nicht!«

Juna überging seinen Protest. »Dabei hast du es so gut«, sagte sie und seufzte. »Die ersten drei Prüfungen sind immerhin nur reine Theorie, da kann man nicht viel falsch machen! *Ich* muss bald schon die erste handwerkliche Prüfung ablegen.«

»Robin hat wirklich viel gelernt«, kam Elina Robin zu Hilfe.

»Er kann schon superviel Zeug auswendig«, fügte Charlie hinzu.

»Mag schon sein«, sagte Juna trotzig. »Aber ich glaube …«

»Mir doch egal, was du glaubst!«, stieß Robin aus. Wütend stampfte er in den Flur und verschwand laut polternd die Stufen hinauf.

Juna verdrehte die Augen und schlenderte in die Küche.

»Manchmal denke ich, in diesem Haus ist irgendwas in der Luft, und je länger man es einatmet, desto verrückter wird man«, meinte Charlie kopfschüttelnd.

»Nee«, sagte Elina. »Diese Süßigkeitenwerker-Prüfungen machen bloß verrückt.«

»Aber das wollten die Zuckerhuts doch!«, murrte Charlie.

Elina schmunzelte. »Verrückt werden?«

»Wunder wirken«, sagte Charlie.

»Mit Wundern hat Auswendiglernen aber nichts zu tun«, erwiderte Elina. Hier ging es schließlich um Magie! Wer wollte denn seine Nase in Bücher stecken, wenn er stattdessen gute Taten vollbringen konnte? Elina spürte sofort ein aufgeregtes Kribbeln im Bauch. »Stell dir mal all die Rezepte vor, die Juna und Robin irgendwann ausprobieren können! Und wir könnten mit Robin die Süßigkeiten testen!«

»Lieber nicht«, sagte Charlie sofort. »Mit Magie geht immer was schief.«

Elina wusste nicht recht, was sie darauf antworten sollte. »Bist du sauer wegen den Kühnen Kirschkrachern?«, fragte sie und sah Charlie entschuldigend an.

Charlie schob schmollend die Unterlippe vor. »Mir war ja selbst langweilig, nachdem wir Stunden im Wohnzimmer gesessen und Robin Dinge abgefragt haben. Ich hätte nur lieber was Normales mit euch gemacht.«

Elinas schlechtes Gewissen meldete sich. Kein Wunder, dass Charlie so reagiert hatte! Sie selbst war vor einer Weile durch eine verdorbene magische Schokolade verflucht worden und hatte mit unberechenbaren Nebenwirkungen gekämpft.

»Tut mir leid«, sagte Elina leise. »Beim nächsten Mal machen wir etwas so Stinknormales, dass du vor Langeweile nur noch gähnen musst, so wie in Englisch.«

Charlie grinste. »Bitte nicht! Lieber was Cooles wie Kino!«

»Gut!«, sagte Elina. »Beste-Freundinnen-Ehrenwort!«

»Beste-Freundinnen-Ehrenwort? Finde ich super!«

Im nächsten Moment polterte Robin die Treppe hinunter.

»Kommt ihr? Solange meine Eltern weg sind, kann ich euch die Geheimkammer unterm Dach zeigen.«

»Hier gibt es eine Geheimkammer?«, fragte Elina. Das klang spannend!

»Den ganzen magischen Kram im Turm zu verstecken, wäre ja wohl zu offensichtlich«, sagte Robin. »Ich brauche noch ein Buch daraus. Also, was ist?«

Elina wandte sich Charlie zu, legte den Kopf schief und lächelte sie an. Sie musste die Frage gar nicht stellen, ob das für Charlie okay war, denn Charlie verstand sie auch ohne Worte. Sie nickte Elina zu.

Geheimkammer, wir kommen!

»Bewahrst du oben deine magischen Schokoladen-Action-Figuren auf oder wieso bist du so aus dem Häuschen?«, ärgerte Charlie Robin, als sie hinter ihm die Stufen erklommen. Robin war beim Treppensteigen wirklich ziemlich hibbelig.

»Vielleicht mach ich ja eine Schokoladenfigur aus dir!«, erwiderte er herausfordernd.

Elina schmunzelte. Immerzu mussten sich die zwei kabbeln!

Sie kam als Letzte oben an. »Hier sieht's aber normal aus«, murmelte sie.

Das Zuckerhut-Haus hatte mehrere Stockwerke und so weit oben war sie zum ersten Mal. Irgendwie hatte sie ein gruseliges Kabuff voller Spinnweben und altem Krams erwartet, so wie es das *Bittersüß*, der magischste Ort in ganz Belony, war. Im ehemaligen Laden von Madame Picot, der ersten Süßigkeitenwerkerin, schlugen massenhaft Besucher auf, um alte Schokokessel und Backformen zu bewundern. Hier gab es nicht mal das – es war eine stinknormale Etage, voller gerahmter Bilder an den Wänden und mehreren Holztüren zu beiden Seiten.

»Wo ist jetzt diese ominöse Geheimkammer?«, fragte Charlie.

»Wenn sie jeder finden könnte, wäre sie ja nicht mehr geheim!«, murrte Robin.

»Dann erleuchte uns mal, oh großer Brummbart!«, sagte Charlie.

Robin wandte sich ab und ging den Flur hinunter zu einem der Gemälde, auf dem eine Zuckerstange abgebildet war, und dann – klappte er es einfach beiseite. Dahinter lag ein kleiner schwarzer Tresor, auf dem ein verschnörkeltes Z zu sehen war. Robin gab einen Code in die Tasten ein und die Tresortür schwang auf.

»Krass, hier gibt's echt viele Verstecke!«, staunte Elina.

»Die Kombination ist ja Arthurs Geburtstag! Bestimmt, weil er am besten von euch allen aussieht!« Charlie klang ganz verträumt. Sie war nicht die Einzige, die Robins fünfzehnjährigem Bruder nachschmachtete. Alle fanden ihn soo süß!

Elina mochte Arthur zwar, verstand aber diesen Wirbel um ihn nicht. »Weil er am besten aussieht?«, wiederholte sie belustigt. »Das macht gar keinen Sinn.«

»Woher kennst du denn Arthurs Geburtstag?«, fragte Robin.

»Och«, druckste Charlie herum. »Den kennen viele.«

Bestimmt alle aus dem Arthur-Fanclub, dachte Elina grinsend. »Wie kommen wir denn in die Geheimkammer?«, wechselte sie das Thema.

Robin holte eine durchsichtige Tüte aus dem Tresor, in der winzige Schlüssel lagen. Sie waren kristallweiß, als hätte man sie aus purem Zucker geschnitzt. »Die sind aus Zugänglichem Zucker gemacht. Und der einzige Weg, um Zugang zur Geheimkammer zu erhalten. Ihr müsst also einen davon essen.«

Charlie seufzte. »Gut. Bei denen weißt du ja, was passiert. Oder?«

Robin öffnete die Tüte. »Jup! Kein Risiko!«

Nachdem sich jeder einen Zucker-Schlüssel in den Mund geschoben hatte, deutete Robin auf die Wand zu seiner Rechten. »Einfach Augen zu und durch!«

»Du willst, dass wir wie bei Harry Potter gegen die Wand rennen?«, fragte Elina.

»Bloß durchgehen. Ihr werdet schon sehen.«

Und mit diesen Worten verschwand Robin durch die Wand.

Kapitel 2

Die Geheimkammer entpuppte sich genau als das: geheim und eine Kammer. Durch zwei kleine Fenster fiel Licht herein. Viel Platz gab es nicht, weil alles vollgestellt war. Regalbretter schlängelten sich die Wand empor und bogen sich unter dem Gewicht dicker Wälzer, Fläschchen und Gläser voller verschiedener Zutaten. Einige davon hatten seltsame Farben und leuchteten sogar.

»Hier macht ihr aber nicht eure Süßigkeiten, oder?«, fragte Elina.

»Nein, hier bewahren wir nur allerhand Zeug auf«, sagte Robin. Er ging zu einem der Regalbretter und suchte eine Weile, bis er das richtige Buch fand.

»Und wo macht ihr dann die Süßigkeiten?«, hakte Charlie nach. »Oder zieht ihr wie bei Dornröschen die Fensterläden zu, um zu backen und eure Magie zu wirken?«

»Haha. Wir haben eine geheime Süßigkeiten-Küche.«

Mehr sagte er dazu nicht, aber Elinas Aufmerksamkeit wurde ohnehin gerade von dem Glaskasten angezogen, der zwischen den zwei Fenstern stand und in dem sich verschiedene Küchenutensilien befanden. Genau genommen zwei Löffel, zwei Schneebesen und etwas, das nach einer Art Kuchenspachtel aussah. Eine Stelle war frei. Neugierig trat sie näher heran. Da bemerkte sie die eingravierten Namen der Zuckerhut-Familienmitglieder unter den unterschiedlichen Gegenständen.

»Sind die für eure Süßigkeiten?«, fragte sie.

Charlie stellte sich neben Elina. »Wieso sind die weggeschlossen?«

»Wir dürfen unsere Pon nur unter Aufsicht benutzen«, erklärte Robin. »Jeder Süßigkeitenwerker bekommt sein magisches Werkzeug schon kurz nach seiner Geburt. Die Pon sind sehr wichtig für uns, mit ihnen wirken wir Magie.«

Ein magisches Werkzeug, wow! Elina durchströmte ein freudiges Gefühl. Dass es so was gab, war einfach cool! Dagegen hätte sie sofort ihren Hockeyschläger getauscht!

Charlie lachte. »Wofür soll ›Pon‹ denn die Abkürzung sein? Person ohne Nase? Wer hat sich das ausgedacht? Lord Voldemort? Wie lustig!«

Elina beugte sich vor, um die Pon besser betrachten zu können. »Mensch, Charlie! Siehst du nicht, dass die was Besonderes sind? Der Griff von diesem einen Löffel hat so goldene Beschläge und ganz unten … das sieht richtig hübsch aus! Wie ein Zuckerkristall!« Das beschriebene Pon gehörte laut dem Namen darunter Robin.

»Ja, gut … sie sehen schon ganz cool aus«, murmelte Charlie.

»Sind sie auch!«, beharrte Robin. »Wobei ich manchmal

gar nicht so stolz bin, eins zu besitzen … « Er drückte niedergeschlagen das Buch an seine Brust.

»Du machst dir wieder Sorgen, oder?«, fragte Elina mitfühlend.

Schon damals, als sie gemeinsam auf der Suche nach den Zuckermeistern gewesen waren, um Charlie von den Nebenwirkungen der verdorbenen magischen Schokolade zu befreien, hatte Robin ihnen anvertraut, dass er sehr damit kämpfte, ein magisches Talent zu besitzen. Denn damit ging eine ziemlich große Verantwortung einher, der er sich die meiste Zeit nicht gewachsen fühlte.

»Ich dachte, wenn meine Eltern die Süßigkeitenwerker-Lizenz haben und nicht mehr heimlich Süßigkeiten herstellen müssen, wird der Druck weniger«, sagte Robin und sah bedrückt zu Boden. »Sie sind damit auch sehr glücklich, aber ich bin dadurch nicht weniger ein Süßigkeitenwerker und sie haben noch immer Erwartungen an mich. Jetzt sind da diese Prüfungen und ich habe Angst, dass ich sie nicht schaffe. Ich bin nun mal nicht Juna.«

»Nein, das bist du nicht«, sagte Elina. »Doch du gibst dir genauso viel Mühe, auf deine Art eben. Charlie und ich glauben ganz fest an dich. Du kannst das schaffen.«

Robin ließ traurig den Kopf hängen. »Aber schaut euch doch Juna an! Sie ist so clever und hat schon drei Prüfungen abgelegt und bestanden, als wäre sie ein magisches Ass! Dagegen stinke ich doch total ab und hab keine Chance.«

Charlie trat vor und knuffte Robin in den Arm. »Das ist wie mit dem Zeichnen, weißt du? Ich denke, ich bin schlechter als alle anderen, aber ich habe in der Kunst-AG gelernt, dass jeder etwas besonders gut kann. Dann kannst du eben nicht so gut auswendig lernen, machst dafür aber die praktischen Prüfungen mit links. Wirst schon sehen! Du schwingst dein Pon bestimmt wie ein obermagisch-mächtiger Zuckermeister!«

»So wie du deinen Zeichenstift?«, fragte Robin.

»Und Elina ihren Hockeyschläger«, fügte Charlie hinzu.

Elina lächelte. Krise abgewendet!

»Und wofür steht das Wort Pon jetzt?«, fragte sie.

»Früher nannte man die Werkzeuge ›Pont vers la magie‹, das heißt aus dem Französischen übersetzt ›Brücke zur Magie‹«, erklärte Robin. »Weil unsere Werkzeuge eben die Brücke der Magie zwischen den Süßigkeitenwerkern und den Süßigkeiten sind. Daraus wurde irgendwann einfach ›Pon‹.«

»Wieso denn Französisch?«, fragte Elina.

»Madame Picot hatte französisch-belgische Wurzeln und viele ihrer Ideen und Erfindungen haben deshalb französische Namen«, sagte Robin.

Charlie erschauderte. »Da muss ich an die Münze denken.«

Elina ging es nicht anders. Die Erinnerung an die Münze war nur eine von vielen, die an ihr magisches Abenteuer geknüpft waren, das noch gar nicht allzu lange zurücklag. Eine Frau namens Althea, die auch Charlie mit der Schokolade verflucht hatte, hatte Elina eine magische Münze untergejubelt – eine Feindesmünze mit französischer Inschrift am Rand: Ehre im Blut. Mit der Münze hatte Althea Elina jederzeit aufspüren können und versucht, an den Notfallkoffer mit den magischen Süßigkeiten heranzukommen. Von den Zuckermeistern, die Charlie geholfen hatten, wussten sie, dass Althea in Wahrheit Vivien Aldric hieß und ihre Süßigkeitenwerker-Magie schon lange nicht mehr für Gutes nutzte.

Und sie war noch irgendwo da draußen …

Für einen Moment hatten alle ihren Gedanken nachgehangen und Elina wollte auf keinen Fall, dass die Erinnerung an Vivien die ganze Stimmung kaputt machte.

»Wie funktioniert so ein Pon denn?«, fragte Elina.

»Das Pon leitet die Magie des Süßigkeitenwerkers weiter, dem es gehört«, erklärte Robin. »Jedes Pon ist einzigartig, genau wie sein Besitzer. Deshalb funktioniert ein Pon auch nur für diesen.«

»Deine Mutter hat einen Pfannenwender, richtig?«, warf Elina ein.

»Genau. Pon können viele Formen haben. Pfannenwender, Löffel, Schneebesen … Stellt euch die Pon wie eine Antenne vor, die Magie leitet. Und wir brauchen diese Antenne, um einen magischen Sender einstellen zu können. Ohne Pon kann ein Süßigkeitenwerker seine Magie nämlich nicht fokussieren und manifestieren.«

»Du klingst wie ein weiser Oberlehrer«, lobte Charlie.

»Ja! Du weißt viel mehr, als du denkst«, sagte Elina und strahlte ihn an.

Robin wurde wieder nachdenklich. »Aber ob es für die Prüfung reicht … «

»Du kriegst das hin!«, sagte Elina. »Du hast uns doch neulich erklärt, dass man die erste Prüfung mit dreizehn machen darf. Und dann jedes Jahr wieder eine, bis man alle sechs bestanden hat. Überleg mal, Juna ist viel älter als du. Sie kann direkt mehrere Prüfungen ablegen und aufholen.

Und sie hat von deinen Eltern schon viel mehr beigebracht bekommen, weil sie dir eben einige Jahre Unterricht voraushat.«

»Oder denk an Arthur«, sagte Charlie. »Der wird nie eine Prüfung machen. Der Arme! Wann kommt er denn heim? Ich würde ihm gerne Hallo sagen.«

»Hallo sagen? Wohl eher anhimmeln«, zog Robin sie auf.

Elinas Augen klebten derweil wieder am Glaskasten. »Hey, Robin … darf ich … darf ich vielleicht dein Pon mal halten? Ich würde so gerne wissen, wie sich das anfühlt!«

Er warf Elina einen zögerlichen Blick zu, nickte dann aber. »Okay. Warum nicht.« Robin öffnete den Glaskasten und nahm den Kochlöffel heraus, um ihn Elina zu reichen.

Sie fuhr mit den Fingern über die Holzmaserung des Griffs. Am unteren Rand saß ein goldener Beschlag, der in den weißen Kristall überging. Das Pon fühlte sich kalt an. Leider sprühten keine Funken und auch nichts anderes Magisches geschah. Cool war es trotzdem!

»Ich will auch mal!«, sagte Charlie. »Bitte!«

Elina sah zu Robin, aber der zuckte bloß mit den Schultern.

Als Charlie an der Reihe war, bestaunte auch sie den Kochlöffel. »Echt hübsch!«

Plötzlich hörten sie von draußen Motorengeräusch.

»Oh, Mist! Das sind sicher meine Eltern«, sagte Robin panisch. Aufgeregt huschte er zu einem der Fenster und spähte hinaus. »Sie sind es wirklich. Charlie, das Pon!«

Charlie hatte wohl dasselbe gedacht wie Robin. Sie hielt ihm den ausgestreckten Arm mit dem Pon entgegen, während er sich eilig vom Fenster abwandte.

»Aufpassen!«, rief Elina, doch es war zu spät.

Robin stieß gegen Charlies Handgelenk und Charlie flog das Pon aus den Fingern. Für einen Herzschlag hörte man nichts außer dem Geräusch, mit dem das magische Werkzeug auf dem Boden aufschlug. Alle waren wie erstarrt. Dann schüttelte Elina sich und bückte sich, um das Pon aufzuheben. Dem Kristall fehlte eine winzige Ecke!

»Nein, nein, nein!«, flüsterte Robin. »Es ist kaputt! Mein Pon ist kaputt!« Er stand so dicht neben Elina, dass die Panik in seinem Gesicht fast auf sie übersprang.

Robin riss ihr das Pon aus den Händen und drehte sich zu Charlie herum. »Du hast es heruntergeworfen!«

Charlie hob abwehrend die Hände. »Das war keine Absicht.«

»Es war ein blöder Unfall«, sagte Elina beschwichtigend. »Bestimmt ist alles …«

»Nichts ist okay!«, regte Robin sich auf. »Ich werde solchen Ärger kriegen!«

Zu allem Überfluss erklangen nun Schritte auf der Treppe.

»Robin! Juna! Wir sind wieder da!«, rief Frau Zuckerhut.

»Raus hier!«, fuhr Robin sie an.

Charlie ließ sich nicht zweimal bitten. Verärgert stampfte sie durch die Wand und verschwand. Elina zögerte. Robin starrte verbissen auf sein Pon.

»Robin?«, fragte sie vorsichtig.

Innerhalb von Sekunden hatte Robin das Pon zurück an seinen Platz gestellt und den Glaskasten verschlossen. Robin huschte durch die Wand und Elina ihm hinterher. Sie schafften es haarscharf in sein Zimmer, ehe Frau Zuckerhut anklopfte.

Robins Mutter steckte den Kopf zur Tür herein. »Mensch, Robin! Unten ist ja vielleicht ein Chaos!«, setzte sie an, doch dann fiel ihr Blick auf Elina und Charlie und all ihr Ärger schien auf einen Schlag vergessen. »Wie schön, euch zu sehen, ihr zwei!«

Sofort wirbelte sie ins Zimmer und drückte erst Elina, dann Charlie an sich, als hätte sie die beiden seit vielen Monaten nicht mehr in die Arme schließen können.

»Mama, das ist voll peinlich! Hör auf!«, ging Robin dazwischen.

Frau Zuckerhut rückte nach Robins Ausruf etwas von ihnen ab. »Peinlich ist nur, dass du den beiden nicht mal was zu essen angeboten hast!« Sie strahlte Elina und Charlie an. »Möchtet ihr vielleicht etwas selbst gemachtes Grünkohl-Eis?«

»Klingt, ähm, sehr verlockend«, murmelte Elina.

»Die beiden wollten gerade gehen«, sagte Robin bestimmt.

»Nichts lieber als das!«, schnaufte Charlie sofort.

»Wie schade. Seid ihr sicher, dass …«

»JA!«, riefen Charlie und Robin wie aus einem Mund.

Elina sah besorgt zu ihren Freunden, aber die Stimmung zwischen ihnen war echt hinüber. Sie zwang sich zu einem Lächeln. »Bis zum nächsten Mal, Frau Zuckerhut!«

Kapitel 3

Piet schnappte Elina die letzte Scheibe Toast weg und grinste dabei, als würde ihm für diesen Sieg am Frühstückstisch ein Orden zustehen. »Ich brauch die Butter!«

»Das heißt: ›Kannst du mir bitte die Butter geben?‹«, sagte ihre Mutter. »Elina, ist alles in Ordnung? Du siehst heute Morgen so blass aus und wirkst bedrückt.«

Piet legte sich fast auf sie drauf, damit er über den Tisch langen konnte.

Genervt drückte Elina ihren kleinen Bruder von sich weg und schob ihm die Butter zu. »Hab nur schlecht geschlafen«, antwortete sie und goss sich Orangensaft nach.

Dabei war das nur die halbe Wahrheit – schlecht geschlafen hatte sie zwar wirklich, doch der eigentliche Grund war die Funkstille im Gruppenchat mit Charlie und Robin, die seit gestern herrschte, und die machte ihr echt zu schaffen.

Ihre Mutter beäugte sie skeptisch und trank nebenbei einen Schluck Kaffee. Wie üblich stapelten sich Zettel und Ordner auf dem Tisch um sie herum – nur die übliche Schleuse zum Durchgucken war frei.

Tja, eine Chaotin zur Mutter und einen Nerv-Zwerg zum Bruder – daraus ließe sich bestens eine verrückte TV-Show machen. Fehlte nur noch ihr Vater, der wie immer was verlegt hatte und die allmorgendliche, verzweifelte Suche danach startete. Der war allerdings noch einige Tage auf einer Maklertagung.

»Ich merke doch, dass etwas los ist«, versuchte ihre Mutter es erneut.

Piet kratzte energisch den Rest der Marmelade aus dem Glas und Elina rückte mit ihrem Stuhl von ihm ab. Sie wollte es mit einem sauberen Shirt aus dem Haus schaffen – denn leider war das beim Frühstück mit Piet nicht selbstverständlich.

Wobei ein chaotisches Ablenkungsmanöver jetzt nicht schlecht wäre. Ihre Mutter sah Elina nämlich erwartungsvoll an … eigentlich hätte Elina ihr gerne von gestern Abend erzählt, von der Magie, dem Pon und dem kleinen Streit. Aber mit Zuckermeistern und Süßigkeitenwerkern hatte ihre Familie nichts am Hut. Nach ihrem ersten magischen Abenteuer hatten die Zuckermeister Elina und Charlie die Erinnerungen an die Magie genommen, denn normale Menschen durften nichts von dem magischen Geheimnis wissen. Und Elina wollte nicht, dass ihrer Familie mal etwas Ähnliches passierte. Es war schließlich ein echtes Belony-Wunder gewesen, dass Charlie und sie ohne Erinnerungen trotzdem Freundinnen geblieben waren. Robin hatte ihnen ihre Erinnerungen mit den Vergiss-mein-nicht-Pralinen zurückholen können, aber wer wusste schon, ob das immer klappte?

»Charlie ist gleich da«, sagte Elina. »Ich geh mal meinen Rucksack holen.«

Nach diesem gelungenen Ablenkungsmanöver hakte ihre Mutter kein weiteres Mal nach – und Charlie stand fünf Minuten später wirklich bei ihnen auf der Matte.

Als Elina mit ihrem Rucksack die Treppe herunterkam, wartete Charlie im Flur. Zu ihrer Verwunderung mit Piet, der ganz still und artig ebenfalls wartete. Normalerweise trödelte er immer ohne Ende, wenn sie zur Schule mussten.

»Hast du ihm Benimm-dich-Bonbons in den Mund geschoben?«, fragte Elina.

»So was gibt's doch gar nicht«, meinte Charlie und grinste. »Er hat's wohl eilig.«

»Heute hat Benni Geburtstag und der bringt Kuchen mit!«, sagte Piet.

»Natürlich«, murmelte Elina. Nur was Süßes konnte Piet locken.

Die drei verließen das Haus und machten sich auf den Weg zur Bushaltestelle.

Früher war Elina mit ihrem Bruder allein zur Schule gegangen und das hatte manchmal echt genervt. Doch seit Charlie dabei war, hatte Elina morgens richtig gute Laune!

Piet hob einen Stock auf und klapperte damit die Zäune ab.

Charlie und Elina gingen in kleinem Abstand hinter ihm her.

»Deine Frisur ist hübsch«, sagte Elina. »Steht dir gut.«

Das Kompliment brachte Charlie zum Lächeln. »Meine Mutter hat mir gezeigt, wie ich mein Haarband in den Zopf mit reinflechte. Sie hat sich gestern bei mir entschuldigt und dann haben wir lange geredet. Du weißt ja, sie war nicht begeistert, dass ich mit Feldhockey aufgehört habe, um in die Kunst-AG zu wechseln. Jetzt ist alles wieder gut zwischen uns! Und ich kenne einen neuen Flecht-Trick.«

»Das freut mich für dich!«, sagte Elina beschwingt. Deshalb hatte Charlie also nicht geantwortet. Elina war richtig erleichtert, nun den Grund zu kennen. »Ich vermisse dich trotzdem. Ohne dich wird es nicht mehr dasselbe sein.«

Charlie stupste sie leicht an. »Hey! Sei nicht traurig. Ich komme zum nächsten Spiel und feure dich aus der ersten Reihe an! Fest versprochen!«

Diese Aussicht munterte Elina sofort auf. »Das wäre super!«

»Meinst du, Robin ist wegen gestern noch sauer auf uns?«, fragte Charlie.

Bevor Elina antworten konnte, brüllte Piet: »Wir verpassen den Bus!«

Oh, Mist! Hatten sie so sehr getrödelt?

Die letzten Meter sprinteten die drei – und schafften es noch.

An seiner Haltestelle stieg Piet aus und Elina sah ihn schnell im Schulgebäude verschwinden – er konnte den Kuchen wohl wirklich nicht abwarten.

Der nächste Stopp war Elinas und Charlies. Auf dem Pausenhof standen einige ihrer Mitschüler in Grüppchen herum und unterhielten sich. Dieser Anblick hatte Elina eine Weile sehr traurig gemacht, denn sie hatte nie so richtig dazugehört, aber heute war das anders! Sie hatte mit Charlie und Robin zwei beste Freunde.

Wo der wohl steckte? Elina grinste in sich hinein. Das war typisch! Er kam wie so oft zu spät. Kurz warteten sie, doch dann klingelte es zu ersten Stunde und sie mussten in ihre Klasse.

Später in der Pause entdeckten Charlie und Elina Robin auf dem Weg zum Hof. Er lehnte lässig neben dem Schwarzen Brett und quatschte mit einem Jungen aus der Unterstufe, der Valentin hieß. Elina hatte einmal auf der Suche nach Antworten über die Zuckerhuts mit ihm gesprochen. Denn wie ihr hatte Juna ihm mit einem magischen Karamellbonbon geholfen, als es ihm schlecht gegangen war.

Charlie und Elina begrüßten die beiden Jungs.

»Wo warst du heute Morgen?«, fragte Elina Robin.

»Ist doch egal«, antwortete dieser und klang richtig abweisend.

Valentin rückte seine Brille gerade, machte sich klein und murmelte ein »Tschüss«, ehe er sich verkrümelte. Vielleicht spürte er, dass eine Gewitterwolke im Anflug war.

»Bitte sei nicht mehr wütend auf uns«, sagte Elina. »Das gestern war ein Versehen.«

Robin presste die Lippen fest zusammen und sah noch immer grummelig aus. »Ist doch egal, ob Versehen oder nicht.« Er senkte die Stimme. »Mein Pon ist kaputt. Wisst ihr, was los ist, wenn meine Eltern das merken? Die killen mich!«

»Vielleicht funktioniert es ja noch«, meinte Charlie hoffnungsvoll.

»Tja, spätestens nächsten Sonntag finde ich es heraus, wenn wieder Süßigkeitenwerker-Lektionen anstehen«, sagte Robin frustriert.

Elina sah aus den Augenwinkeln, dass ein Lehrer im Anmarsch war. Sie packte ihre Freunde, zog sie in ein offenes Klassenzimmer und schloss die Tür hinter ihnen.

»Wir kriegen das schon wieder hin, ehe jemand etwas merkt.«

»Ach, kannst du etwa mein Pon reparieren?«, fragte er.

»Nein. Aber wir kennen jemanden, der es vielleicht kann.«

Charlie und Robin sahen Elina verständnislos an.

»Hallo! Herr Schnotter!«, meinte sie. »Ihr wisst schon, Robins Nachbar, der rein zufällig auch ein Süßigkeitenwerker ist? Von dem wir dachten, er wäre hinter dem Notfallkoffer her? Der uns schon mal geholfen hat? Klingelt's da?«

»Das ist ein genialer Einfall!«, sagte Charlie begeistert.

»Genial?«, hinterfragte Robin skeptisch. »Der hilft uns nie!«

»Doch!«, sagte Elina. »Wir werden ihn gemeinsam überzeugen.«

»Okay«, murmelte Robin. »Er scheint ja echt viel zu wissen.«

Elina strahlte. »Seht ihr? Freunde finden immer eine Lösung!«

»Wieso ist sie nur immer so zuversichtlich?«, fragte Robin Charlie.

»Weil sie Miss Sonnenschein ist«, antwortete die. »Typisch Elina eben.«

Elina schüttelte belustigt den Kopf. »Ich weiß nicht, was ich nerviger finde: wenn ihr beide euch streitet oder wenn ihr euch zusammentut.«

Darüber mussten sie alle lachen. Aber es stimmte – Freunde fanden immer eine Lösung! Das hatten sie schon mehr als einmal bewiesen.

Kapitel 4

Nachmittags trafen sich Elina, Charlie und Robin vor Herrn Schnotters Haus. Nachdem Elina geklingelt hatte, wurde sie nervös. Heute ging es ja nicht nur um einen netten Plausch, sondern einen wichtigen Gefallen.

Der alte Süßigkeitenwerker war kurz verwundert, freute sich aber über ihren spontanen Besuch und sie machten es sich mit Tee im Wohnzimmer gemütlich. Kaum saß Herr Schnotter in seinem Sessel, klingelte es jedoch.

»Hier ist ja einiges los heute!«, brummte er und hinkte zur Tür.

Elina griff nach ihrer Tasse und trank einen Schluck. »Bäh!« Sie schüttelte sich. »Der schmeckt so, als hätte Herr Schnotter statt Teebeuteln stinkige Socken ins heiße Wasser reingetunkt«, flüsterte sie Charlie zu, die links neben ihr saß.

»Ja! Echt eklig!«, stimmte die zu und stellte ihre Tasse hastig zurück auf den Tisch. »Vielleicht hat er, als Vivien ihm ein paar

Erinnerungen genommen hat, vergessen, wie man guten Tee macht?«

Die beiden sahen erwartungsvoll zu Robin.

Der schlürfte den Tee, ohne mit der Wimper zu zucken. »Was?«

»Haben dir die ganzen magischen Süßigkeiten die Geschmacksnerven weggeätzt?«, fragte Elina belustigt. »Schmeckt jetzt alles nur noch magisch für dich?«

Robin schlürfte extra laut weiter. »Mhhhh! Ich finde ihn lecker!«

Herr Schnotter kam zurück ins Wohnzimmer. »Jedes Mal dasselbe. Ständig versucht der Postbote, mir die Post von Frau Kloß anzudrehen, damit er sich nicht ihr Geplapper anhören muss. Dabei kommt die trotzdem wie auf Kommando zum Zaun und redet ohne Punkt und Komma!«, beschwerte er sich. Seine Hundedame Tinka, die ihm auf Schritt und Tritt folgte, wackelte mit dem Kopf, als wolle sie zustimmen.

Charlie rückte bei Tinkas Anblick näher zu Elina, die gerade ihre Tasse auf dem Tisch abgesetzt hatte. Zwar wussten alle, dass Tinka zutraulich und lieb war, aber ihre Angst vor Hunden konnte Charlie trotzdem nicht ganz ablegen.

»Also, raus mit der Sprache«, sagte Herr Schnotter und setzte sich zurück in seinen Sessel. »Ich sehe euch an der Nasenspitze an, dass ihr nicht nur vorbeigekommen seid, um Hallo zu sagen. Es gibt doch nicht wieder ein magisches Problem?«

»Nein«, sagte Charlie.

»Gar nicht«, sagte Robin.

»Doch!«, sagte Elina.

Herr Schnotter seufzte. »Was ist passiert?«

»Sie wissen doch, was ein Pon ist, oder?«, fragte Elina.

»Ob ich weiß … Kind, natürlich! Bevor ich ins Exil geschickt wurde, war ich wie jeder Süßigkeitenwerker im Besitz von einem. Natürlich haben die Zuckermeister meines konfisziert, nachdem sie über meine Strafe entschieden hatten.«

Herr Schnotter machte manchmal solche Andeutungen über sein altes Leben und seine Strafe, doch er hatte ihnen nie gesagt, was genau geschehen war. Elina fragte sich wieder einmal, was sein Geheimnis war.

»Robins Pon ist kaputt«, sagte sie dann geradeheraus.

»Deine Eltern waren bestimmt stinkwütend auf dich«, sagte der alte Herr. »Ein Pon kaputt gemacht! Damit geht man sorgsam um! Und was hat das mit mir zu tun?«

Elina spürte, wie Robins Blick auf ihr lastete. Sie sah zu ihm und er formte mit den Lippen stumm die Worte *Ich hab's dir ja gesagt*. Dann trank er den Stinkesocken-Tee, als wolle er nichts mehr sagen.

Sie sah zu Herrn Schnotter zurück und holte tief Luft. »Es war unsere Schuld! Charlies und meine. Robins Eltern wissen nichts davon. Sie haben nämlich recht. Seine Eltern wären echt stinkwütend, wenn sie das wüssten. Wir wollen das wieder geradebiegen und dachten … können Sie uns nicht helfen, Herr Schnotter? Bitte!«

»Ich bin kein Erfinder. Ich kann nichts Magisches reparieren.«

»Oh«, sagte Elina vor den Kopf gestoßen. Doch so leicht gab sie nicht auf! »Aber es gibt jemanden, der magische Dinge reparieren kann? Auch ein Pon?«

»Elina«, sagte Herr Schnotter nachsichtig. »So einfach ist

das nicht. Ein Pon ist die Brücke zur Magie und schon ein kleiner Fehler kann sie dazu bringen einzustürzen. Nur eine äußerst fähige Person kann es reparieren und so jemanden findet ihr nicht in Belony, sondern nur an einem ganz besonderen Ort.«

Sie rutschte an die Kante des Sofas vor. »An einem magischen Ort?«

Herr Schnotter nickte und sagte dann zu Robin: »Sprich mit deinen Eltern.«

»Das … das geht nicht«, murmelte Robin. »Die würden mir den Kopf abreißen! Und Sie haben selbst mal gesagt, dass wir alle Fehler machen und es drauf ankommt, wie wir diese Fehler wiedergutmachen. Bitte, bitte helfen Sie uns, Herr Schnotter!«

Der alte Herr runzelte die Stirn. »In der Tat, das habe ich gesagt … «

Elina war richtig stolz auf Robin. Dieses Argument war doch unschlagbar!

Und tatsächlich rieb sich Herr Schnotter nachdenklich über die Schläfe.

»Na gut … ich helfe euch«, sagte er.

Robin sprang vom Sofa. »Wirklich? Danke!«

»Wirklich. Unter einer Bedingung.«

»Was für eine Bedingung?«, fragte Charlie vorsichtig.

Elina spannte sich an. Was würde er von ihnen verlangen? Es ging immerhin um einen großen Gefallen. Wie sollten sie diesen aufwiegen können? Was, wenn sie …

»Ihr werdet mein Haus putzen.«

Für einen Moment war Elina zu verdutzt, um reagieren zu können.

»Wir sollen sauber machen?«, fragte Robin misstrauisch.

»Ihr könnt direkt anfangen, wenn ihr schon mal da seid«, sagte Herr Schnotter.

Putzen? Elina traute ihren Ohren kaum. »Das ist alles?«

»Das Haus ist groß und staubig. Unterschätzt das mal nicht.«

»Das ist Kinderarbeit«, sagte Charlie empört.

»Wenn's euch nicht passt, könnt ihr ja wieder gehen.« Herr Schnotter nahm sich seine Tasse, nippte daran, verzog dann aber den Mund. »Der schmeckt ja fürchterlich.«

Charlie und Elina sahen vielsagend zu Robin, der bloß mit den Schultern zuckte.

Herr Schnotter deutete zur Küche. »Ihr findet alles in der Abstellkammer.«

»Okay«, antwortete Elina für alle. So übel war der Deal schließlich nicht! Sie stand auf, zog Charlie auf die Beine und bedeutete Robin mitzukommen. Wenige Sekunden später teilten sie Eimer und Lappen untereinander auf.

»Von einer Geheimkammer zur Abstellkammer, wie glamourös!«, murmelte Charlie und beäugte mürrisch einen der Putzlappen.

»Es gibt doch echt Schlimmeres«, sagte Elina belustigt.

»Kinderarbeit«, wiederholte Charlie. »Was kommt danach? Unkraut jäten?«

»Sag das nicht zu laut«, meinte Robin, der ebenfalls nicht begeistert von dem Putz-Deal war. »Herr Schnotter findet die Idee sicher super.«

»Einer von euch kann hier bei mir anfangen!«, rief Herr Schnotter von nebenan.

Charlie und Robin sahen Elina ganz merkwürdig an.

»Gegen jemanden wie Vivien Aldric mit magischen Süßigkeiten kämpfen, aber sich vor Herrn Schnotter fürchten! Er ist doch bloß etwas eigenbrötlerisch«, sagte Elina und grinste dann. »Aber ich geh ja schon. Viel Spaß beim Putzen!«

Sie fing im Wohnzimmer an, über die Möbel zu wischen, und ihr fiel auf, dass es kaum Staubkörner gab. Eigentlich war alles echt sauber. Elina hielt inne und spähte zu Herrn Schnotter in seinem Sessel. Er hatte das sicher vorgeschoben, um nicht zu zeigen, wie sehr er sie eigentlich mochte und dass er ihnen gerne half.

Er sah über den Rand seiner Zeitung. »Ist was?«

Elina grinste. »Nö!«

Sie nahm ihren Eimer und ging ins nächste Zimmer. Links befand sich eine große Bücherwand, sonst gab es noch einen Schreibtisch und eine Kommode. Ein wenig neugierig war sie schon, als sie die vielen Fotos auf Letzterer sah. Sie stellte den Eimer ab und griff nach einem Rahmen, der in der Mitte stand. Die meisten der Fotos waren schwarz-weiß und anscheinend sehr alt – genau wie dieses hier. Es zeigte ein Paar. Eine junge Frau mit langem hellem Haar und einen jungen Mann mit dunklen Locken. Beide strahlten um die Wette. Kein Wunder! Die Frau hielt ihre Hand hoch, an der ein Ring steckte. In Brusthöhe, wo auch ihre Finger lagen, fiel Elina ein weiteres Schmuckstück auf: eine Anstecknadel.

Sie war rund, mit einem achteckigen Stern und kleinen Steinchen zwischen den Zacken des Sterns. In der Mitte war ein schnörkeliges *H* zu erkennen. Elina erinnerte sie an die Bonbonbroschen, die sie gesucht hatten, um die Zuckermeister zu finden – irgendwie hatte sie was Besonderes an sich.

»Was tust du da?« Plötzlich stand Herr Schnotter in der Tür.

Elina erschrak so sehr über sein Auftauchen, dass sie zusammenzuckte und das Foto herunterfiel. Obwohl der Boden mit Teppich gepolstert war, zerbrach das Glas des Rahmens. Sie ging sofort in die Knie, aber hier war nichts mehr zu retten.

Schuldbewusst blickte sie auf. »Entschuldigung! Ich kaufe Ihnen einen neuen Rahmen!« Mit dem kaputten Rahmen in der Hand stand sie wieder auf.

Sie fühlte sich schrecklich, aber Herr Schnotter wirkte nicht verärgert.

»Scherben bringen Glück«, sagte er.

»Glück? Ist das nicht eher andersherum?«

»Das hat sie immer gesagt«, erklärte Herr Schnotter und deutete auf die junge Frau mit dem strahlenden Lächeln. »Ihr ist ständig etwas heruntergefallen.« Er nahm Elina das Foto ab und schmunzelte. »Ihr Name war Margret, aber alle haben sie immer nur Maggie genannt. Ich habe sie sehr geliebt. Tue es noch immer.«

»Ist das … ist das Ihre Frau?«, fragte Elina behutsam.

Herr Schnotter nickte. »Das war sie. Sie ist vor langer Zeit gestorben.«

»Das tut mir leid«, sagte Elina. In ihrer Kehle bildete sich ein Kloß.

»Das muss es nicht. Sie war ein fröhlicher Mensch. Ein bisschen wie du, Elina. Immer auf der Suche nach Abenteuern und wahren Freunden.«

»Sie war wunderschön«, sagte Elina leise. »Und sie sieht sehr glücklich aus.«

»Das waren wir an diesem Tag auch«, meinte Herr Schnotter und bei der Erinnerung an seine Vergangenheit nahm seine Miene einen Ausdruck an, den Elina nicht deuten konnte. Das war mehr als Trauer wegen eines Verlusts, fast schon … Reue? »Sie hat mich stets zum Lachen gebracht. Maggie war verrückt nach Geschichten und wollte alle Orte auf der Welt besuchen, die etwas mit Mythen und Legenden zu tun haben. Deshalb hat sie das *Bittersüß* so geliebt. Dort habe ich ihr auch den Antrag gemacht.«

Elina betrachtete Herrn Schnotter mitfühlend. Er hatte sich noch nie auf solch eine Weise geöffnet und sie war dankbar und froh, dass er ihr das alles anvertraute.

»War sie eine Süßigkeitenwerkerin? So wie Sie?«

Herrn Schnotters Gesicht wurde plötzlich hart wie eine steinerne Maske. »Ihr geht jetzt besser.« Er stellte den zerbrochenen Bilderrahmen zurück an seinen Platz. »Am Wochenende bringe ich euch zu einem alten Bekannten, der Robin mit seinem Pon helfen kann. Samstag. Neun Uhr. Seid pünktlich.«

Elina war völlig vor den Kopf gestoßen. »Aber …«

Er sah sie ernst an. »Bitte. Ich möchte nun allein sein.«

Ob sie was Falsches gesagt hatte? Zögernd blieb Elina im Türrahmen stehen und sah noch mal zurück. Herr Schnotter starrte nun auf die anderen Fotos, als wäre er in seine Erinnerungen an Margret versunken. Sie bekam ein schlechtes Gewissen. Hätte sie besser mal nicht so viel nachgefragt …

Ratlos suchte sie Charlie und Robin und verkündete ihnen, dass sie für heute genug geputzt hatten. Statt sich über Herrn Schnotters Sinneswandel zu wundern, freuten die sich bloß, dass sie von ihrer Aufgabe befreit worden waren. Elina verließ das Haus jedoch mit einem komisch bedrückenden Gefühl. Herrn Schnotters Zeit als Süßigkeitenwerker war anscheinend nicht nur schön gewesen …

Kapitel 5

»Das wars für heute, Mädchen!« Ihre Trainerin Frau Habermann pfiff ab und winkte die Mannschaft heran.

Elina lockerte den Griff um ihren Feldhockeyschläger und holte tief Luft. Das Training heute war ziemlich anstrengend gewesen und sie war mächtig aus der Puste. Sie schob sich ein paar lose Haarsträhnen aus der Stirn und stellte sich rasch neben die Kapitänin Laura.

»Ihr wart heute in Topform! Macht euch einen schönen Nachmittag.«

Elina wollte den anderen zur Umkleide folgen, da hielt Frau Habermann sie zurück. »Elina, kannst du noch kurz bleiben?«

Unsicher blieb sie stehen. »Ja?«

»Du hast dich in letzter Zeit enorm verbessert und ich würde dich gerne beim kommenden Spiel als Stürmerin einsetzen«, sagte Frau Habermann.

Ein regelrechtes Glücksgefühl rauschte durch Elina. »Meinen Sie das ernst?«

»Ja, die Position würde gut zu dir passen.«

Elina nickte eifrig. »Danke! Das ist … danke!«

Sie verabschiedete sich von Frau Habermann und rannte in die Umkleide. Die anderen aus dem Team wollten natürlich wissen, was los gewesen war, und Elina erzählte es ihnen. Alle freuten sich mit ihr und sie war richtig stolz auf sich.

Wenige Minuten später stürmte sie aus der Sporthalle und lief hinüber zum Pausenhof, denn Charlie und sie waren heute zu einem Bummel durch die Stadt verabredet. Charlie saß dort wie abgemacht auf einer Bank. Sie scribbelte konzentriert etwas auf einen Block. Robin war auch da und las in einem Buch.

Aufgeregt sprudelten die Worte nur so aus Elina heraus, noch ehe sie die beiden erreicht hatte. »Leute, Leute! Ihr ratet nie, was passiert ist!«

Charlie und Robin sahen zeitgleich auf.

»Ich bin Stürmerin beim nächsten Spiel!«

Charlie sprang auf. »Elina! Wahnsinn! Wie cool!«

Robin klappte sein Buch zu. »Ist das was Gutes?«

Charlie gab ihm einen Klaps auf den Arm. »Lebst du hinterm Mond, oder was? Ja, ist es! Das heißt, Elina spielt vorne mit und hat die Chancen, Tore zu machen.«

»Oh«, machte Robin. »Dann … ähm … Glückwunsch!«

Elina grinste breit. »Danke! Was liest du denn da?«

Robin wurde bis über beide Ohren rot. »Ein Buch über Vogelarten. Das hat Valentin mir gegeben.«

Er schien irgendwie verlegen deshalb zu sein. Dabei konnte doch jeder lesen, was er wollte. Also sagte Elina: »Cool! Seid ihr jetzt Freunde?«

»Kann schon sein.«

»Gesprächig wie immer«, kommentierte Charlie. Sie stopfte ihre Zeichensachen in ihre Tasche. »Sollen wir los?«

Elina nickte und sah dann zu Robin. »Kommst du mit?«

»Nee, ich sitz nur zum Spaß nach der Schule auf einer Bank rum.«

»Und genauso grummelig wie immer«, sagte Charlie.

»Ich will noch nicht nach Hause«, murmelte Robin. »Juna dreht echt durch wegen den Prüfungen und nervt ständig wegen Lernen. Kann ich mit?«

»Klar«, sagte Elina. »Oder, Charlie?«

»Oh ja! Wir kaufen Robin eine schöne Haarschleife!«

»Perfekt!«, erwiderte Robin. »Mit der binde ich dir dann den Mund zu.«

»Eins zu null für ihn«, meinte Elina und erntete einen empörten Charlie-Blick.

Die drei gingen gemütlich zur Haltestelle und nahmen den nächsten Bus Richtung Marktplatz. So was hatte sich Elina immer in ihren Träumen ausgemalt – mit Freunden an den Schaufenstern entlangbummeln, am Brunnen sitzen und kalte Saftschorle trinken und dabei über alberne Witze lachen. Und in echt war das sogar noch viel schöner.

Nachdem sie ausgestiegen waren, klapperten sie verschiedene Geschäfte ab, lachten über ulkige Hüte in einem der Schaufenster und stoppten schließlich bei *Berts Buchladen,* wo Robin sich ein Buch über Pflanzenarten des Waldes kaufte. Beim Verlassen des Geschäfts entging Elina nicht, wie zufrieden er wirkte. Er war kein bisschen verlegen, wie eben, als sie ihn nach dem anderen Buch gefragt hatte.

»Ist das für ein Schulprojekt?«, fragte sie neugierig.

Robin zögerte. »Nee, das ist ... zum Spaß. Ich war neulich mit meinem Rad unterwegs und da habe ich Valentin im Wald getroffen. Er hat ein paar echt coole Sachen gesagt, über die Tiere und Pflanzen dort und irgendwie ... fand ich das interessant und würde gern mehr über solche Sachen erfahren.«

»Er war allein im Wald?«, fragte Charlie verwundert.

»Er mag die Natur eben«, sagte Robin.

»Und du auch?«, hakte Elina nach.

Robin seufzte. »Vielleicht. Ich hatte ja nie Zeit herauszufinden, was ich mag. Immer nur magische Süßigkeiten hier, magische Süßigkeiten da ... Valentin wollte mir bald mal ein paar coole Stellen im Wald zeigen und ich freu mich drauf.«

»Finde ich super!«, sagte Charlie.

Elina hakte sich bei ihren Freunden ein. »Dann finden wir jetzt mal heraus, welches nichtmagische Eis du am liebsten magst. Ich spendiere euch eins!«

»Auf jeden Fall *kein* Grünkohl«, sagte Robin.

Charlie lachte. »Was hat deine Mutter überhaupt mit diesem eklig gesunden Zeug? Wenn wir bei euch sind, dreht sie uns ja immer so ein Biogedöns an.«

»Mein Vater ist Gärtner. Er pflanzt viel selbst an«, antwortete Robin. »Und das Ausprobieren neuer Rezepte macht ihm auch Spaß, wenn sie nicht magisch sind.«

Elina hatte die anderen zur Eisdiele manövriert und hielt ihnen die Tür auf. Drinnen war nicht viel los. Elina bestellte einen Erdbeerbecher, Charlie wählte einen mit viel Schokolade und Robin suchte sich verschiedene Eissorten zum

Testen aus. Während die drei auf das Eis warteten, setzten sie sich an einen freien Tisch.

»Wohin Herr Schnotter uns am Samstag wohl bringt?«, fragte Elina.

Robin lehnte sich zurück. »Meine Eltern haben mir nie was über magische Orte erzählt. Manchmal sind die echt verschlossen. Wir fragen sie natürlich ganz oft alles Mögliche zur Magie, aber das heißt nicht, dass sie auch immer antworten.«

»Erwachsene sind echt seltsam«, sagte Charlie.

Elina wurde nachdenklich. »Ich wollte euch da eh noch was erzählen ...«

Sie berichtete ihren Freunden von dem Foto des jungen Herrn Schnotter und seiner verstorbenen Frau. Außerdem von der Anstecknadel mit dem H und Herrn Schnotters Verhalten, als Elina ihn gefragt hatte, ob Maggie auch eine Süßigkeitenwerkerin gewesen sei, und zuletzt, wie komisch ihr das alles vorgekommen war.

»Deshalb sollten wir also plötzlich gehen«, meinte Charlie.

»Von so einem Abzeichen habe ich noch nie gehört«, sagte Robin.

Ein Kellner brachte ihnen ihr Eis und sie begannen loszulöffeln.

»Mhm«, machte Robin. »Vanille schmeckt am besten!«

Elina lächelte. Als magischer Junge mochte man wohl die normalsten Sachen irgendwie am liebsten ...

»Ach, Mensch!«, seufzte sie. »Ich krieg das mit Herrn Schnotter nicht aus dem Kopf. Er wirkte so traurig. Wieso habe ich auch, ohne groß nachzudenken, so viel gefragt?

Aber dieses Foto … die Anstecknadel seiner Frau hat mich direkt an die Bonbonbroschen erinnert und ich habe da so ein Gefühl, als wäre die wichtig.«

»Wenn Herr Schnotter nichts zu allem sagen wollte, dann sollten wir es vielleicht fürs Erste vergessen«, meinte Robin. »Ich bin zwar auch neugierig, aber … «

»Robin hat recht«, stimmte Charlie zu.

»Ja, ich weiß«, sagte Elina niedergeschlagen. »Ich würde nur so gerne mehr über ihn, sein altes Leben und das Exil wissen – und ihm irgendwie helfen.«

»Es müsste so eine magische Bibliothek geben, in der alle Antworten der Welt in magischen Büchern stehen!«, sagte Charlie. »Das wärs doch!«

»Im Museum der Zuckerkünste haben die Zuckermeister etwas, das nennt sich ›Saal des sagenhaften Wissens‹, aber da kommen wir nie rein«, sagte Robin.

Elina grub ihren Löffel in ihren Eisbecher. »Leider ist Herr Schnotter ja selbst wie ein Buch mit sieben Siegeln, da hilft wahrscheinlich auch keine magische Bibliothek weiter. Aber so lange kennen wir ihn ja auch noch nicht …«

»Irgendwann verstehen wir ihn bestimmt besser«, sagte Charlie.

»Ja, bestimmt«, sagte Elina. Mit Freunden wie Robin und Charlie an ihrer Seite würde sie das Rätsel um Herrn Schnotters Vergangenheit auch noch lösen!

Kapitel 6

Elina schnürte hastig ihre Turnschuhe zu und überprüfte ein letztes Mal, ob sie an alles gedacht hatte. Handy, Schlüssel, Geldbeutel und … na ja, was sollte sie sonst einstecken, wenn sie nicht wusste, wohin es eigentlich ging? Ein magischer Ort. Heute fand sie endlich heraus, was das bedeutete!

»Bin jetzt mit Charlie und Robin unterwegs!«, rief Elina zum Abschied.

Am Gartenschuppen wartete sie, bis Charlie aus dem Nachbarhaus kam.

Sie trug ihre Haare genau wie Elina offen und dazu einen Rock und ein Shirt mit Herzchenmuster. Elina war sich früher in Charlies Gegenwart oft langweilig vorgekommen. Ihre Lieblingskombination aus Shorts, Top und Jeansjacke war eben nichts gegen den Sommerfeld-Glamour. Charlie wirkte wie eine Prinzessin auf dem Weg nach Disneyland.

Doch inzwischen hatte Elina gelernt, dass sie, so wie

sie war, genau richtig war: nämlich hundertprozentig sie selbst.

»Auf geht's!«, sagte Elina beschwingt.

Sie holten die Fahrräder und radelten los. Die Strecke zum Waldweg war Elina schon Tausende Male gefahren, aber heute flatterte ihr Herz wie ein Kolibri in ihrer Brust. In den vergangenen Tagen hatte sie abends kaum einschlafen können, so voller Vorfreude war sie gewesen. Natürlich war dieser Ausflug heute nicht zum Vergnügen, denn es ging ja darum, dass Robins Pon repariert wurde, dennoch …

Elina konnte nicht anders: Sie platzte fast vor Neugier!

Robin saß schon auf der obersten Stufe vor Herrn Schnotters Tür. Mit dem zerzausten Wuschelhaar und zerknautschtem Shirt sah er ziemlich verschlafen aus.

»Morgen«, sagte Elina und grinste. »Du bist ja mal pünktlich!«

Charlie und sie schlossen ihre Räder neben dem Haus ab.

»Pünktlichkeit ist eine Tugend!«, sagte Herr Schnotter, der in diesem Moment heraustrat und Elinas Worte wohl noch gehört hatte. Er scheuchte Tinka zurück ins Haus und schloss die Tür wieder hinter sich.

»Sie haben sich aber rausgeputzt!«, bemerkte Charlie.

Charlie hatte recht. Er sah richtig schick aus mit seinem etwas in die Jahre gekommenen braunen Anzug, der blauen Krawatte und dem schwarzen Hut.

»Papperlapapp«, wehrte Herr Schnotter ab. »Lasst uns losgehen.«

Elina tauschte einen Blick mit ihren Freunden. Die Nervosität unter ihnen war nun deutlich zu spüren. Nervosität und freudige Erwartung. Wo er sie wohl hinführte?

Wie bei einer Gänsefamilie marschierte Herr Schnotter voran und sie ihm nach.

Der Waldweg hatte seinen Namen nicht von irgendwoher, denn die Straße, die aus Belony hinausführte, ging in ein dichtes Waldgebiet über. Zunächst hielten sie sich auf einem Spazierweg, dann schlug Herr Schnotter wie selbstverständlich einen Trampelpfad ein, der recht holprig war.

Charlie, Robin und Elina sahen einander an. Was wollte er hier draußen?

»Herr Schnotter, sind wir …«, setzte Elina an, aber er unterbrach sie.

»Wir sind richtig. Noch ein bisschen. Ihr werdet ihn gleich sehen.«

Mit *ihn* war ein Tunnel gemeint. Elina sah ihn bereits von Weitem. Zwischen jeder Menge Grün klaffte er dunkel und unheimlich wie ein Wurmloch, das alles Licht verschluckte. Vermutlich waren hier vor Urzeiten mal Eisenbahnen langgefahren, denn Überreste von Schienen blitzten zwischen Grashalmen hervor.

Herr Schnotter bedeutete ihnen, vor dem Eingang stehen zu bleiben, und drehte sich zu ihnen um. »Bevor wir weiterziehen, müsst ihr mir etwas versprechen.«

Elina schluckte schwer. »Da sollen wir doch nicht etwa reingehen?«

»Sie wollen uns doch nicht dadrin abmurksen, oder?«, fragte Charlie. »Das wäre ja wie in einem schlechten Gruselfilm, wo die Figuren direkt in ihr Unglück rennen.«

»Der einzige Murks, der hier passiert, kommt aus deinem Mund«, sagte Herr Schnotter und schüttelte erheitert den Kopf. »Lasst es mich erklären: Es gibt bestimmte Orte auf der

Welt, die für uns Süßigkeitenwerker wichtig sind, wie zum Beispiel das Museum der Zuckerkünste. Diese Orte sind stets durch Magie verborgen und geschützt, denn wie ihr wisst, ist den Zuckermeistern Geheimhaltung sehr wichtig. Das Museum darf als Hauptsitz des Conciliums nicht von jedem betreten werden. Aber es gibt andere magische Orte, die wir Süßigkeitenwerker jederzeit besuchen dürfen.«

Elina bekam bei den Worten des alten Herrn eine Gänsehaut. Magische Orte, an die die Süßigkeitenwerker jederzeit reisen konnten. Wie aufregend!

»Um an solche Orte zu gelangen, haben die Zuckermeister die Zwischenwanderpfade geschaffen, für die es spezielle Zugangspunkte gibt«, fuhr Herr Schnotter fort. »Die findet man nicht in jeder Stadt, aber Belony ist als Heimat von Madame Picot besonders. Bei uns ist der Zugangspunkt dieser alte Tunnel.«

»Ein Zugangspunkt«, wiederholte Elina. »Was bedeutet das?«

»Ein Zugangspunkt erlaubt es einem, mithilfe einer speziellen Süßigkeit über die Zwischenwanderpfade zu reisen«, erklärte Herr Schnotter geduldig. »Stellt es euch so vor: Der Zugangspunkt ist wie der Eingang zu einem Bahnhof und die magischen Pfade wie die Züge, die euch von einem Punkt zum anderen bringen.«

»Das heißt, wenn wir in diesen Tunnel gehen, können wir mit einer magischen Süßigkeit an einen anderen Ort reisen?«, hakte Elina neugierig nach.

»Das klingt ein bisschen so wie die Magie der Zack-und-weg-Zuckerstange«, sagte Robin nachdenklich. »Sie hat uns damals an den Ort meiner Gedanken gebracht.«

Herr Schnotter nickte. »So ähnlich. Doch um an einen der magischen Orte zu reisen, benötigt es weitaus mächtigere Magie als die einer kurzweiligen Zack-und-weg-Zuckerstange«, sagte er. »Dazu braucht man Zwischenwander-Zuckerkreide. Diese magische Süßigkeit ist die Eintrittskarte für die magischen Pfade.«

»Wieder so was, von dem meine Eltern mir nichts gesagt haben«, hörte Elina Robin neben sich leise grummeln. Sie verstand seinen Frust sehr gut.

»Die Zwischenwander-Zuckerkreide erhalten Süßigkeitenwerker mit ihrer Lizenz«, erklärte Herr Schnotter. »Da man die Lizenz-Prüfung frühestens mit achtzehn machen kann, ist es auch nicht gern gesehen, wenn Kinder ohne Begleitung über die Zwischenwanderpfade reisen – folgt also meinen Anweisungen.«

Elina warf Robin einen aufmunternden Blick zu. Vielleicht lag es daran – immerhin hatten seine Eltern viele Jahre keine Lizenz gehabt! Sicher würden sie Robin zu einem späteren Zeitpunkt von den Zwischenwanderpfaden erzählen. Aber Robin zuckte nur mit den Schultern und schien sich da nicht ganz sicher zu sein.

»Sie sind doch ein Süßigkeitenwerker im Exil«, warf Charlie ein. »Woher haben Sie die Kreide für die Zwischenwanderpfade? Sie haben uns doch gesagt, dass Sie Ihre Süßigkeiten aufgebraucht haben, um uns gegen Vivien zu helfen.«

»Erinnert ihr euch an meine Kontaktperson im Museum der Zuckerkünste? Zoe Bonet?«, fragte Herr Schnotter. »Nach den Ereignissen in Belony hat sie mir einen Besuch abgestattet, um meinem Gedächtnis nach Viviens Erinnerungszauber mit einer Süßigkeit auf die Sprünge zu helfen. Zwar kamen dadurch nicht alle meine Erinnerungen zurück, aber einige – wie auch die an sie. Aus Dankbarkeit für meine Hilfe gegen Vivien hat Frau Bonet mir zudem ein wenig Zuckerkreide überlassen, damit ich durch sie wieder ein kleiner Teil der magischen Welt sein kann.«

Frau Bonet hatte wirklich von einem Besuch bei Herrn Schnotter gesprochen, daran erinnerte Elina sich. Aber ihm solch eine Süßigkeit zu überlassen, wo er doch noch im Exil lebte? Das kam ihr merkwürdig vor …

Doch da zog Herr Schnotter schon eine Tasche unter seinem Jackett hervor, öffnete sie und holte ein kleines Holzkästchen heraus, auf dem das Logo der Zuckermeister eingraviert war. Er klemmte sich seinen Gehstock unter den Arm und klappte den Deckel auf. Zum Vorschein kam etwas, das nach Kreide aus Zucker aussah – bei dem Namen der Süßigkeit nicht weiter verwunderlich.

Die drei Kreidestücke hatten die Farbe von Elfenbein und schimmerten ein wenig durchsichtig. In der Mitte jeder Zuckerkreide war ein filigranes Kompass-Symbol eingeritzt. Doch dieses zeigte nicht die üblichen Himmelsrichtungen, mit N, O, S und W im Uhrzeigersinn, sondern andere Buchstaben. Nämlich B, S, B und S. Vielleicht stand das ja für »bitter« und »süß«, auch wenn das keine Wegweiser waren.

Charlie und Robin betrachteten fasziniert die Zuckerkreide und auch Elina staunte über die funkelnd-durchsichtige Beschaffenheit der magischen Süßigkeit.

»Ihr müsst euch im Tunnel nicht fürchten«, fuhr Herr Schnotter fort. »Die Zwischenwander-Zuckerkreide leuchtet im Dunkeln.«

»Und wie benutzen wir die?«, fragte Elina neugierig.

»Das zeige ich euch gleich.« Er musterte die drei. »Jedoch müsst ihr mir vorher, wie gesagt, etwas versprechen. Hört bitte zu jeder Zeit auf mich und entfernt euch nie allzu weit von mir. Am wichtigsten ist aber, dass ihr euch unauffällig verhaltet. Niemand darf merken, dass Elina und Charlie keine Süßigkeitenwerker sind.«

»Ist es gefährlich dort für die beiden?«, fragte Robin besorgt.

»Nein«, sagte Herr Schnotter. »Nicht direkt gefährlich.« Er zögerte. »Zu der Allee haben jedoch nur Süßigkeitenwerker Zutritt und wir möchten schließlich nicht, dass die Zuckermeister von unserem Ausflug erfahren, richtig?«

Charlie, Robin und Elina nickten zustimmend.

»Gut«, sagte Herr Schnotter. Er überreichte Elina das Kästchen, damit er sich wieder auf seinen Gehstock stützen konnte, und ging los. »Folgt mir.«

Beim Betreten des Tunnels spürte Elina einen kühlen Windzug, der sie frösteln ließ. Zwar war es hier nicht so düster-unheimlich, wie Charlie gemeint hatte, aber dennoch sah Elina alles nur schemenhaft. Sie war froh, als die Zuckerkreide im offenen Kästchen zu leuchten begann und ihnen wie eine gedämpfte Taschenlampe Licht spendete. Die Innenwände des Tunnels bestanden aus dunklen Steinen und jeder ihrer Schritte hallte wider, als befänden sie sich in einer unterirdischen Tropfsteinhöhle. Aber irgendwie lag ein Prickeln in der Luft, das Elina durch Mark und Bein ging, fast wie eine Art magischer Energie, die auf ihrer Haut knisterte.

Irgendwann blieb Herr Schnotter stehen und lehnte

seinen Gehstock gegen die Mauer. Elina trat vor, sodass er eine Zwischenwander-Zuckerkreide aus dem Kästchen herausnehmen konnte. Nachdem er das Kästchen wieder in seiner Tasche hatte verschwinden lassen, wurde es ein wenig dunkler. Elina runzelte verwundert die Stirn, als er die Zuckerkreide in kleine Stücke brach und diese an sie verteilte – nun hatte jeder einen Teil der Zwischenwander-Zuckerkreide zwischen den Fingern.

»Bewahrt euer Stück unbedingt für die Rückreise auf«, mahnte er. Dann führte er die Zuckerkreide zum Mund. »Seht genau zu und macht es mir nach.« Er leckte die Spitze der Zuckerkreide ab, als wäre sie ein Lutscher, und sie leuchtete nun glühend hell auf. Das tat er einige Male und wandte sich schließlich der Tunnelwand zu. Mit dem Rest der Zuckerkreide schrieb er zwei Worte auf die dunklen Steine: *Bittersüße Allee.*

»Wir sehen uns auf der anderen Seite. Lasst euch nicht ewig Zeit!«, drängte Herr Schnotter und griff nach seinem Gehstock. Elina beobachtete, wie er seine freie Hand auf die Tunnelwand legte, dann ertönte ein schmatzendes Geräusch, das wie eine zerplatzende Kaugummiblase klang, und Herr Schnotter war verschwunden.

Elina traute ihren Augen kaum. Wie bei einem Zuckerrausch begann alles in ihr vor Aufregung zu kribbeln und sie konnte nicht länger stillstehen. Das musste sie selbst erleben! »Nichts wie hinterher!«

Sie machte dasselbe wie Herr Schnotter: Vorsichtig schleckte sie das Ende der Zuckerkreide ab und – wow! Die Zwischenwander-Zuckerkreide schmolz auf ihrer Zunge zu einem Puder zusammen, das herrlich sauer-süß schmeckte und ihr das Wasser im Mund zusammenlaufen ließ. Sie wurde von einem wohligen Gefühl überwältigt, das ihr bis in die Zehenspitzen schoss. Ihr ganzer Mund

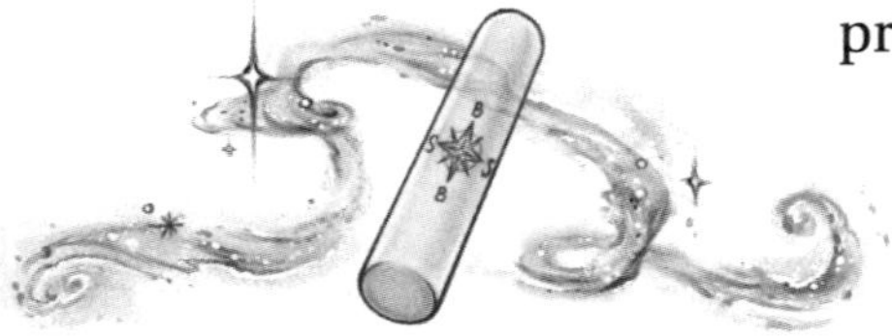

prickelte von dem Geschmack, als sie hastig die Worte *Bittersüße Allee* an die Tunnelwand schrieb. Mit dem kleinen stummeligen Zuckerkreidestück gar nicht so einfach! Neben ihr war Robin bereits mit einem ebenso lauten *Plopp!* wie Herr Schnotter weg.

Elina steckte rasch den Rest der Zuckerkreide ein und sah zu Charlie, die auch gerade fertig geworden war und freudig rief: »Auf in die magische Allee!«

Zeitgleich legten sie ihre Hände auf die Tunnelwand. Elina spürte, wie sich eine angenehme Wärme über sie legte, und jetzt kribbelte nicht mehr alles nur vor Aufregung, sondern auch vor lauter Magie! Vor ihren Augen begann der Tunnel zu verschwimmen. Elina hörte zweimal das laute Kaugummiblasen-Geräusch und schon tauchte sie gemeinsam mit Charlie in die Dunkelheit des Zwischenwanderpfads ein.

Kapitel 7

Magie und Wunder und alles dazwischen – Elina war so was von bereit dafür! Sie hatte jedoch nicht mit der stinknormalen Gasse voller Plakate und Mülltonnen gerechnet, in der sie gelandet waren. Bittersüße Allee? Wohl eher Gammel-Gasse!

Da vorne lag sogar ein leeres Pommes-Schiffchen auf dem Boden …

Nie im Leben war das der magische Ort, von dem Herr Schnotter gesprochen hatte!

Charlie schaute auch dumm aus der Wäsche.

»Ihr müsst ziemlich überwältigt sein. Braucht ihr einen Moment?«, fragte Herr Schnotter.

Elina sah vom fröhlichen Herrn Schnotter zu Robin, der staunend irgendwas anstarrte. Ob sie sich beim Reisen auf den Zwischenwanderpfaden irgendwo den Kopf angeschlagen und nun eine verkehrte Welt-Wahrnehmung hatte?

»Was ist denn mit denen los?«, meinte Charlie.

Herr Schnotter und Robin gingen ans Ende der Gasse, die auf einen riesigen Platz hinausführte, wo keine

Menschenseele außer ihnen war. Zögerlich folgten Charlie und Elina ihnen und tauschten dabei verwirrte Blicke. Hier war doch gar nichts!

»Charlie, Elina, seht mal!«, rief Robin begeistert.

Elina folgte seinem Fingerzeig. Eine Taube sauste durch die Luft.

»Glaubst du, er weint vor Freude, wenn sie ihm auf den Kopf kackt?«, fragte Charlie.

Elina kicherte. »Irgendwas stimmt hier nicht. Ähm, Herr Schnotter?« Sie fasste den alten Herrn am Ärmel. »Charlie und ich sehen absolut nichts Magisches.«

»Oh, natürlich!«, rief dieser. »Ohne ein Talent ist es schwer für euch, die Magie zu sehen, das hatte ich komplett vergessen … gut, schließt eure Augen.«

Elina sah, wie Charlie die Augen schloss, und tat es ihr nach.

»Ihr müsst wissen, magische Orte können nur von jenen gesehen werden, die von ganzem Herzen an Magie glauben«, sagte Herr Schnotter. »Jede von euch sollte jetzt an den ersten Moment denken, in dem sie wirklich und wahrhaftig an Magie geglaubt hat. Das dürfte helfen, die Sichere Sicht, die auf der Allee liegt, zu durchbrechen.«

»Das ist alles?«, fragte Charlie.

»Shh!«, machte Elina. Sie ging tief in sich und durchwühlte ihre Erinnerungen. Wann hatte sie wirklich und wahrhaftig das erste Mal an Magie geglaubt? Nach Charlies Verzauberung waren allerhand merkwürdige Dinge geschehen, Charlie war sogar ganz grün geworden und Elina hatte nicht mehr leugnen können, dass es den Fluch gab. Vielleicht als sie das erste Mal eine magische Süßigkeit gegessen hatte?

Na klar! Als sie gemeinsam mit Charlie und Robin den singenden Brief geöffnet und sein Lied gehört hatte! Sie lächelte in sich hinein. Sie hatte sich gefühlt, als würde sie aus einem Traum erwachen … nach all den Schwierigkeiten, die ihnen der Bitterling eingebracht hatte, war die Magie in diesem Moment so einnehmend und schön gewesen, dass Elina allein bei der Erinnerung daran Glück verspürte.

Danach hatte Elina etwas wahrhaft Gutes in der Magie gesehen.

Langsam, aus Angst, enttäuscht zu werden, schlug sie die Augen auf.

Vor lauter Überraschung stolperte sie rückwärts in Herrn Schnotter hinein.

Ihr klopfte das Herz bis zum Hals und sie wusste nicht, wohin sie zuerst schauen sollte. Der Platz, auf dem sie standen, war nicht länger nur ein einsamer, leerer Platz. Mit einem Wimpernschlag waren Geräusche und Farben und Magie da, als habe man einen grauen Schleier von Elinas Augen gehoben.

Auch Charlie hatte die Sichere Sicht durchbrochen und staunte. »Ich habe an das Lied vom singenden Brief gedacht und jetzt – wow!«

»Daran habe ich auch gedacht!«, jauchzte Elina.

Herr Schnotter zwinkerte ihnen zu. »Überwältigend, nicht wahr?«

Elina nickte. Ein magischer Ort … das war er!

Sie befürchtete, jeden Moment würde sie blinzeln und alles wäre wieder weg, doch das geschah nicht. Elina wirbelte nach links und rechts und wieder zurück und in ihrer Brust stieg solche Freude auf, dass sie auflachte. In der Mitte des

Platzes befand sich ein Brunnen mit einer Schwanenstatue, aus deren Schnabel dunkle Schokolade sprudelte!

Um sie herum gab es so viele Häuser und Geschäfte zu bestaunen, die bunt und verrückt und einzigartig aussahen. Elina hatte immer geglaubt, das Heim der Zuckerhuts entspringe nur dem ausgefallenen Geschmack der Familie, aber die Süßigkeitenwerker hier setzten dem Ganzen die Kirsche auf!

Es schien, als wäre sie im echten Schlaraffenland gelandet, denn jedes Gebäude hatte Elemente, die irgendwie an Süßigkeiten erinnerten. Da war ein Eisladen, der knallig pinkrot wie Erdbeereis gestrichen war und Sahnekleckse statt Dachschindeln hatte. Eine Schneiderei, braun wie ein Lebkuchenhaus, deren Fenster von Zuckerstangen eingerahmt wurden, und eine Chocolaterie, deren Fassade aus Keksen zu bestehen schien. Manche Türknäufe wirkten wie übergroße Schokolinsen und einige der Fassaden hatten Zuckergussverzierungen.

»Schwatzende Schokokugeln!«, rief jemand. »Small Talk war gestern! So gelingt jedes Gespräch im Nu! Heute im Supersonderangebot! Wer hat Lust zu probieren?« Elina schaute zu dem Mann, der sich ein Tablett umgeschnallt hatte und versuchte, zwischen den anderen Menschen Kostproben zu verteilen.

Auf dem Platz war sowieso eine Menge los! Kleine Grüppchen von Jugendlichen, Eltern mit ihren Kindern, Pärchen oder einzelne Leute wuselten wie Ameisen hin und her. Viele trugen normale Kleidung und waren nicht weiter auffällig, aber andere wirkten, als seien sie auf dem Sprung zu einem Kostümfest. Flatternde Umhänge, strenge Uniformen oder altmodische Kleider waren nur einige Sachen, die Elina ins Auge sprangen. Ein Gürtel voller Fläschchen und Gerätschaften, wie Frau Zuckerhut ihn besaß, war hier gar nicht mal selten! Elina erhaschte sogar einige Blicke auf verschiedene Pon, die aus Taschen ragten.

»Was ist das für ein Platz?«, fragte Elina schließlich.

»Der Fondant-Platz«, antwortete Herr Schnotter. »Er bildet das Zentrum der Bittersüßen Allee. Früher einmal gab es hier nicht viel außer einer Handvoll Läden und Häuser. Doch im Laufe der Zeit wurde aus der kleinen Allee etwas Größeres. Inzwischen leben und arbeiten Süßigkeitenwerker von überall auf der Welt hier.«

»Werden in all diesen Läden magische Süßigkeiten verkauft?«, fragte Robin.

»In vielen! Ihr werdet sehen, dass die Dinge hier etwas anders laufen.«

»Die Zuckermeister erlauben all das?«, fragte Elina.

»In der Bittersüßen Allee gibt es tief verwurzelte Traditionen, mit denen nicht mal die Zuckermeister brechen konnten«, erklärte Herr Schnotter. »Hier wird getauscht, gehandelt, Rezepte und Süßigkeiten verkauft – und sich amüsiert. Die Magie bleibt den Regeln des Picot-Pakts entsprechend vergänglich. Ich denke, es ist eine Art Kompromiss, denn das Concilium täte sich keinen Gefallen damit, die Süßigkeitenwerker gegen sich aufzubringen. Nicht, nachdem …«

»Nachdem … was?«, fragte Elina.

Herr Schnotter schüttelte den Kopf. »Das ist kein Gespräch für einen Platz wie diesen. Wir sind wegen Robins Pon hier. Lasst uns weitergehen.«

Der alte Herr hinkte auf seinem Stock voran. Elina ließ es

fürs Erste auf sich beruhen, nahm sich aber vor, ihn zu einem späteren Zeitpunkt noch einmal danach zu fragen. All diese Andeutungen machten sie sonst noch verrückt.

Doch während sie den Fondant-Platz überquerten, wurde sie so sehr von der Umgebung abgelenkt, dass der Gedanke, der sie eben noch wie ein drückender Schuh geplagt hatte, einfach verschwand.

Charlie, Robin und Elina blieben an einem Schaufenster kleben, in dem Kaugummibällchen wie von Zauberhand von einer Schachtel in eine andere sprangen. Ein Schild verkündete den Namen: *Spring-weit-Kaugummis.*

»Woah!«, machte Robin fasziniert.

Elina hätte ewig zusehen können, wie die Dinger hin und her hüpften, doch das Räuspern von Herrn Schnotter, der sie mit strenger Miene bedachte, brachte sie dazu, sich von dem Anblick zu lösen. Sie zog die anderen mit sich.

Herr Schnotter deutete auf etwas, das sie zunächst an eine Fabrik erinnerte.

Das Gebäude war schmal, aber hoch und hatte zwei riesige Schornsteine. Auf dem Dach befanden sich seltsam verdrehte goldene Rohre und an der Front waren lauter Zahnräder in allen Größen befestigt, die sich drehten. In dicken Leuchtbuchstaben, die sperrig und etwas schief dort hingen, stand unübersehbar: **Erfinder-Emporium**.

Auch Charlie und Robin staunten nicht schlecht. Elina legte den Kopf in den Nacken und beobachtete, wie die Schornsteine gold-glitzerigen Rauch ausspuckten.

»Meine Eltern haben mir von so vielen Regeln erzählt, aber hier ist echt alles anders«, murmelte Robin. »Magie überall … das ist wie eine ganz andere Welt.«

»Wollt ihr da Wurzeln schlagen?«, rief Herr Schnotter.

Die drei schlossen zu ihm auf. Der alte Herr drückte die Türklinke auf, die wie ein Schraubenschlüssel geformt war. Irgendwo bimmelte ein helles Glöckchen.

Im Inneren war es stickig und von allen Seiten kamen verschiedene Geräusche. Zischen wie von einem Dampfkessel oder Quietschen wie von nicht geölten Zahnrädern. Kein Wunder, denn hier drinnen hausten so einige Kuriositäten, die sicherlich auch so einige kuriose Geräusche verursachten. Überall standen Regale, Kisten und Schaukästen, die von lauter Apparaturen und Werkzeugen überquollen. Eine merkwürdig krumme Treppe führte links in eine schwindelerregende Höhe zu weiteren Etagen hinauf. Und dann war da noch eine große Maschine, die mit ihren trompetenhaften Rohren an eine Orgel erinnerte.

Hinter einem Empfangstresen stand ein hagerer Mann in violettem Anzug, dessen graue Haare zauselig wie bei einem durchgeknallten Wissenschaftler abstanden. Er werkelte an etwas herum, das wie ein Fernglas aussah, und blickte nun gemächlich auf und in ihre Richtung. »Ich traue meinen Augen kaum! Wie ist das möglich?« Vor Schreck wurde der Mann käsebleich. »Emil, bist du es wirklich?« Er umrundete den Tresen und starrte Herrn Schnotter überwältigt an. »Nun sag doch was, Emil!«

»Hallo, Mortimer«, brummte Herr Schnotter.

Mortimer wirkte völlig geschockt. »Das ist alles? Kriege ich nicht mal ein vernünftiges ›Hallo‹? Ich habe dich bestimmt seit dreißig, ach, was sage ich, vierzig Jahren nicht gesehen! Dachte schon, du wärst klammheimlich gestorben!« Mortimer kniff die Augen zusammen. »Ein Wunder, dass ich dich überhaupt wiederkenne, aber dieses miesepetrige Gesicht gibt es eben nur einmal auf der Welt!« Er lachte über seine Worte, als seien sie ein Witz. »Und wer sind diese Kinder? Was ist hier los?«

Das würde Elina auch gerne wissen! Was sollte das heißen? Hatte Mortimer etwa nicht gewusst, dass Herr Schnotter im Exil lebte? Natürlich war sein Exil eine Bestrafung gewesen, aber sie hatte immer gedacht, dass es kein großes Geheimnis gewesen war, dass er aus der Gemeinschaft der Süßigkeitenwerker ausgeschlossen worden war. Hatte er etwa gar keinen Kontakt zu anderen Süßigkeitenwerkern mehr haben dürfen? Doch wieso hatte Frau Bonet ihm dann die Zuckerkreide gegeben?

»Ist eine lange Geschichte«, antwortete Herr Schnotter.

»Das glaube ich dir nur zu gern«, sagte Mortimer.

Elina sah Charlie und Robin an, dass auch sie durcheinander waren.

»Die drei sind … Schüler von mir«, log Herr Schnotter.

Mortimer runzelte die Stirn. »Du bildest Süßigkeitenwerker aus?«

»Nicht direkt«, sagte Herr Schnotter vage.

»Lass mich raten: Auch das ist eine lange Geschichte?«

Herr Schnotter trat näher zu Mortimer. »Wir brauchen deine Hilfe.«

Die Stimmung war kurz so angespannt, dass Elina nicht daran glaubte, dass Mortimer ihnen weiter zuhören würde, doch dann lächelte er.

»Du hast dich kein Stück verändert! Hattest schon immer deine Geheimnisse, warst lieber für dich und hast niemanden an dich herangelassen. Bis auf Maggie natürlich. Aber nach all den Jahren hier unangekündigt aufzutauchen und ohne Erklärung um meine Hilfe zu bitten, ist schon etwas ... überwältigend.«

Elina beobachtete, wie Herrn Schnotters Finger sich so fest um seinen Gehstock schlossen, dass seine Knöchel weiß hervortraten. Er war eindeutig angespannt und Elina wurde das Gefühl nicht los, dass etwas nicht stimmte.

Doch dann tat Herr Schnotter etwas wirklich Un-Schnotterhaftes. Er streckte einen Arm aus, klopfte Mortimer freundschaftlich auf die Schulter und lächelte ihn fröhlich an. »Du hast dich auch nicht verändert, Mortimer. Regst dich über jede Kleinigkeit auf und bist lieber unter Apparaten als Menschen.«

Mortimers Miene wurde weicher. »Es ist wirklich schön, dich zu sehen, Emil.«

»Es ist auch schön, dich zu sehen«, erwiderte Herr Schnotter. »Ich wünschte, es wäre unter anderen Umständen, aber nun bin ich hier und brauche deine Hilfe.«

»Das sagtest du bereits. Worum geht es?«

Herr Schnotter drehte sich zu ihnen um. Er winkte Robin heran. »Das Pon des Jungen ist kaputt. Kannst du es dir ansehen und reparieren?«, fragte er Mortimer.

»Na, dann lass mich mal einen Blick darauf werfen.«

Kapitel 8

Alle standen um den Tresen herum. Mortimer hatte eine seltsame Brille aufgesetzt, die mit ihren zig Gläsern anscheinend Dinge vergrößern konnte. Er begutachtete Robins Pon schon seit einigen Minuten, drehte es hin und her und gab dabei öfter ein langes »Hm« von sich, als würde er eine besonders schwierige Diagnose aufstellen.

Robin machte das so nervös, dass er kaum stillstehen konnte.

Elina beugte sich über den Tresen, als sie es nicht länger aushielt. »Kriegen Sie das wieder hin?«

Mortimer stoppte seine Untersuchung und sah sie eindringlich an. »Du bist eine von der neugierigen Sorte, was? Wie heißt du?«

In ihrem Kopf schrillten Alarmglocken. Einem Fremden ihren Namen zu nennen, war nicht klug. Vor allem nicht an einem Ort wie diesem. Sie hatte Herrn Schnotters Warnung nicht vergessen.

»Kannst du es reparieren?«, ging Herr Schnotter dazwischen.

Mortimer ließ Elina jedoch nicht aus den Augen. während er antwortete: »Natürlich kann ich es reparieren, was für eine Frage. Ich bin der beste Erfinder des *Emporiums.*«

»Sehr gut«, sagte Herr Schnotter. »Wie lange wird es dauern?«

Mortimer legte Robins Pon auf dem Tresen ab. »Ein paar Stunden. Komm kurz mit nach oben, dann besprechen wir die Details.«

»Ihr bleibt hier. Und rührt nichts an«, sagte Herr Schnotter ernst.

Dann folgte er Mortimer die Stufen hinauf. Elina wartete, bis die Schritte der beiden und das Geräusch des Gehstocks ganz leise waren, ehe sie sich ihren Freunden zuwandte. Robin schien erleichtert, aber Charlie wirkte skeptisch.

»Der komische Kauz hat dich echt lange angestarrt«, meinte sie.

»Ein bisschen unheimlich war das schon«, sagte Robin.

Elina zog die Nase kraus. »Immerhin kann er uns helfen. Ich fand dieses Wiedersehen von ihm und Herrn Schnotter viel schräger«, murmelte sie, woraufhin ihre Freunde ein zustimmendes Murmeln von sich gaben. Schräg war echt kein Ausdruck dafür!

»Was glaubt ihr, worüber die reden?«, fragte Charlie.

»Mortimer will sicher irgendeine Gegenleistung«, meinte Elina.

»Herr Schnotter bezahlt ihn bloß und lässt uns die Summe hinterher in seinem Haus abarbeiten«, sagte Robin. »Ich werde bestimmt bis an mein Lebensende wie ein Hauself versklavt, weil so eine Reparatur sicher teuer ist.«

»Vielleicht kannst du dich dann ja selbst befreien, wenn

du den Stinkesocken-Tee nur lang genug trinkst«, sagte Charlie und musste über ihren eigenen Witz lachen.

Elina grinste, dann deutete sie auf die Orgelmaschine. »Was ist das eigentlich?«

»Gute Frage«, meinte Robin. »Hier gibt's echt eine Menge Krams.«

Die drei begannen, sich ein wenig umzusehen. Elina entdeckte rechts von der Orgelmaschine eine Tür, deren goldener Knauf wieder aussah wie ein Schraubenschlüssel. Irgendetwas dahinter rumpelte leise, als würde etwas umfallen.

Ehe sie nachsehen konnte, erregten Stimmen ihre Aufmerksamkeit.

Sie kamen von der oberen Etage, wo Herr Schnotter und Mortimer verschwunden waren. Sofort zog es Elina und die anderen zur Treppe. Elina sah besorgt hinauf.

»Klingt, als würden die streiten«, bemerkte Charlie.

»Sollen wir nachsehen?«, fragte Elina unsicher.

»Ich denke, wir sollten uns lieber nicht einmischen«, meinte Robin.

Im nächsten Moment hörten sie Schritte und huschten rasch zurück an den Platz, wo Herr Schnotter sie zurückgelassen hatte. Da kam dieser auch schon die Stufen hinunter. Mortimer war dicht hinter ihm. Zufrieden wirkte keiner der beiden.

»Wir gehen«, sagte Herr Schnotter energisch. »Bis später, Mortimer.«

Der Erfinder rief ihnen nach: »*Später* will ich Antworten, Emil!«

Draußen stampfte Herr Schnotter einfach weiter, als

wolle er so viel Abstand wie möglich zwischen sich und Mortimer bringen. Elina hatte es ja geahnt. Er hatte sich verstellt, damit Mortimer ihm verzieh und Robins Pon reparierte!

»Warten Sie!«, rief Elina. »Was war da zwischen Ihnen und Mortimer los?«

Es war nicht schwer, zu Herrn Schnotter aufzuschließen, denn mit seinem Gehstock war er nicht allzu schnell. Robin und Charlie waren direkt hinter ihr.

»Was mussten Sie Mortimer für die Reparatur geben?«, fragte Robin.

»Und was für Antworten meint er?«, fragte Charlie.

»Lasst das alles mal meine Sorge sein.«

»Wir machen uns aber Sorgen um Sie«, sagte Elina.

Herr Schnotter machte eine wegwerfende Handbewegung. »Gebt nichts auf das Gerede von zwei alten Männern. Wir holen Robins Pon in ein paar Stunden ab und bis dahin können wir etwas die Bittersüße Allee erkunden und Spaß haben.«

»Wissen Sie überhaupt, wie man Spaß buchstabiert?«, fragte Charlie.

Herrn Schnotters Mundwinkel zuckten. »Finden wir es heraus.«

»Okay. Wohin gehen wir zuerst?«, wollte Robin wissen.

Herr Schnotter nickte in Elinas Richtung. »Entscheide du, Elina.«

Ha! Dachte er, sie würde ihm auf den Leim gehen? Das Ganze war doch nur ein Ablenkungsmanöver, damit sie keine weiteren Fragen stellte! Elina zögerte. Ihr Blick wanderte die Bittersüße Allee hinauf. Die quietschbunten Läden, die süßen Verlockungen und die vielen interessanten Schilder … ach, Mist! Es funktionierte.

»Dahin!«, sagte sie.

Das Geschäft nannte sich *Pralinen-Planetarium* und sah von außen tatsächlich ein wenig wie eine der großen Kuppeln aus, die es bei manchen Sternenwarten gab. Die Fassade war verglast und schimmerte bläulich. Voller Euphorie marschierte Elina voran. Drinnen gab es auf der einen Seite einige Klappsessel wie im Kino und ein Projektor projizierte dort einen Film an eine Wand, der verschiedene Schritte bei der Herstellung von Schokolade zeigte. Die linke Seite war der Verkaufsraum, wo in einer endlos langen Auslage Pralinen über Pralinen zur Schau gestellt wurden.

Eine Mitarbeiterin winkte sie fröhlich heran. »Möchtet ihr etwas probieren?«

»Unbedingt!«, sagte Charlie, noch ehe Elina es konnte.

Elina bedachte Charlie mit einem Lächeln. Endlich sah ihre Freundin die schönen Seiten der Magie zuerst, schließlich sollten die Süßigkeiten glücklich machen und helfen und einen nicht aufs Schlimmstmögliche verzaubern.

Ihr kleines Grüppchen trat an die Glastheke heran.

»Woah«, entfuhr es Elina. Diese Pralinen waren pure Kunstwerke! Fast zu schön zum Essen. Es gab sie in verschiedenen Formen, Größen und Geschmacksrichtungen und sie hatten allerhand coole Namen.

Eine Sorte hieß Galaktisches Gelee und die Pralinen waren blau, violett und schwarz, mit kleinen weißen Tupfen, als habe jemand wirklich versucht, die Galaxie einzufangen. Paradiesisches Popcorn lag neben der Sorte Märchenhafte Marshmallows und eine andere hieß Charmante

Crunchies. Elina hätte wahrscheinlich für den Rest ihres Lebens einfach nur dagestanden, die Schildchen gelesen und den Pralinen nachgesabbert, hätte die nette Verkäuferin ihnen nicht ein kleines Tablett mit Kostproben entgegengehalten.

»Eine unserer neuen Sorten: Regenbogen-Rosine«, sagte sie und deutete auf diese. Sie zwinkerte Elina zu. »Allein der Genuss ist magisch!«

»Danke!«, sagte Elina und nahm sich eine der kleinen regenbogenfarbigen Kugeln vom Tablett, um sie sich in den Mund zu schieben. Was die wohl bewirkten?

»Mhhhhhhhhhhh!«, machte Elina lautstark. Hier schmeckte man echt einen Regenbogen! Saftige Himbeere, zartbittere Schokolade und weiche Rosinen.

Auch Charlie und Robin nahmen sich je eine Praline und schmatzten genüsslich.

Noch während Elina kaute, sah sie, wie über den Köpfen ihrer Freunde jeweils ein kleiner glitzernder Regenbogen erschien und einige zarte kunterbunte Funken sprühte – fast ein wenig wie bei einer Wunderkerze, die leider viel zu schnell erlosch.

»Nice!«, sagte Charlie und deutete auf die Stelle über Elinas Kopf.

Charlie, Robin und Elina probierten sich noch durch einige andere Sorten, die alle einfach unfassbar gut waren, ehe sie weitergingen. Am liebsten hätte Elina eine Packung dieser magischen Leckereien gekauft, aber nachher aß die noch aus Versehen jemand anderes und erfuhr von der Süßigkeitenwerker-Magie.

»Oh! Können wir als Nächstes dorthin?«, fragte Charlie. Sie hatte eine Art Boutique ins Auge gefasst, in deren Schaufenster jede Menge Schmuck auslag. Ein großes Schild warb mit dem Spruch: *Süße Schmuckstücke für süße Gelegenheiten!*

Herr Schnotter erhob keine Einwände und so stürmten Charlie und Elina los. Viel Platz war drinnen nicht und die Einrichtung fand Elina reichlich kitschig. Mit dem vielen Pink und Weiß hätte man meinen können, Hello Kitty wäre hier drin explodiert.

Charlie schien es aber zu gefallen. »Wie schön! Guck mal.«

Sie bewunderte eine Kette, deren Anhänger aus einem kleinen Glasherzchen mit Korken bestand. Im Inneren befanden sich winzige Zuckerstreusel-Buchstaben.

»Die Wohlklingenden Wortherzen sind unser Spitzenseller!« Ein älteres Mädchen stand plötzlich neben ihnen.

»Was können die?«, fragte Elina interessiert.

Charlie starrte noch immer mit leuchtenden Augen auf die Kette.

»Die magischen Buchstaben ermöglichen es, das Herz eines anderen für sich zu gewinnen«, antwortete das Mädchen und tat ganz verschwörerisch dabei.

Charlie horchte auf. »Heißt das etwa, die sind wie ein Liebeszauber?«

Das Mädchen kicherte. »Na ja, für ein paar Minuten zumindest! Ich habe mal meine Mutter damit überredet, meine Matheaufgaben für mich zu machen. Der Zauber sorgt dafür, dass dich jemand kurz so lieb gewinnt, dass er dir keinen Wunsch abschlagen kann.«

»Du willst Arthur doch nicht wirklich verzaubern, oder?«, fragte Elina.

Charlie schüttelte den Kopf. »Natürlich nicht! Wobei, wenn es nur kurz hält …«

»Ist das dieser Arthur da draußen? Der ist ziemlich süß!«

»Was? Nein!«, entfuhr es Charlie empört. »Robin ist doch nicht süß!«

»Na ja«, meinte Elina. »Er ist praktisch ein Mini-Arthur.«

»Elina!« Charlie klappte regelrecht der Mund auf vor Entsetzen. »Robin ist ein stinkstiefeliger Brummbart, der ist gar nicht wie Arthur! Bist du blind?«

Elina runzelte die Stirn. »Wenn du das sagst …«

»Leider ist die Kette zu teuer«, murmelte Charlie enttäuscht.

»Oh«, entfuhr es Elina, als auch sie einen Blick auf das Preisschild warf. »Da hilft es auch nicht, wenn ich dir mein Taschengeld gebe.«

»Ich habe noch was anderes, ist gerade reduziert«, sagte das Mädchen. Sie verschwand kurz und kam dann mit einem Armband wieder. Es bestand aus dünnen Schnüren, zwischen die drei Herzen eingeflochten waren. »Das sind Mucksmäuschenstill-Minzeherzen. Die sind prima, wenn man sich mal verstecken und still sein muss. Und außerdem sieht das Armband auch echt hübsch aus!«

Die Beschreibung erinnerte Elina ein wenig an das Klammheimlich-Konfekt, an dem die Zuckerhuts herumwerkelten und dessen Rezept bis heute nicht vollständig war.

»Ja! Das gefällt mir!«, freute Charlie sich. »Ich nehm's.«

Nach dem Bezahlen verließen sie die Boutique. Herr Schnotter und Robin standen inzwischen nicht mehr vorm Laden, sondern ein Stück die Straße runter und kauften gerade bei *Zamponis,* einem Stand auf Rädern, Zuckerwatte.

»Möchtet ihr auch eine?«, fragte Herr Schnotter.

Charlie und Elina nickten gleichzeitig. »Ja!«

Wenn ihre Mutter wüsste, was Elina seit dem Frühstück alles an Zucker futterte, würde sie vermutlich in Ohnmacht fallen. Und Piet erst! Der würde vor Neid platzen!

»Jetzt bist du dran, Robin. Wo willst du hin?«, fragte Elina.

Robin war gerade damit beschäftigt, sich mit seiner Zunge etwas Zuckerwatte von der Nasenspitze zu schlecken, die dort kleben geblieben war, und verzog dabei angestrengt das Gesicht.

»Ich sag doch: von wegen süß«, murmelte Charlie und verdrehte die Augen.

Elina verkniff sich ein Lachen.

»Keinen Plan«, meinte Robin, nachdem er den Kampf mit der Zuckerwatte gewonnen hatte. »Wir können von mir aus in jeden Laden gehen.«

»Sei bloß nicht zu begeistert!«, witzelte Charlie.

Robin starrte mürrisch zurück. »Soll Herr Schnotter doch was aussuchen.«

Drei Augenpaare richteten sich nun auf den alten Herrn.

Der schien von irgendetwas abgelenkt, denn er blickte die Straße hinauf und rührte sich nicht. Nanu?

»Herr Schnotter?«, fragte Elina. »Alles in Ordnung?«

»Ja, sicher«, antwortete er, klang aber abwesend dabei.

»Wann waren Sie eigentlich das letzte Mal hier?«, fragte Charlie.

»Das weiß ich gar nicht mehr so genau.«

Elina lächelte ihn an. »Hatten Sie einen Lieblingsladen?«

Herr Schnotter rückte seinen Hut zurecht. »Einige.«

»Robin, sag mal eine Zahl«, schlug Elina vor.

»Fünf«, sagte Robin aus dem Bauch heraus.

»Okay, dann gehen wir jetzt in den fünften Laden, an dem wir vorbeikommen!«

Die Gruppe setzte sich langsam in Bewegung. Sie liefen an einer Lebkuchenfabrik, einer Schneiderei, einem Buchladen und einem Muffin-Café vorbei. Überall lag der herrliche Duft von frisch gebackenen Keksen und Schokolade in der Luft.

Elina atmete tief ein. Mhhh! Konnte es etwas Besseres geben, als an einem Ort voller magischer Süßigkeiten mit ihren besten Freunden unterwegs zu sein?

Absolut nicht!

Kapitel 9

Der fünfte Laden war weiß gestrichen, mit einer schwarz-weiß gestreiften Markise und in simplen Lettern stand **Zarellas** über dem Eingang. Durch das Schaufenster sah Elina meterhohe Regale voller Bonbongläser. Beim Betreten wurde ihr allerdings erst klar, wie unheimlich viele es tatsächlich waren: überall Bonbons über Bonbons in allen Regenbogenfarben!

Doch das Schmuckstück des Ladens war ein außergewöhnlicher Apparat, der Elina an einen überdimensionalen Kaugummiautomaten erinnerte. In der dicken Glaskugel befanden sich jedoch keine Süßigkeiten, sondern lauter durchsichtige Blasen. Darin waren die unterschiedlichsten Bilder zu sehen. Ein Kinderkarussell, das sich drehte, oder ein Dinosaurier, der den Mund aufriss, als wolle er brüllen, oder Bäume aus Spaghetti! Es waren unfassbar viele!

»Was ist das alles?«, fragte Charlie.

»*Wilde Wünsche*«, las Elina von dem Schild am Automaten.

»Was sind denn wilde Wünsche?«, meinte Robin verwundert.

»Das kann ich euch sagen!«, antwortete eine herzliche Stimme.

»Ich kann das ebenso!«, fügte eine weitere Stimme hinzu.

Charlie, Robin und Elina drehten sich um. Hinter Herrn Schnotter, der etwas Abstand gehalten hatte, standen zwei Frauen. Sie waren grundverschieden. Die eine war groß und anmutig wie eine Ballerina und trug ihr langes blondes Haar in einem Pferdeschwanz. Die andere war etwas kleiner und wirkte mit dem pechschwarzen, streng zurückgebundenem Haar wie eine mies gelaunte Schuldirektorin.

»Uns gehört *Zarellas*«, sagte die blonde Frau. »Ich bin Zara Zarella.«

»Und ich bin Zora Zarella, ihre Schwester«, sagte die andere.

Beide machten einen altmodischen Knicks. »Willkommen!«

Wow, ganz schöne Zungenbrecher-Namen!

»Hallo«, sagte Elina höflich. »Ich bin Elina. Das sind Robin und Charlie. Und Herr Schnotter hier ist … unser … ähm … also … unser Opa!«

Charlie musterte die beiden skeptisch und Robin sagte gar nichts. Herr Schnotter schmunzelte – aber hey, »ihr Opa« war doch keine üble Ausrede, fand Elina.

Zara Zarella tänzelte leichtfüßig zu ihnen herüber und deutete auf den Automaten. »Das ist unser Wunsch-O-Mat! Er wird mit einer speziellen Zuckertinktur betrieben! Darin befinden sich unsere weltberühmten Kristallklaren Orakel-Knackbonbons.«

»Die klingen spannend!«, meinte Elina aufgeregt.

»Können diese Orakel-Bonbons was voraussagen?«, fragte Robin.

Zara lächelte. »Ein Orakel ist ja meist jemand, der eine rätselhafte Aussage tätigt, die aber für die Zukunft sehr wichtig sein wird. Und so funktionieren auch unsere Bonbons! Sie schenken dir einen kleinen Rat, der dir in der Zukunft helfen wird.«

»Klingt wie ein Glückskeks«, meinte Charlie.

»Aber ein magischer«, sagte Elina belustigt.

Robin runzelte die Stirn. »Und wieso heißt es dann Wunsch-O-Mat?«

»Die Orakel-Bonbons sind das, was der Wunsch-O-Mat euch im Austausch für einen Wunsch gibt«, erklärte Zara. »Es funktioniert folgendermaßen: Ihr kauft euch eine unserer Schokomünzen, flüstert ihr euren Wunsch zu und schiebt sie in den Wunsch-O-Mat hinein. Dieser spuckt dann ein Kristallklares Orakel-Knackbonbon aus.«

»Heißt das, man tauscht seinen Wunsch gegen einen Rat?«, fragte Elina.

»Nicht direkt«, erwiderte Zara. »Wünsche haben eine ganz eigene Magie und sind sozusagen der Treibstoff für eine hilfreiche Weissagung. Nur so kann die Magie eines Orakel-Bonbons richtig wirken, denn ihr gewährt ihm dadurch einen wichtigen Einblick in euch. Ich verspreche dir aber, dass unser Wunsch-O-Mat keinen der Wünsche verschluckt. Er verwahrt all die vielen Wünsche, die er erhält, bis sie sich erfüllen.« Zara Zarella deutete auf die Glaskugel. »Die Wunschblasen im Inneren zerplatzen, wenn der Wunsch in Erfüllung geht. Und solange das nicht passiert, ist es ein wilder Wunsch.«

»Sollen wir es mal probieren?«, fragte Robin und beäugte den Automaten neugierig.

»Mhh«, machte Charlie. »Ich hätte schon einen Wunsch.«

»Aber alle können dann unsere Wünsche sehen«, meinte Elina unsicher.

»Geteilte Wünsche sind doch die schönsten!«, ermutigte sie Zara. »Wisst ihr, was? Da ihr heute das erste Mal im *Zarellas* seid, bekommt ihr eine Schokomünze aufs Haus.«

Schon fischte Zara besagte Münzen aus ihrer Tasche und reichte Charlie, Robin und Elina je eine. Sie waren so groß wie ein Zwei-Euro-Stück und in eine silberne Folie eingepackt, auf der ein W zu sehen war.

Charlie wickelte ihre Münze sofort aus und folgte der Anweisung: Sie flüsterte der Münze leise ihren Wunsch zu und schob sie in den dafür vorgesehenen Schlitz. Der Wunsch-O-Mat kam direkt in Bewegung. Die Wunschblasen darin wirbelten umher und eine neue ploppte in der Mitte der Glaskugel auf. Eine, in der lauter Zeichen-Utensilien herumschwebten. Charlie wünschte sich bestimmt, für immer ihrem geliebten Hobby nachgehen zu können.

Im nächsten Augenblick kullerte aus der Klappe unten ein Bonbon.

Durch Charlie ermutigt, benutzte Robin als Nächstes den Wunsch-O-Mat.

Elina sah seine Wunschblase zwischen zwei anderen abtauchen. Darin befanden sich lauter verschiedene Dinge: ein Fahrrad, ein Fußball, ein Schwimmreifen und ein Kanu.

Elina schmunzelte. Robin wünschte sich natürlich mehr Zeit für sich, um Dinge auszutesten und herauszufinden, was er mochte. Das hatte er Charlie und ihr schließlich erst kürzlich gestanden.

Elina fand, dass beides tolle Wünsche waren, und hoffte, sie würden sich für ihre Freunde erfüllen!

Nun war sie selbst an der Reihe, aber sie zögerte. Insgeheim hatte sie etwas Angst, dass jemand sie für ihren Wunsch auslachen würde. Doch das war natürlich Blödsinn! Wieso sollten ihre Freunde auch lachen? Sie gab sich einen Ruck, wickelte ihre Schokomünze aus und hielt sie sich dicht an den Mund. »Ich wünsche mir, dass Charlie, Robin und ich für immer Freunde sind.«

Sie steckte die Münze in den Schlitz und ein Rumpeln ging durch den Automaten. Elina beobachtete, wie nun eine besonders große Wunschblase aufstieg. Darin war ein langes Band zu sehen, in das drei Knoten geknüpft worden waren. Vielleicht ein Freundschaftsband? Und die drei Knoten standen für Charlie, Robin und sie?

»Elina, dein Bonbon!«, sagte Robin.

»Oh, stimmt«, murmelte Elina. Sie nahm es heraus. Die Verpackung des Kristallklaren Orakel-Knackbonbons fühlte sich gar nicht wie ein Süßigkeitenpapier an, sondern vielmehr wie Stoff. Das Bonbon war ein wenig größer als ein normales. Auf dem dunklen Lila des Papiers hob sich in der Mitte das Symbol einer Kristallkugel ab. Elina wickelte das Kristallklare Orakel-Knackbonbon aus und betrachtete die lila Bonbon-Kugel, die recht unscheinbar war. Und nun? Sollte sie sie einfach essen?

»Einmal draufbeißen reicht. Passt auf, dass ihr den Zettel

nicht verschluckt!« Die Anweisung kam von der unfreundlichen Zarella-Schwester, Zora.

Elina sah zu Charlie und Robin. »Lassen wir sie zusammen zerknacken?«

Ihre Freunde nickten. Alle drei schoben sich die Knackbonbons zwischen die Zähne.

»Das ist echt steinhart!«, brachte Elina etwas undeutlich heraus. Sie drückte energisch die Zähne zusammen und schließlich knackte das Bonbon auf. Ein Vibrieren ging durch Elinas Körper und schon jetzt schmeckte sie eine leckere Mischung aus cremiger Sahne und bittersüßer Pflaume. Es fiel ihr schwer, nicht gleich noch mal auf das Bonbon zu beißen, sondern erst den Zettel herauszufischen. Der war auf magische Weise völlig unversehrt. Gespannt friemelte sie ihren Zettel mit den Fingern auseinander, während sie weiter lutschte und es auf ihrer Zunge angenehm knisterte und knackte.

»Auf meinem steht: ›Ist deine Lage mal nicht so heiter, hilft dir ein Pinselstrich weiter‹«, sagte Charlie. »Ob ich demnächst mal auf meine Vokabeltests was zeichnen sollte? Die Antworten fallen mir ja meist eh nicht ein.«

»Bloß nicht!«, sagte Elina amüsiert. »Sonst kriegst du Ärger.«

Charlie seufzte. »Mhhh! Dieser Orakelspruch ist nicht gerade *kristallklar.* Was steht denn bei dir, Robin?«

Er legte skeptisch die Stirn in Falten. »›Mit etwas Glück findest du den richtigen Weg, dank deines Talents ist es dafür nie zu spät‹«, las er vor.

»Das klingt doch ganz gut«, sagte Elina.

»Ja«, murmelte Robin. »Als würde ich meinen Weg noch finden.«

»Mit deinem Talent«, fügte Charlie hinzu.

Die beiden sahen erwartungsvoll zu Elina. Sie strich ihren Zettel glatt und las den Satz dort zunächst im Stillen.

Dein wertvollster Besitz schwebt in großer Gefahr, zum Schutze erinnere dich, was damals geschah.

Was war das denn? Elina starrte auf das Papier. Das klang wie eine Warnung! Das konnte sie nicht laut vorlesen. Damit würde sie die schöne Stimmung des Tages kaputt machen.

»Elina?«, fragte Charlie.

Sie schluckte schwer. Früher hatte Elina ihre Gedanken und Sorgen oft für sich behalten, um ihren Freunden nicht zur Last zu fallen. Doch sie hatte auch gelernt, dass man bei einer Freundschaft alles teilte und in schweren Zeiten füreinander da war.

»Ich … « Elina zögerte. »Da steht gar nichts Gutes.«

Sie reichte den Zettel an Charlie weiter und Robin lehnte sich zu ihr. Nachdem die beiden ihn gelesen hatten, sahen sie einander ein wenig beklommen und ratlos an.

»Was ist das bitte für ein blöder Spruch!«, schimpfte Charlie los.

»Das ist keine Weissagung«, sagte Robin. »Sondern Mist!«

Elina fühlte sich sofort etwas besser, denn ihre Freunde nahmen ihre Sorge ernst und darüber war sie unheimlich froh. Mit neuem Mut sah sie zu den Zarella-Schwestern, die gerade zwei andere Kunden am Eingang verabschiedeten.

Moment mal – wo war eigentlich Herr Schnotter?

»Hey!«, rief Charlie da schon durch den Raum und kam

Elina somit zuvor, etwas zu dem Zettel zu sagen. »Der Wunsch-O-Mat ist voll im Eimer!«

»Wie bitte?«, empörte sich Zora. »Du freches Ding!«

»Gibt es etwa ein Problem?«, fragte Zara besorgt.

Charlie wedelte mit Elinas Zettel herum. »Wo ist das denn fair! Von wegen Wünsche sind der Treibstoff! Das klingt schlimmer als eine Voraussage für die Apokalypse!«

Ganz so dramatisch hätte Elina es selbst nicht ausgedrückt, aber es stimmte schon. Dieser Spruch bereitete ihr richtig Unbehagen, so finster klang er.

Zara nahm den Zettel und las ihn, dann wandte sie sich Elina zu. »Das tut mir wirklich sehr leid, aber der Wunsch-O-Mat ist nicht kaputt. Je mächtiger der Wunsch und je stärker er von Herzen kommt, umso klarer wirkt die Magie des Kristallklaren Orakel-Knackbonbons«, erklärte sie. »Diese Weissagung wird dir noch helfen.«

»Wie soll mir so was helfen?«, fragte Elina verunsichert.

Zara legte ihr sanft eine Hand auf die Schulter. »Mein liebes Mädchen, was auf den ersten Blick wie eine Gefahr wirkt, kann auf den zweiten das Glück sein, dieser einen Schritt voraus zu sein. Und du kannst rechtzeitig schützen, was du liebst.«

Elina nahm ihren Zettel zurück und steckte ihn ein. »Denken Sie das echt?«

Zara nickte. »Aber ja! Du bist dem Schicksal nun einen Schritt voraus!« Sie lächelte aufmunternd. »Bonbons sind die Spezialität von uns Zarellas, verlass dich darauf.«

Dadurch fühlte sich Elina tatsächlich ein klitzekleines bisschen besser.

»Werden wir ja sehen!«, murrte Charlie und stampfte los.

Robin warf den Zarellas einen finsteren Blick zu und zog Elina Richtung Tür.

»Tschüss!«, rief Elina noch hastig, um nicht allzu unhöflich zu sein.

Auf der Straße atmete sie erst mal tief durch.

Je mächtiger der Wunsch und je stärker er von Herzen kommt, umso klarer wirkt die Magie ... der Satz klang in ihrem Kopf nach wie ein Echo. Hoffentlich behielt Zara recht und Elinas Weissagung würde ihr im richtigen Moment tatsächlich helfen.

Plötzlich fiel ihr wieder ein, dass ja Herr Schnotter fehlte.

»Wo ist er bloß?«, wunderte sie sich.

»Er würde uns doch nicht einfach allein lassen«, sagte Charlie. »Oder?«

»Nie im Leben«, antwortete Robin. »Er hat uns doch angewiesen, bei ihm zu bleiben.«

»Wovon redet ihr? Ich war doch bloß ein bisschen Luft schnappen.«

Elina drehte sich erschrocken um. Herr Schnotter stand plötzlich hinter ihnen.

»Wo kommen Sie denn her?«, fragte sie.

»Ich stand schon die ganze Zeit hier«, antwortete er.

Das war nun echt schwer zu glauben! Hier war eindeutig was im Busch!

Der alte Herr erstickte jedoch alle Proteste, indem er rasch sagte: »Wir gehen jetzt zurück zum *Erfinder-Emporium* und holen Robins Pon wieder ab.«

Damit war das Thema erledigt.

Elina seufzte. Herr Schnotter und seine Geheimnisse!

Auf dem Rückweg durch die Bittersüße Allee wurde Elina

jedoch schnell wieder in den Bann der ganzen Süßigkeiten gezogen und vergaß den komischen Moment. Im Gehen bestaunte sie ein besonders schönes Schaufenster, in dem Dutzende Lutscher an Schnüren hingen, da wurde sie unsanft angerempelt. Automatisch blickte sie über ihre Schulter und ihr schoss der Puls in die Höhe.

Eine Frau mit schwarzem Mantel tauchte zwischen den Leuten ab.

Elina starrte ihr nach. Das … das konnte doch unmöglich Vivien sein, oder?

Nein! Die Zuckermeister wüssten es, wenn Vivien hier wäre, versuchte sie sich zu beruhigen. Ganz sicher. Ihr Verstand hatte ihr bloß einen Streich gespielt …

Kapitel 10

Im *Erfinder-Emporium* war von Mortimer keine Spur. Ob er sich in einer der oberen Etagen aufhielt? Neugierig, was es dort zu entdecken gab, war Elina schon.

»Arbeitet hier außer Mortimer niemand?«, fragte sie.

»Wie es aussieht, ist er zumindest heute allein hier«, antwortete Herr Schnotter. »Früher gab es viel mehr Erfinder. Die Berühmteste von ihnen war Ellie Ellerhardt, die auch dieses *Erfinder-Emporium* gegründet hat. Die Erfinder sind bekannt für das Bauen außergewöhnlicher mechanischer Apparate, die man ›Apparillos‹ nennt.«

Elina dachte an den Wunsch-O-Mat. Ob der ein Apparillo war? Sie blickte zu Herrn Schnotter. »Und was genau können die?«

»Sie sind eine Erweiterung der Süßigkeitenwerker-Magie«, erklärte Herr Schnotter. »Natürlich kann jeder eine magische Süßigkeit benutzen, aber die Apparillos haben die Magie länger haltbar gemacht. Sie wurden vor langer Zeit erfunden, um mit jedem Magie auf eine etwas langfristigere Weise teilen zu können.«

»Mit *jedem* Magie zu teilen?«, wiederholte Charlie.

Elinas Herz schlug sofort schneller. »Trotz des Picot-Pakts?«

»Ja«, antwortete Herr Schnotter. »Damals haben die Zuckermeister und Erfinder Hand in Hand gearbeitet, um Magie für alle greifbarer zu machen. Aber … das ist lange her. Die Regeln haben sich geändert und viele Erfinder gibt es nicht mehr.«

»Können Sie uns nicht mehr über die Apparillos sagen?«, bettelte Elina.

»Ja, bitte!«, drängte auch Robin. »Wir wollen mehr hören.«

»Ein anderes Mal. Wo steckt Mortimer nur? Ich denke, es schadet nicht, einmal oben nachzusehen.« Herr Schnotter wandte sich der Treppe zu. Zögernd warf er einen Blick über seine Schulter und sah Charlie, Robin und Elina eindringlich an.

»Schon verstanden«, sagte Robin. »Warten und nichts anfassen.«

Der alte Mann nickte und hinkte dann Stufe um Stufe hinauf.

Nach einigen Minuten war er noch immer nicht zurück.

»Sollen wir ihm nach?«, fragte Charlie unsicher.

»Vielleicht keine schlechte Idee«, sagte Robin. »Aber sollte nicht jemand unten bleiben, falls Mortimer auftaucht? Vielleicht ist er gar nicht oben und Herr Schnotter sucht ihn die ganze Zeit umsonst?«

Charlie verzog das Gesicht. »Hier unten ist es aber unheimlich mit diesen ganzen tickenden Geräuschen, da möchte ich nicht allein bleiben.«

»Ich kann warten«, sagte Elina. »Das macht mir nichts aus.«

»Bist du sicher?«, fragte Robin.

»Ja, geht schon«, antwortete sie.

»Danke!«, sagte Charlie. »Da oben ist es allein bestimmt auch gruselig.«

Elina grinste. »Robin kann dich ja beschützen.«

»Arthur wäre mir lieber«, murmelte Charlie.

Robin verdrehte die Augen und ging die Treppe hinauf. Charlie folgte ihm und dann verschwanden sie.

Nach einer Weile wurde es echt langweilig, sich die Beine in den Bauch zu stehen. Elina wandte sich der großen Orgelmaschine zu. Was die wohl konnte? Plötzlich hörte sie ein lautes Gerumpel und Gepolter. Elina folgte den Geräuschen zu der Tür rechts von der Orgelmaschine. Sie war nur leicht angelehnt und als es dahinter wieder rumpelte und polterte, gab Elina ihrer Neugier nach.

»Herr … ähm, Herr Mortimer? Hallo? Ist da jemand?«

Sie schob die Tür auf und erhaschte einen Blick auf eine Art Werkraum. An den Wänden waren eiserne Industrieregale voller Zeug, das Elina an Antiquitäten erinnerte. Und auf dem Tisch in der Mitte lag etwas, das halb von einem Tuch verdeckt wurde. Sicherlich ein Apparillo! Eine metallene Spitze war zu erkennen, der Teil einer Glaskugel, in der lauter elektrische Funken tanzten, und einige Zahnräder. Das fand Elina nicht weiter merkwürdig, schließlich war das hier das *Erfinder-Emporium!* Aber … da war ein Wappen auf dem mechanischen Apparat.

Zuerst hielt Elina es noch für das vertraute Zeichen der

Zuckermeister, aber das stimmte nicht. Es war diesem nur sehr ähnlich. Der Schneebesen kreuzte sich zwar mit dem Kochlöffel, doch statt des S und B, die beim Wappen der Zuckermeister auf der Münze zwischen den Pon zu einem Buchstaben verschmolzen, befand sich hier nur ein A. Und statt eines Lorbeerkranzes umfasste ein schwarzer Ring das Wappen.

Was hatte das zu bedeuten?

Elina streckte die Hand nach dem Tuch aus.

»Wie bist du hier reingekommen?«, fauchte eine Stimme.

Mortimer packte sie fest am Handgelenk. Er zerrte sie gewaltsam aus dem Werkraum und funkelte sie wutentbrannt an. Der zauselige alte Erfinder strahlte so viel Zorn aus, dass Elina eine Heidenangst bekam.

»Bitte lassen Sie mich los! Sie tun mir weh!«, flehte sie.

»Da ist der Zutritt strengstens verboten!«, zischte Mortimer.

Er stieß Elina von sich. Sie taumelte rückwärts, verlor das Gleichgewicht und stürzte. Ihr linker Ellbogen kollidierte schmerzhaft mit dem Boden und sie keuchte auf. Tränen stiegen ihr in die Augen. Was war denn nur in den Erfinder gefahren?

»Oh, nein … das wollte ich nicht«, sagte Mortimer.

Er bückte sich, um Elina aufzuhelfen, aber sie strampelte sich hoch und wich zurück.

»Bleiben Sie weg von mir!«

»Beruhige dich«, säuselte er. »Das war ein Versehen.« Mortimer sah Elina entschuldigend an. »Ich habe ein wenig überreagiert. Es ist nur … darin befinden sich streng geheime Apparate, welche ich für die Zuckermeister anfertige.«

»Dann sollten Sie die Tür vielleicht nicht auflassen!« Sie klang weitaus mutiger, als sie sich fühlte. Natürlich hätte sie nicht in den Werkraum gehen dürfen, aber das gab diesem Mortimer kein Recht, sie so zu behandeln!

In den dunklen Augen des Erfinders funkelte etwas Boshaftes auf. »Du solltest …«

»Was ist hier los? Elina?«

Ihr Blick schnellte zur Treppe, wo Herr Schnotter mit Charlie und Robin im Schlepptau herunterkam. Er schien sofort zu begreifen, dass etwas vorgefallen war.

»Was passiert ist?«, sagte Mortimer. »Deine Schülerin führt sich wie eine wild gewordene Talentlose auf und schnüffelt in Angelegenheiten herum, die sie nichts angehen! Vielleicht wollte sie mich sogar bestehlen! Das *Erfinder-Emporium* bestehlen!«

Elina überkam eine große Welle Entsetzen. Sie war doch keine Diebin!

Verzweifelt sah sie zu Herrn Schnotter, aber sie bekam kein Wort heraus. In ihrer Kehle hatte sich ein dicker Kloß gebildet und sie war noch immer wackelig auf den Beinen.

»Was erlaubst du dir eigentlich?«, erwiderte Herr Schnotter. »Elina würde so etwas niemals tun. Ich verbitte mir, dass du solche Behauptungen aufstellst, Mortimer!«

Nun liefen doch ein paar Tränen über Elinas Wangen. Herr Schnotter glaubte ihr!

Innerhalb weniger Sekunden war er bei ihr und legte einen Arm um sie.

»Geht es dir gut?«, fragte er und sie nickte, weil sie ihrer Stimme nicht traute.

Charlie und Robin stellten sich schützend vor Elina.

»Wir würden jetzt gerne das Pon des Jungen mitnehmen«, sagte Herr Schnotter. Er drückte bestärkend Elinas Schulter und ließ sie dann in der Obhut ihrer Freunde, um zum Tresen zu gehen. »Du solltest es inzwischen repariert haben.«

Schnaufend ging Mortimer zum Verkaufstresen und nahm aus einem der Fächer an der Wand dahinter einen braunen Beutel. »Unsere Abmachung ist jetzt wohl hinfällig, was?«, stieß er verärgert aus. »Da habt ihr das Pon! Verschwindet!«

Mortimer wollte ihnen das Pon vor die Füße schmeißen, aber Robin reagierte blitzschnell und fing den Beutel auf, ehe er den Boden berührte. Er lugte hinein, um sich zu vergewissern, dass sich auch wirklich sein Pon darin befand, dann eilte er zu ihnen zurück. Hastig scheuchte Herr Schnotter sie zum Ausgang hinaus.

»Das wirst du noch bereuen, Emil!«, brüllte Mortimer. »Dafür habe …«

Die Tür schlug hinter ihnen zu und die letzten Worte des Erfinders gingen unter. Elina war heilfroh, das *Erfinder-Emporium* und somit Mortimer hinter sich zu lassen.

Hoffentlich für immer!

Kapitel 11

»Was ist bloß in diesen Typen gefahren!«, schimpfte Charlie.

Ihre kleine Gruppe hatte fast den Fondant-Platz erreicht.

»Ich weiß nicht«, murmelte Elina. »Er war wie ausgewechselt.« Sie rieb sich das schmerzende Handgelenk. Ihr pochte das Herz noch immer bis zum Hals.

Sie hatte den anderen inzwischen erzählt, was genau vorgefallen war.

»Er hat gesagt, du würdest dich aufführen wie eine ›wild gewordene Talentlose‹«, meinte Robin. »Das klang furchtbar abfällig! Was wollte er damit überhaupt sagen?«

Herr Schnotter seufzte. »Ich muss euch wohl einiges erklären. Aber nicht hier.«

Elina konnte nicht einmal mehr nicken. Was für ein ereignisreicher Tag!

Gemeinsam überquerten sie den Fondant-Platz, schlugen aber nicht den Weg ein, den sie gekommen waren, als sie die Bittersüße Allee betreten hatten. Herr Schnotter führte sie in eine Ecke voller neuer Geschäfte und Häuser. An einer Stelle befand sich ein schmaler Unterstand mit schrägem Dach, der Ähnlichkeit mit einem recht krummen Bushaltestellenhäuschen hatte. Ein langer Pfahl mit Schild ragte daneben empor. Elina erkannte darauf das Kompass-Symbol der Zwischenwander-Zuckerkreide wieder.

Herr Schnotter bedeutete ihnen, stehen zu bleiben. »Hier geht's zurück. Habt ihr alle noch eure Zuckerkreide?«, fragte er und sprach erst, als sie alle genickt hatten, weiter. »Gut. Dieses Mal müsst ihr ›Belony‹ schreiben.«

Er holte den Rest der Süßigkeit aus seiner Tasche, leckte mehrmals daran und trat dann in den Unterstand, um an die Wand dort den Namen ihrer Heimstadt zu kritzeln. Wie bereits bei der Hinreise verabschiedete er sich mit dem vertrauten Kaugummiblasen-Geräusch über die Zwischenwanderpfade.

Kurz warf Elina einen Blick zurück zum Fondant-Platz und all den schillernden Läden, von denen sie nicht einmal annähernd alle gesehen hatte. Zu gerne hätte sie noch mehr Zeit an diesem magischen Ort verbracht, weitere Geschäfte erkundet und endlos viele der köstlichen magischen Süßigkeiten probiert.

Charlie trat in den Unterstand. »Bis gleich!«, sagte sie und verschwand auf dieselbe Weise wie Herr Schnotter. Danach ließ Robin Elina den Vortritt. Sie holte ihre eigene Zuckerkreide heraus und folgte den ihr bekannten Anweisungen. Die Reise über die Zwischenwanderpfade ließ erneut Elinas ganzen Körper kribbeln. Doch schnell war das Ganze wieder vorbei – sie hatte kaum einmal eingeatmet, da stand sie schon im dunklen Tunnel. Es war kaum noch etwas von der Zuckerkreide in ihrer Hand übrig und der mickrige Rest bröselte nun einfach weg.

Nun waren das Abenteuer und all der Zauber vorbei.

Robin tauchte neben ihr auf und gemeinsam folgten sie einem dünnen Lichtstrahl, der von draußen hereinfiel, aus dem Tunnel heraus. Elina hatte das Gefühl für jegliche Zeit verloren, besonders da es im Sommer länger hell blieb.

Auf dem Weg zu Herrn Schnotters Haus spürte Elina, wie hungrig sie eigentlich war. Und da war sie nicht die Einzige. Robins Magen knurrte wie ein Grizzlybär und auch Charlies grummelte.

»Ich bin für ’ne Pizza«, sagte Charlie.

»Oder zwei Pizzen!«, sagte Elina.

»Nein, fünf!«, sagte Robin. »Ich verhungere!«

Herr Schnotter schloss kopfschüttelnd seine Haustür auf.

»Huhu! Herr Schnotter! Waren diese liebreizenden Kinder nicht schon öfter bei Ihnen? Sind das Ihre Enkel? Möchten Sie sie mir nicht vorstellen?«

Elina sah, wie Frau Kloß, die anscheinend gerade Blumen gegossen hatte, noch mit der Gießkanne in der Hand zum Gartenzaun kam. Sie winkte ihnen dabei so heftig zu, als würde sie ein SOS absenden. Das war wirklich recht stürmisch.

Herr Schnotter schob Charlie, Robin und Elina hastig ins Haus und schloss die Tür hinter ihnen. Sofort kam Tinka schwanzwedelnd durch den Flur auf sie zu.

»Bestellt von mir aus die Pizza«, sagte Herr Schnotter, »aber ich warne euch. Frau Kloß könnte vielleicht den Pizzaboten entführen. Ich füttere jetzt mal Tinka.«

Charlie, Robin und Elina prusteten los.

»Herr Schnotter! Sie können ja richtig sarkastisch sein!«, meinte Elina.

»Das Risiko gehen wir ein«, sagte Charlie.

Herr Schnotter brummte, ehe er mit Tinka in der Küche verschwand.

Elina folgte ihren Freunden ins Wohnzimmer, wo sie sich aufs Sofa setzten, und Charlie sofort ihr Handy herausholte, um die Seite vom Lieferdienst aufzurufen.

Nachdem sie bestellt hatten, dauerte es nicht lang, bis die Lieferung eintraf. Eigentlich wollten sie zusammenlegen und von ihrem Taschengeld bezahlen, aber Herr Schnotter drückte dem Pizzaboten Geld in die Hand und knallte die Tür sofort wieder zu, weil Frau Kloß erneut zu rufen angefangen hatte. Die drei bedankten sich und stürzten sich auf das dampfende Essen, während Herr Schnotter selbst irgendeinen ungemein gesunden Haferschleim aß.

Nachdem sie alle satt und zufrieden waren, war eine angenehme Ruhe eingekehrt. Tinka schnarchte im Raum nebenan und so war auch Charlie entspannter als sonst. Der perfekte Zeitpunkt für ein Gespräch also!

»Sagen Sie uns jetzt, was es mit den Talentlosen auf sich hat?«, fragte Elina.

Herr Schnotter seufzte resigniert. »Ich komme wohl nicht darum herum. Als Talentlose bezeichnet man Menschen ohne ein Talent, wie Charlie und dich, aber auch Süßigkeitenwerker ohne Magie.«

»So wie mein Bruder Arthur?«, fragte Robin verwundert. »Er wurde in einem Schaltjahr geboren. Aber meine Eltern haben ihn nie so genannt …«

»Er würde dazu zählen, ja«, erwiderte Herr Schnotter.

»Bei Mortimer klang es wie ein Schimpfwort«, murmelte Charlie.

Herr Schnotter legte die Stirn in Falten. »Nun«, sagte er und machte eine Pause, um anscheinend Zeit zu schinden. »Früher waren Talentlose ein ganz normaler Teil der Süßigkeitenwerker-Gemeinschaft. Es war egal, ob man ein Talent besaß oder nicht, man akzeptierte einander. Es gab Talentlose in Süßigkeitenwerker-Familien, die von Geburt an talentlos waren oder angeheiratet wurden, und man weihte Talentlose unter besonderen Bedingungen sogar in die Geheimnisse der Magie ein, wenn sie enge Freunde waren und man ihnen uneingeschränkt vertraute.«

Elina klappte der Mund auf. »Aber die Zuckermeister haben Charlies und meine Erinnerungen gelöscht, damit wir die Geheimnisse vergessen!«

»Ich sagte, *früher«,* wiederholte Herr Schnotter. »Ist eine verzwickte Sache. Das Vertrauen der Süßigkeitenwerker in die Talentlosen wurde durch einige Ereignisse auf eine harte Probe gestellt. Und die Zuckermeister entschieden danach, dass die magischen Geheimnisse besser beschützt werden müssen – und dass Talentlose eine Gefahr für eben diese darstellen.«

»Meine Eltern haben mir erzählt, dass sich mal eine kleine Gruppe Süßigkeitenwerker gegen die Zuckermeister gestellt hat, weil sie sich für etwas Besseres hielten«, sagte Robin. »Waren diese Leute daran schuld?«

»Und was sind das für Ereignisse gewesen?«, schob Charlie hinterher.

Herr Schnotter schwieg eine Weile. »Es gab schon immer Süßigkeitenwerker, die nicht mit den Regeln des Picot-Pakts einverstanden waren«, erklärte er. »Sie wollten nicht, dass die Magie etwas Flüchtiges ist, das vergeht. Es ging ihnen um Macht, darum, ihre Magie vollends auszuschöpfen und diese für sich selbst zu nutzen. Auch viele Talentlose aus Süßigkeitenwerker-Familien sahen es als ihr Geburtsrecht an, über Magie zu verfügen. Sie wollten es nicht hinnehmen, dass ihnen eigene Magie verwehrt blieb.«

»Was geschah dann?«, fragte Elina angespannt.

»Es gab große Unruhen. Immer wieder kreidete diese Gruppe aus Süßigkeitenwerkern und Talentlosen, die sich selbst die Anderwärts-Gesellschaft nannte, dem Concilium der Zuckermeister niedere Absichten an. Man würde wertvolle magische Rezepte unter Verschluss halten, die Funktionen von Apparillos einschränken, die Süßigkeitenwerker um ihre wahre Stärke betrügen. Die Anhänger der Anderwärts-Gesellschaft gierten alle nach der Magie – oder eben immer mehr davon. Und schließlich griffen die Anderwärts-Werker das Museum der Zuckerkünste an und wollten alle Zuckermeister gewaltsam zu Fall bringen.«

Elina starrte Herrn Schnotter fassungslos an. »Es gab einen Kampf?«

Neben ihr schnappte Robin nach Luft. »Das … das ist furchtbar!«

»Das war es«, sagte Herr Schnotter niedergeschlagen. »Ich selbst habe an der Seite vieler Süßigkeitenwerker und Zuckermeister in dieser Nacht gekämpft, die man bis heute unter dem Namen ›Das Große Zerwürfnis‹ kennt. Danach veränderte sich alles. Die Zuckermeister beschlagnahmten viele Apparillos, Rezepte wurden verboten, Anderwärts-Werker wurden aufgrund ihrer Vergehen verurteilt und eingesperrt. Die Talentlosen erhielten eine Erinnerungslöschung und wurden verbannt.«

Elina hielt den Atem an.

»Nach dem Vorfall breitete sich die Angst unter allen wie ein Lauffeuer aus«, sprach Herr Schnotter weiter. »Davor, dass unsere Geheimnisse und unsere Kräfte in die falschen Hände fallen könnten … dass so etwas wie das Große Zerwürfnis erneut geschehen könne. In unseren Reihen wurden Zweifel laut, ob es jemals eine gute Idee gewesen war, Talentlose überhaupt in die Magie einzuweihen.«

»Aber nicht alle Talentlosen konnten etwas dafür!«, stieß Robin aus.

Herr Schnotter sah ihn traurig an. »Natürlich nicht. Viele Talentlose waren Teil einer Süßigkeitenwerker-Familie, waren Ehepartner, enge Freunde und Verbündete. Doch die Zuckermeister wollten nicht riskieren, dass erneute Unstimmigkeiten aufkamen, und so wurden die Regeln verstärkt, was alle außenstehenden Talentlosen betraf, die nicht zu einer Süßigkeitenwerker-Familie gehörten.«

»Deshalb wurden also Elinas und meine Erinnerungen gelöscht«, sagte Charlie.

Der alte Herr nickte bedächtig. »Ein Talentloser zu sein, ist in den Augen mancher Süßigkeitenwerker heute gleichbedeutend damit, unwürdig zu sein. Im Kampf gegen die Zuckermeister waren die Talentlosen auf der Seite der Anderwärts-Gesellschaft für diese nichts weiter als Bauern auf einem Schachbrett, die man opferte. Dabei hatte die Anderwärts-Gesellschaft immer nur ein Ziel vor Augen: den ›wahren‹ Erben Madame Picots, also den talentierten Süßigkeitenwerkern, die vollkommene magische Macht zugänglich zu machen. Mortimer gehört zu jenen, die viele der alten Ansichten nie abgelegt haben. Ich hatte mich bereits damals von ihm distanziert, doch er ist einer der besten Erfinder unserer Zeit – weshalb ich es trotz einiger Bedenken für ratsam hielt, ihn aufzusuchen. Aber so, wie er mit Elina umgesprungen ist und nach dem, was er zuvor zu mir gesagt hat …«

Herrn Schnotters Gedanken schienen an einen Ort abzudriften, an den Charlie, Robin und Elina ihnen nicht folgen konnten. Elina versuchte, geduldig zu sein, aber es brannten ihr zu viele Fragen auf der Zunge.

»Gibt es die Anderwärts-Gesellschaft noch?«, drängte sie aufgekratzt.

»Die Anderwärts-Gesellschaft wurde damals zerschlagen«, antwortete Herr Schnotter. »Doch viele Süßigkeitenwerker befürchten noch heute, dass sie eines Tages wirklich zurückkehren könnten. Dass sie die Zuckermeister endgültig stürzen, eine furchtbare Schreckensherrschaft entbrennt und die talentlosen Süßigkeitenwerker bis aufs Blut gejagt werden, da nur jene mit ›Ehre im Blut‹ die wahren Mitglieder der magischen Welt sein dürfen.«

Elina starrte Herrn Schnotter an. Alles, was er gesagt hatte, wirbelte wie ein Tornado die Gedanken in ihrem Kopf durcheinander. Das war echt zu krass …

»Ehre im Blut«, murmelte Robin. »Jetzt macht das auch mit der Feindesmünze so viel mehr Sinn …«

»Was macht Sinn?«, hakte Charlie nach.

»Wie kommst du denn jetzt auf die Münze?«, fragte Elina.

Robin sah die beiden an. »Vivien hat dir doch diese Feindesmünze untergeschoben, damit sie dich immer im Auge behalten kann. Wir haben damals noch überlegt, was das A darauf zu bedeuten hat – das muss doch A wie in

›Anderwärts-Gesellschaft‹ sein. Und denkt doch bloß an das Motto! *Ehre im Blut!*«

»Das stand am Rand eingraviert!«, entfuhr es Elina. »Bedeutet das, Vivien Aldric gehört zu ihnen?«

»Denkt ihr etwa, sie hat damals schon für die Anderwärts-Gesellschaft gearbeitet?«, fragte Charlie geschockt. »Ich komme nicht mehr mit …«

»Wenn die Anderwärts-Werker sich als die ›wahren Erben‹ Madame Picots sehen …« Elina schluckte schwer. »Dann ist Vivien Aldric ja noch viel gefährlicher, als wir bisher gedacht haben!«

»Was ist das überhaupt für ein grässliches Motto?«, fluchte Charlie. »Ehre im Blut? Wie können die nur denken, sie würden über allen anderen stehen?«

Herr Schnotter machte ein ernstes Gesicht. »Diese Redewendung stammt eigentlich aus dem Picot-Pakt: Jeder Süßigkeitenwerker soll mit Ehre im Blut seine Magie einsetzen. Doch Madame Picot meinte es im guten Sinne, dass die Magie ehrenhaft von allen, die sie besitzen, benutzt werden soll. Die Anderwärts-Werker haben eine verdrehte, grausige Sache daraus gemacht. Als wären nur jene mit Magie von Wert und Talentlose im Gegensatz dazu unbedeutend, wertlos, dazu da, sich ihnen zu beugen. Und vielleicht habt ihr recht, vielleicht vertritt Vivien diese Ansicht und die Münze war eine Art Bekennung dazu, aber die Anderwärts-Gesellschaft wurde zerschlagen. Es gibt sie nicht mehr, Münze hin oder her.«

»Aber was, wenn sie zurückkehrt?«, fragte Elina und erschauderte.

Herr Schnotter lächelte erschöpft. »Da habe ich euch

ganz schön Angst eingejagt, was? Ich versichere euch, das wird nicht passieren. Das Concilium der Zuckermeister ist stärker denn je. Vertraut auf meine Worte.«

Elinas Finger krallten sich in ihre Hose. »Wieso sind Sie da so sicher?«

»Ich weiß es einfach«, antwortete Herr Schnotter bestimmt.

Er klang so voller Überzeugung, dass Elina ihm glauben wollte. Doch tief in ihrem Herzen hatte seine Erzählung Zweifel in ihr gesät, die sich an ihr festbissen.

»Es ist ziemlich spät geworden«, sagte Herr Schnotter. »Ihr solltet euch auf den Weg machen, ehe sich eure Eltern noch fragen, wo ihr so lange bleibt.«

Niemand konnte dem widersprechen. Sie alle hatten auch ganz schön viele Dinge zu verarbeiten …

Gemeinsam räumten sie die Teller weg und verabschiedeten sich dann – auch von Robin, der schließlich nur die Straße runter wohnte. Die Rückfahrt über vergaß Elina kurz ihre Sorgen, weil Charlie irgendwelche blöden Witze machte, um die Stimmung aufzulockern. Doch sobald Elina allein in ihrem Zimmer war, wurde sie wieder nachdenklich. Sie zog ihre Schreibtischschublade auf. Dort lag das Süßigkeitenpapier, das Vivien Aldric damals als Warnung zurückgelassen hatte. Elina legte ihren Orakel-Zettel daneben, ehe sie die Schublade wieder schloss.

Hoffentlich hielt die Magie in Zukunft nur Gutes für sie alle bereit.

Kapitel 12

Nach der Schule herrschte im Bus eine gedrückte Stimmung. Charlie hörte gar nicht mehr auf, melodramatische Seufzer von sich zu geben. Elina wusste genau, wo der Schuh drückte. Ihre Englischlehrerin Frau Seidel hatte ihnen heute einen Test wiedergegeben und im Gegensatz zu ihrer Note war Charlies schlecht ausgefallen.

»Was mache ich denn nur?«, grummelte Charlie. »Meine Mutter hat mir doch gerade erst erlaubt, in die Kunst-AG zu wechseln. Wetten, wegen dieser blöden Note kriege ich voll Ärger? Und dann überlegt sie es sich bestimmt anders.«

Elina stupste sie leicht an. »Deine Mutter wusste doch schon vor der Kunst-AG, dass du keine Musterschülerin bist. Sie wollte ja immer, dass ich dir Nachhilfe gebe, um uns zusammenzubringen. Keine schlechte Idee eigentlich. Sag ihr doch, dass wir ab jetzt gemeinsam lernen. Dann freut sie sich und sieht, dass du dir Mühe gibst!«

Ein Lächeln stahl sich auf Charlies Lippen. »Danke.«

Die nächste Haltestelle war ihre und sie stiegen aus. Sie waren noch nicht ganz bei ihren Häusern angekommen, da sah Elina Robins Fahrrad am Gartenzaun lehnen. Bestimmt wartete er im Baumhaus. Was er wohl wollte?

»In fünf Minuten am Baumhaus?«, fragte Elina und deutete auf Robins Rad, um Charlie darauf aufmerksam zu machen.

»Okay!«, sagte Charlie.

Schon als Elina die Haustür aufschloss, hörte sie Stimmen aus dem Wohnzimmer. Piet diskutierte gerade mit ihrer Mutter darüber, ob er vor dem Erledigen der Hausaufgaben schon etwas auf der Spielkonsole zocken durfte, doch ihre Mutter hielt dagegen und sagte Nein. Ihr Bruder stampfte zeternd die Treppe hoch und schimpfte über seine blöden Hausaufgaben, ohne Elina zu beachten.

»Auch hallo!«, rief sie Piet nach.

»Elina, bist du das?«, fragte ihre Mutter.

»Nein, deine andere Tochter Emma! Wer sonst?«

Sie ging zur Garderobe und stellte ihren Rucksack dort ab.

Ihre Mutter kam aus dem Wohnzimmer. »Hast du Hunger? In zwanzig Minuten gibt es Lasagne. Dein Vater arbeitet noch. Opa kommt gleich auch zum Essen vorbei.«

»Ja, habe ich. Aber … Robin und Charlie sind im Baumhaus.«

»Sie können mitessen, wenn sie wollen«, sagte ihre Mutter.

»Danke!«, sagte Elina und lief schon Richtung Hintertür.

»Zwanzig Minuten!«, rief ihre Mutter ihr nach.

Im Garten ging Elina schnurstracks auf das Baumhaus zu

und kletterte die Leiter hinauf. Das Baumhaus war schon eine ganze Weile der nicht ganz so geheime Treffpunkt von Charlie, Robin und ihr. Hier oben hatten sie viele Pläne geschmiedet – und in den letzten Wochen ewig lange über alles Mögliche gequatscht.

Als Elina durch die Baumhausluke kam, sah Robin von seinem Pflanzenbuch auf und klappte es zu. Irgendwie wirkte er echt unglücklich.

»Alles okay?«, fragte sie.

Robin schüttelte den Kopf. »Ich wollte heute in der Schule nichts sagen, aber auf dem Heimweg habe ich die ganze Zeit drüber nachgedacht, also bin ich umgedreht und hergekommen. Meine Eltern denken eh, ich habe heute länger.«

Besorgt setzte sich Elina neben ihn. Das klang gar nicht gut …

Charlie erschien am Ende der Leiter. »Hey! Fangt nicht ohne mich an!« Sie ließ sich Robin und Elina gegenüber auf den Boden plumpsen.

»Irgendwas stimmt nicht mit meinem Pon«, sagte Robin geradeheraus.

Elina strich sich das Haar zurück. »Wie meinst du das?«

»Mortimer hat es doch repariert«, fügte Charlie hinzu.

Robin sah die beiden geknickt an. »Gestern war wieder Süßigkeitenwerker-Unterricht und meine Mutter wollte an einem Rezept weiterarbeiten, das wir vor einigen Wochen angefangen haben. Mein Pon hat sich in meinen Händen ganz kalt angefühlt.« Er seufzte. »Aber eigentlich ist das Pon durch die Magie, die beim Süßigkeitenwerken hindurchfließt, immer warm. Das gestern war anders als sonst.«

»Ist denn was passiert, als du es benutzt hast?«, fragte Charlie.

»Ich habe sofort gesagt, dass ich Bauchschmerzen habe«, druckste Robin herum. »Damit ich nicht mitmachen muss. Irgendwas stimmt mit dem Pon nicht, wirklich!«

Elina sah Robin mitfühlend an. »Wir glauben dir natürlich. Aber vielleicht gibt es eine ganz einfache Erklärung dafür?«

»Der Notfallkoffer hatte ja einen eigenen Willen«, meinte Charlie. »Vielleicht hatte dein Pon einen Magischen-Miesepeter-Tag oder so was Bekloopptes?«

Robin verzog gequält das Gesicht. »Ich weiß echt nicht …«

»Gibt es für dein Pon denn nicht, äh, eine Art Anleitung?«, fragte Elina.

Das brachte Robin etwas zum Schmunzeln. »Du meinst, eine Gebrauchsanleitung wie bei einem Fernseher, wo man nachschauen kann, wenn was nicht stimmt?«

»Na gut, das klingt bescheuert«, sagte sie grinsend. »Als ich das Pon in den Händen hatte, da war es für mich auch kalt, aber ich habe ja auch keine Magie.«

»Laut Herrn Schnotter soll Mortimer ja so ein mega Erfinder sein, aber vielleicht hat er auch irgendwas falsch gemacht bei der Reparatur?«, warf Charlie ein.

»Hm«, machte Robin. »Möglich ist es. Seitdem Herr Schnotter uns gesagt hat, dass Mortimer die Ansichten der Anderwärts-Gesellschaft für was Wunderbares hält, ist er mir eh nicht mehr geheuer – sein Ruf scheint jedenfalls nicht viel wert zu sein.«

»Ja, mir auch nicht«, stimmte Elina zu. »Er hat mich so abfällig eine Talentlose genannt! Ich hoffe, wir sehen ihn nicht wieder.«

»Wenn ich mir vorstelle, dass noch mehr Süßigkeitenwerker so denken … « Robin schüttelte sich. »Da wird mir echt ganz komisch. Wieso konnte es nicht wie vor dem Großen Zerwürfnis bleiben? Das ist doch unfair. Dann dürftet ihr sogar Teil der magischen Welt sein, ohne ständig Angst um eure Erinnerungen haben zu müssen … stellt euch das vor! Eine magische Welt, wo wir offen Freunde sein dürfen.«

Elina schlug die Beine im Schneidersitz übereinander, um eine gemütlichere Position einzunehmen. »Das wäre wirklich super! Wir könnten ganz oft in die Bittersüße Allee reisen und so viele magische Sachen zusammen erleben.« Sie sah kurz zu Charlie. »Nicht, dass normale Sachen nicht auch toll wären.«

»Schon gut.« Charlie schob sich eine Strähne hinters Ohr. »Die Vorstellung von dieser anderen magischen Welt ist schon spannend. Es klang so, als hätte es vor der Anderwärts-Gesellschaft keine schlechte Magie gegeben …«

»Ich wünschte, meine Eltern würden mit uns über all das sprechen«, sagte Robin. »Ich meine, sie haben ja immer mal wieder etwas angedeutet, von einer Gruppe gesprochen, die sich gegen die Zuckermeister gestellt hat, aber das? Mit so was Großem und Schrecklichem wie der Anderwärts-Gesellschaft hätte ich nie gerechnet … dabei geht mich das doch auch was an. Immer diese Geheimnisse.«

»Na ja, du hast auch eins vor deinen Eltern«, meinte Elina.

»Manchmal sind Geheimnisse eben leichter als die Wahrheit«, murmelte Charlie. »Dann kann man nämlich auch Dinge vor sich selbst verstecken.«

Elinas Blick huschte zu ihr. Hatte Charlie etwa auch ein Geheimnis?

»Wie meinst du das?«, fragte Robin vorsichtig.

Elina rutschte ein Stück näher zu Charlie. »Möchtest du drüber reden?«

Charlie hatte die Finger ineinandergeschoben und knetete sie nervös. Sie biss sich auf die Unterlippe und schien mit sich zu hadern. »Ich … ich träume manchmal von Vivien. Es sind keine schönen Träume. In ihnen findet sie uns und … tut uns schreckliche Dinge an. Deshalb macht Magie mir auch oft … Angst. Weil man damit schreckliche Dinge anrichten kann und solange es Menschen wie Vivien gibt …«

»Oh, Charlie ….« Elinas Herz zog sich zusammen. Sie nahm Charlies Hand und sah sie einfühlsam an. »Wir sind immer für dich da. Egal, was passiert.«

Robin nahm Charlies andere Hand. »Genau. Wir sind doch Freunde.«

Charlie stiegen Tränen in die Augen. »Ich weiß manchmal gar nicht, ob ich weiter Teil von dieser magischen Welt sein möchte … ihr beide seid da anders als ich. Was, wenn ihr mich deshalb mal zurücklasst? Dann bin ich ganz allein.«

»Wir würden dich niemals allein lassen«, sagte Elina sanft.

»Ja! Dann habe ich doch keinen mehr zum Streiten«, sagte Robin. »Wie langweilig wäre das denn? Du gehörst doch zu uns. Wir sind das Süßigkeiten-Squad.«

Die Worte der beiden brachten Charlie endgültig zum Schniefen. »Echt?«

»Echt!«, sagten Robin und Elina im Chor.

Mit einem Mal wurde Elina etwas klar: Im Kampf gegen Vivien waren sie alle in Albträumen gefangen gewesen. Elina hatte geträumt, Charlie und Robin zu verlieren, und sich nur mühsam befreien können. Der Albtraum-Zauber hatte ihre schlimmsten Ängste hervorgekehrt – und die der anderen. Als Charlie aufgewacht war, hatte sie etwas davon gesagt, dass die Zuckermeister ihr alles genommen hatten … vielleicht schleppte sie schon seit damals diese Angst mit sich herum? Ihre Freunde zu verlieren …

So wie auch Elina diese Angst spürte. Und Robin vielleicht auch.

»Können wir uns was versprechen?« Elina sah ihre Freunde entschlossen an. »All diese Geheimnisse, ob magische oder nicht, die so viel in beiden Welten kaputt gemacht haben, so was wird uns nicht passieren. Kein Geheimnis soll jemals unsere Freundschaft zerstören. Wir werden zusammenhalten, egal was passiert. Fest versprochen, ja?«

»Beste-Freunde-Ehrenwort«, schniefte Charlie.

»Beste-Freunde-Ehrenwort«, wiederholte Robin.

»Beste-Freunde-Ehrenwort«, sagte auch Elina.

Die drei rückten zusammen und umarmten einander ganz fest.

»Und was mache ich jetzt wegen meinem Pon?«, nuschelte Robin.

Sie lösten das Freunde-Umarmungs-Knäuel auf.

»Vielleicht musst du es wirklich einmal testen?«, sagte Elina zögerlich. »Und wenn du wieder spürst, dass etwas nicht stimmt, dann … überlegen wir uns was.«

»Wenn dieser Mortimer echt was verpfuscht hat, machen wir ihm die Hölle heiß!«, sagte Charlie. »Dann kann er sich seinen Ruf sonst wohin stecken.«

Robin grinste. »Klingt nach einem Plan.«

Kapitel 13

Nach dem Hockeytraining schlenderte Elina beschwingt zum Getränkeautomaten. Heute war es super gelaufen, denn auf der Position als Stürmerin hatte sie sich total wohlgefühlt und ihre Trainerin war mit Elina und dem Rest der Mannschaft sehr zufrieden gewesen!

Elina schob etwas Kleingeld in den Automaten, was bepackt mit Rucksack, Sportbeutel und Hockeyschläger gar nicht so leicht war. Sie griff gerade nach ihrer Limodose, als ihr Handy mehrmals vibrierte.

Robin hatte in den Gruppenchat geschrieben.

SOS! Bitte kommt sofort zu mir!

Arthur dreht durch! Ich brauche Hilfe!

Was hatte das denn zu bedeuten? Elina schob das Handy in die eine Jackentasche und die Limodose in die andere und hastete aus dem Schulgebäude.

Zum Glück wohnten die Zuckerhuts nicht ganz so weit von der Schule entfernt. Elina war dennoch wegen ihres Gepäcks völlig außer Puste und als sie das Gartentor erreichte, musste sie erst mal kurz verschnaufen. Sie schleppte sich weiter, die Stufen zur Haustür hoch und klingelte. Sofort machte Robin auf. Er hatte einen hochroten Kopf, sah panisch aus und hielt einen Besen in der Hand.

»Elina! Bin ich froh, dich zu sehen! Alle drehen völlig durch!«

»Alle?«, fragte sie verwundert.

Wie zur Antwort auf die Frage sprang im nächsten Moment Frau Zuckerhut durch den Flur und gab ein lautes hühnerhaftes Gackern von sich. Dabei schwang sie ihren Pfannenwender durch die Luft. Sie verschwand in der Küche und ein Scheppern folgte.

Elina blinzelte. Was war das denn gewesen?

Robin fasste Elina am Handgelenk und zog sie ins Haus, um die Tür zu schließen. Ehe sie fragen konnte, was hier eigentlich los war, ertönte superschiefer Gesang aus dem Wohnzimmer. Elina wandte sich nach links und ihr klappte der Mund auf. Da saß Arthur mitten auf dem Tisch und hielt eine Selleriestange im Arm. Er fuhr mit den Fingern darüber, als wolle er sie wie ein Instrument spielen, und sang dabei.

»Ich bin der coolste Sellerie auf dem Planeten, alle sollten mich anbeten!« Arthur wiegte den Kopf im Takt einer nicht vorhandenen Melodie. »Anbeeeeteeeeeen!«

Ach, du heilige Zuckerstange! Elina hätte es nicht gewundert, wenn bei den schrillen Tönen sämtliche Glasscheiben zersprungen wären. Doch das war noch lange nicht alles. Sie sah gerade noch rechtzeitig, wie etwas genau auf Robin und sie zuflog. Geistesgegenwärtig schob Elina sich vor

Robin und wehrte das Wurfgeschoss mit ihrem Hockeyschläger ab.

Juna hatte ein Buch nach ihnen geschmissen!

»Nimm das, du blöder Lehrplan!«, schrie sie aufgebracht.

»Robin!«, sagte Elina. »Was ist hier los?«

Plötzlich stürmte Juna auf sie beide zu und stieß dabei einen Kampfschrei aus.

Robin zog Elina zur Seite und verbarrikadierte die Tür hinter ihnen. Sie befanden sich nun im kleinen Badezimmer. Von draußen hörte sie Geräusche wie im Zoo: Junas Schreie, Arthurs Gesang, und Frau Zuckerhut veranstaltete auch mächtig Krach.

Elina legte ihr Zeug ab, drehte sich zu Robin und musterte ihn argwöhnisch. »Was ist hier los! Spinnen die alle?«

»Robin?«, fragte da ein leises Stimmchen.

Die beiden drehten sich um und sahen Rufus, den Jüngsten der Zuckerhuts, in einer Lücke zwischen zwei Regalen voller Handtücher sitzen. Er hatte sich ganz klein gemacht.

»Rufus!« Robin zog seinen Bruder auf die Beine.

»Warum sind alle so komisch?«, fragte Rufus.

»Ja, Robin«, sagte Elina. »Warum sind alle so komisch?«

Sie hatte die Zuckerhuts schon verrückt erlebt, aber so verrückt? Nope!

»Wurden sie verzaubert?«, schob Elina die Frage hinterher.

Robin nickte. »Und es ist meine Schuld.«

»Deine Schuld?«, fragte Rufus und sah Robin mit großen Augen an.

Es dauerte, bis Robin unter den Blicken von Elina und

Rufus mit der Wahrheit herausrückte. »Eben wollte meine Mutter unbedingt eine Extrastunde Süßigkeitenwerker-Training dazwischenschieben, weil ich ja beim letzten Mal … krank war. Und Charlie, du und ich hatten ja darüber gesprochen, dass ich mein Pon benutzen sollte, um zu testen, ob wirklich etwas damit nicht stimmt.«

In Rufus' Gesicht erschienen lauter Fragezeichen.

Elina hingegen konnte sich schon denken, wie die Erzählung endete.

»Beim Kreieren der Drachenmints ging alles gut. Die Magie in meinem Pon fühlte sich gewohnt warm an. Juna und ich hatten sogar richtig Spaß! Und meine Mutter war stolz, dass wir das Rezept gemeinsam gemeistert haben.«

»Wozu sind die Dinger gut?«, hakte Elina nach.

»Die Dampfablassenden Drachenmints sollten für eine Frau sein, die einen Zettel an den Wunschbaum gehängt hat. Die Süßigkeit sorgt dafür, dass jemand Ärger, Sorgen und Zweifel loslassen kann. Damit man sozusagen Dampf ablässt.«

»Die haben Mama, Juna und Arthur gegessen?«, fragte Rufus.

»Deshalb drehen die so durch? Weil sie Dampf ablassen?«, fragte Elina.

»Ja – und nein.« Robin raufte sich durchs Haar. »Die Dampfablassenden Drachenmints kehren die negativen Gefühle aus dir raus, damit es dir anschließend besser geht. Aber die sollen niemanden in eine Horde wild gewordene Affen verwandeln! Wir wollten die Süßigkeit bloß gemeinsam testen, ehe wir sie einpacken. Ich wollte gerade als Letzter ein Drachenmint nehmen – da gings auch schon los bei den anderen und ich hab die Süßigkeit natürlich nicht mehr gegessen.«

Elina wurde ganz bange. »Die Nebenwirkungen lassen aber doch irgendwann nach. Was denkst du, wie lange das dauert?«

Plötzlich ertönte die Klingel und Arthur polterte singend durch den Flur, um aufzumachen. Elina und Robin erstarrten zeitgleich. Rufus gab ein »Oh, oh!« von sich.

»Hey«, hörten sie Charlie sagen. »Ist Robin da?«

»Robin ist nicht da, aber ich, das ist doch klar! Denn ich bin Arthuuuuur, der Superstaaaar!«, sang Arthur als Antwort, bestimmt in Begleitung des Selleries.

»Okay«, antwortete Charlie verdutzt.

»Chaaaaarlieeeee!«, kreischte da Frau Zuckerhut. »Willst du was Süßes?«

»Nein!«, schrie Elina und schloss die Badezimmertür auf. »Charlie!«

Elina hastete zu ihrer Freundin. Frau Zuckerhut führte einen echt bescheuerten Tanz auf und versuchte, Charlie zum Mitmachen zu animieren. Charlie rührte sich nicht. Vielleicht lag es daran, dass sie völlig perplex war, oder auch daran, dass Arthur ihre Hand genommen hatte und hingebungsvoll eine weitere Strophe Blödsinn von sich gab.

»Ich bin Arthur und sehe gut aus! Du stehst gerade in meinem Haus!«

»Ist das ein Sellerie in deinem Arm?«, fragte Charlie ungläubig.

Elina packte Charlie am Arm und zog sie hinüber ins Wohnzimmer.

»Ich sag ja, die Luft hier macht verrückt!«, sagte Charlie.

»Daran ist eine magische Süßigkeit schuld«, erklärte Elina.

»Und was für eine? Matsch-Hirn-Marshmallows?«

»Nie wieder lernen! Nie wieder lernen!« Juna kam durch den Durchgang, der das Wohnzimmer mit der Küche verband, und warf wieder ein Buch durch die Luft. Sie hatte einen ganzen Stapel auf dem Arm.

Charlie und Elina gingen hinter dem Sofa in Deckung.

»Robin nannte sie Dampfablassende Drachenmints.«

Neben ihnen knallte ein dicker Wälzer auf den Boden.

»Daher das SOS«, murmelte Charlie. »Wo ist Robin?«

»Im Badezimmer, mit Rufus«, antwortete Elina.

»Uahh!«, entfuhr es Charlie erschrocken.

Juna war wie ein Zombie um die Ecke des Sofas geschlurft. Sie streckte sogar die Hände nach ihnen aus, da sie alle Bücher anscheinend sonst wohin gepfeffert hatte.

Elina tat das Einzige, was ihr spontan einfiel. Sie sprang auf, zog die Limodose aus ihrer Jackentasche, zielte damit auf Juna und öffnete den Verschluss. Da sie in den letzten Minuten ordentlich durchgeschüttelt worden war, spritzte die klebrige Limonade in einem Strahl heraus und verpasste Juna eine unfreiwillige Dusche.

Robins Schwester erstarrte. Schließlich wischte sie sich die langen schwarzen Strähnen aus dem Gesicht und blinzelte mehrmals, als würde sie aus einem Traum erwachen. »Elina? Charlie? Was macht ihr hier? Und was mache ich hier?«

»Deine Mutter, Arthur und du wurdet verzaubert!«, sagte Elina hastig.

Da rauschte auch schon Robin mit Rufus an der Hand herein. »Lauft!«

Groß erklären musste er seinen Ausruf nicht, denn Frau Zuckerhut war ihnen mit einem irren Ausdruck im Gesicht auf den Fersen. Charlie und Elina hatten schon mal Bekanntschaft mit einem ihrer ominösen Apparate gemacht und der hier in ihren Händen sah nicht minder seltsam aus. Ein bisschen wie eine Kindertrompete, mit lauter Knöpfen und Drähten. Sie blieb stehen und lachte. »Hab ich euch!«

Junas Augen wurden riesig. »Oh nein! Nicht die Trubel-Trompete!«

Wie auf Kommando rannten alle auf den Durchgang zu, der vom Wohnzimmer in die Küche führte. Dumme Idee! Denn Frau Zuckerhut entkamen sie so nicht – statt ihnen nachzukommen, war sie anscheinend umgedreht, durch den Flur gegangen und schnitt ihnen nun von der anderen Seite vor der Küchentür den Weg ab.

Schon blies sie in das Trompeten-Ding, doch statt Tönen kam aus dem Trichter vorne ein sandig-körniger Staub heraus, der alle in eine neblige Wolke einhüllte. Und im nächsten Moment brach wirklich heilloser Trubel aus – denn was auch immer da aus dem Gerät gekommen war, verursachte jede Menge Juckreiz. Elina fühlte sich mit einem Mal, als habe sie sich durch Brennsesseln gewälzt. Es zwickte und juckte einfach überall! Im Flur fand ein einziges »Ahhh«-und-»Ohhh«-Konzert statt.

»Was zum Gartengnom ist denn hier los!«, rief plötzlich Herr Zuckerhut. Der war an der noch immer offen stehenden Haustür aufgetaucht, Penelope dicht hinter sich.

Elina musste keine Hellseherin sein, um zu wissen: Das gab Ärger.

Kapitel 14

In einem Einmachglas wirkten die Dampfablassenden Drachenmints echt harmlos. Sie sahen aus wie viereckige Bonbons, deren Verzierung einem Muster aus Drachenschuppen glich, woher sie sicherlich auch ihren Namen hatten.

Herr Zuckerhut räumte das Einmachglas gerade in einen der Küchenschränke, nachdem er es mit der Aufschrift »Fehlgeschlagenes Rezept« beschriftet hatte.

Er sah zum Küchentisch, wo Frau Zuckerhut, Robin, Rufus, Juna, Arthur, Charlie und Elina beisammensaßen und sich noch von dem schrecklichen Juckreiz erholten. Robins Vater hatte die Nebenwirkungen davon ebenso wie die der Drachenmints mit einer Handvoll Kukulus-Kontra-Krokant aus der Welt geschafft. Penelope war dabei, Gläser aus dem Schrank zu holen, um ihnen allen Wasser einzuschenken.

»Ihr seid alle doch noch etwas blass um die Nase«, meinte Herr Zuckerhut.

»Ich könnte ein stärkendes Karotten-Sellerie-Süppchen kochen, das wärmt von innen.«

»Nie wieder Sellerie!«, platzte es sofort aus Arthur heraus.

Alle Augenpaare im Raum richteten sich auf ihn. Elina hatte Robins älteren Bruder noch nie verlegen gesehen. Sonst war er immer Mr Obercool und total selbstbewusst. Die Erinnerung, wie er den Sellerie zu diesem albernen Gesang gerockt hatte, brachte sie so sehr zum Lachen, dass sie die anderen ansteckte. Schließlich lachte auch Arthur mit.

»Was ist denn nun schiefgegangen? Raus mit der Wahrheit«, forderte Frau Zuckerhut Robin ziemlich ernst auf, nachdem sich alle beruhigt hatten.

Nun lag die Aufmerksamkeit aller auf ihm. Er tat Elina richtig leid.

»Es ist nicht nur Robins Schuld«, sagte sie, ehe sie genau überlegt hatte, ob es überhaupt eine gute Idee war, sich jetzt einzumischen. »Charlie, Robin und ich …«

Robin schüttelte den Kopf und brachte sie damit zum Schweigen. »Es *ist* meine Schuld«, sagte er. »Ich wollte nicht, dass das passiert. Ich habe einen Fehler gemacht.«

»Das kommt mir bekannt vor«, murmelte Arthur.

»Lass deinen Bruder aussprechen«, schalt ihn Herr Zuckerhut.

Elina schenkte Robin einen Mut machenden Blick.

Und dann begann er zu erzählen. »Mein Pon ist mir letzten Sonntag heruntergefallen und kaputtgegangen. Elina und Charlie waren hier, um mit mir für die erste Süßigkeitenwerker-Prüfung zu lernen. Ich wollte ihnen das Pon zeigen, da ist es passiert.« Robin sah von Sekunde zu Sekunde elender aus. »Wir haben Herrn Schnotter um Hilfe gebeten, weil ich Angst hatte, dass ihr sauer auf mich seid, und er hat uns zu jemandem gebracht, der mein Pon repariert hat.«

»Nicht sehr erfolgreich, wie es scheint«, sagte Juna.

»Ach, Robin«, sagte Frau Zuckerhut und seufzte. »Wer hat es repariert?« Es war schwer einzuschätzen, was sie dachte, denn sie wirkte weder verärgert noch vorwurfsvoll, nur ein wenig enttäuscht vielleicht. »Wo seid ihr gewesen?«

»Im *Erfinder-Emporium*«, antwortete Robin.

»In der Bittersüßen Allee?«, entfuhr es Herrn Zuckerhut bestürzt. Er rückte seine Brille zurecht und sah seinen Sohn ungläubig an. »Mit Herrn Schnotter werde ich mal ein Wörtchen reden! Einfach über unsere Köpfe hinweg so was zu entscheiden!«

Elina blickte kurz zu Robin und die beiden verstanden sich in diesem Moment ohne Worte: Seine Eltern wussten also wirklich über die Bittersüße Allee Bescheid.

Robin erzählte auch den Rest: dass er ein komisches Gefühl beim Süßigkeitenwerker-Unterricht gehabt hatte, dann beim zweiten Mal aber scheinbar doch alles mit dem Pon okay gewesen war.

»Gar nichts ist okay«, sagte Herr Zuckerhut bestimmt.

»Ich stimme deinem Vater zu, Robin. Du hättest sofort zu uns kommen müssen«, sagte Frau Zuckerhut. »Hast du denn gar nichts seit der Sache mit dem Koffer gelernt?«

»Es tut mir leid«, wiederholte Robin. »Ich wollte euch nicht enttäuschen.«

Elina wünschte sich, sie könnte Robin irgendwie aus der Klemme helfen. Sie fühlte sich mitschuldig. Schließlich hatte sie vorgeschlagen, dass sie wegen des Pon-Problems noch etwas abwarten sollten, bis es Beweise für Robins Vermutung gab.

»Elina, Charlie, seid mir nicht böse«, begann Frau Zuckerhut. »Aber ihr solltet jetzt nach Hause gehen. Wir müssen ein paar Dinge mit Robin allein besprechen.«

»Frau Zuckerhut, ich …«, setzte Elina zögerlich an.

Robins Mutter sah sie voller Nachsicht an. »Ich weiß. Du möchtest helfen. Doch es gibt manche Sachen, die muss Robin trotz eurer Freundschaft allein ausbaden.«

»Robin, bring sie ruhig zur Tür und verabschiede dich«, fügte Herr Zuckerhut hinzu. »Denn du wirst in nächster Zeit eine ganze Weile Hausarrest haben, das steht fest.«

»Wehe, ihr verratet das mit dem Sellerie irgendwem!«, sagte Arthur.

Niedergeschlagen schlurfte Robin voran zur Haustür. Elina und Charlie standen auf und folgten ihm. Elina sammelte noch ihre Sachen im Badezimmer ein, ehe sie nach draußen ging. Zum Abschied umarmten sie beide Robin besonders lange.

»Bitte schreib uns später«, sagte Elina.

»Wenn ich mein Handy dann noch habe«, murmelte Robin.

»Das wird schon wieder, ganz sicher«, meinte Charlie. »Zur Not knüpfst du dir aus deinem Bettlaken ein Seil und kletterst aus dem Fenster und rettest dich selbst.«

Das entlockte Robin ein mattes Lächeln. »Klar.«

Elina brachte es kaum über sich, das Gartentor zu schließen, als sie auf dem Bürgersteig standen. Besorgt blickte sie zurück zum schrägen und verrückten Zuckerhut-Haus. Es fühlte sich falsch an, jetzt zu gehen …

»Du kannst da Wurzeln schlagen und es würde nichts bringen«, sagte Charlie.

»Ja, ich weiß«, nuschelte Elina. »Der arme Robin …«

Langsam setzten sich die beiden in Bewegung und gingen die Straße hinunter.

Bei der Nummer zehn hielt Elina inne, denn hier lebte Herr Schnotter. »Wir sollten ihm sagen, dass Mortimer Robins Pon alles andere als wieder hinbekommen hat!« Mit einem Mal hatte sie eine irre Wut im Bauch.

Charlie nickte. »Vielleicht weiß Herr Schnotter Rat.«

Elina lief als Erste die Stufen zur Haustür hinauf und klingelte. Es war ruhig und nicht mal das übliche Bellen von Tinka war zu hören. Sie klingelte ein zweites Mal.

»Er scheint nicht da zu sein«, meinte Charlie.

Elina ließ die Schultern sacken. »So ein Mist auch.«

»Huhuuu!«, rief da eine schrille Stimme.

Es war Frau Kloß, die aufdringliche Nachbarin. Elina blickte zu ihr. Das Dauerlächeln von Frau Kloß war heute regelrecht gruselig! Sie grinste und grinste …

»Hallo«, erwiderte Elina. »Wissen Sie zufällig, wo Herr Schnotter ist?«

»Herr Schnotter ist nicht da«, antwortete Frau Kloß.

»Ja, das haben wir auch schon gemerkt«, meinte Charlie. »Ist er spazieren?«

»Herr Schnotter ist nicht da«, wiederholte die Nachbarin.

Nanu? Dachte sie etwa, Charlie und Elina wären schwer von Begriff?

Elina trat zu Frau Kloß an den Gartenzaun. »Wann kommt er denn wieder?«

»Er ist verreist«, sagte Frau Kloß monoton. »Für eine lange Zeit.«

»Was?«, entfuhr es Elina überrascht.

»Wohin ist er denn verreist?«, fragte Charlie skeptisch.

»Herr Schnotter ist nicht da«, sagte Frau Kloß zum dritten Mal.

»Ja, das haben wir gerafft«, maulte Charlie. »Hat er Tinka mitgenommen?«

»Tinka!« Frau Kloß grinste noch breiter, falls das überhaupt möglich war. »Ich passe auf seinen Hund auf. Ich liebe Tiere! Ich bin eine gute Nachbarin!«

»Ähhh … okay«, murmelte Elina. Charlie und sie drehten Frau Kloß den Rücken zu. Elina senkte die Stimme. »Wieso klingt Frau Kloß wie ein Roboter?«

»Bei der ist wohl eine Sicherung durchgeknallt«, murrte Charlie. »Voll komisch, was sie da faselt. Herr Schnotter würde doch auch nie Tinka bei ihr lassen.«

»Sollen wir mal drinnen nachsehen, ob alles okay ist?«, fragte Elina. »Ich hab gerade kein gutes Gefühl und wir wissen ja, wo der Ersatzhaustürschlüssel liegt.«

»Stimmt«, sagte Charlie. »Das hat er mal erwähnt.«

Elina lief ums Haus herum und Charlie folgte ihr. Unter einer losen Kachel der Terrasse war der Schlüssel für Notfälle versteckt. Drinnen war es bis auf die Wanduhr ruhig und alles sah normal aus – soweit Elina das beurteilen konnte.

»Ich habe ein komisches Bauchgefühl«, murmelte sie.

»Ich auch«, sagte Charlie.

Elina dachte an die Zwischenwander-Zuckerkreide, die Frau Bonet dem alten Herrn gegeben hatte. War das wirklich zum Dank gewesen oder steckte mehr dahinter? Was, wenn Herr Schnotter damit über alle Zwischenwanderpfade davon war? Nein! Ja, er hatte Geheimnisse, aber er handelte doch nicht so überstürzt.

»Ich habe was gefunden!«, rief Charlie von nebenan.

Elina hatte gar nicht bemerkt, dass ihre Freundin in die Küche gegangen war. Sie fand Charlie vor dem Kühlschrank, wo sie gerade einen Zettel abmachte.

»Meinst du, der hat was zu bedeuten?«, fragte Charlie.

Sie reichte Elina die Notiz weiter. Lang war sie nicht.

Was war das denn für eine kryptische Nachricht?

Elina runzelte die Stirn. »Komisch klingt das schon und hier hängt sonst kein Zettel. Aber wenn die Nachricht für uns wäre, würde das dann nicht dabeistehen?«

»Der hing aber bei unserem letzten Besuch noch nicht hier«, meinte Charlie.

»Das Haus sieht so normal aus, das passt alles nicht zusammen«, sagte Elina. »Würde Herr Schnotter, wenn er verreist, das Haus nicht anders hinterlassen? In der Spüle steht noch eine benutzte Tasse. Und du hast recht, er liebt Tinka. Niemals würde er sie bei Frau Kloß zurücklassen.«

»Ja«, murmelte Charlie nachdenklich. »Und wenn er nur kurz weg wäre, müsste Frau Kloß das doch wissen. Sie klang so … gar nicht normal, als sie eben mit uns gesprochen hat. Wieso hat sie immer das Gleiche gesagt? Voll verhext, ey!«

Die beiden tauschten einen besorgten Blick und schienen das Gleiche zu denken.

»Oh nein«, sagte Charlie langsam. »Du glaubst doch nicht …?«

»Dass jemand Frau Kloß verzaubert hat?«, sagte Elina. »Vielleicht doch?«

Für eine geschlagene Minute brachte keine mehr einen Ton heraus.

»Wenn jemand Frau Kloß verzaubert hat, damit sie immer dieselben Antworten gibt, falls man nach Herrn Schnotter fragt, dann … dann bedeutet das doch, jemand will nicht, dass man Verdacht schöpft, wenn er verschwindet, oder?«, fragte Elina.

»Denkst du, er … er wurde entführt?«, wisperte Charlie.

Elina überkam eine Gänsehaut. War das möglich?

»Wenn Frau Kloß echt verzaubert wurde, dann Herr Schnotter vielleicht auch?«, dachte Elina laut nach. »Damit er mitgeht oder was auch immer …«

»Da würde mir gleich jemand Unheimliches einfallen«, sagte Charlie.

»Mortimer?« Elina schluckte schwer. »Denkst du, er war hier?«

Charlies Miene wurde ernst. »Als wir das *Erfinder-Emporium* verlassen haben, sagte Mortimer doch, Herr Schnotter würde irgendetwas bereuen. Und davor ging es um Antworten, die er von Herrn Schnotter haben wollte.«

»Das habe ich ganz vergessen«, sagte Elina. »Aber würde Mortimer Herrn Schnotter gleich entführen, nur weil der nicht mit ihm über die guten alten Zeiten plaudern will?«

»Es muss um was Wichtiges gegangen sein«, meinte Charlie.

Elina geriet ins Grübeln. »Das Wiedersehen der beiden war schon seltsam. Erst war Mortimer so schockiert gewesen, Herrn Schnotter zu sehen, dann dieser laute Streit und im Guten sind die beiden auch nicht auseinandergegangen … ob Herr Schnotter geahnt hat, dass Mortimers Worte mehr waren als bloß eine leere Drohung, die er im Zorn ausgesprochen hat?«

»Dann war der Zettel so eine Art Absicherung?«, murmelte Charlie. »Nur für was? Herr Schnotter wusste ja auch gar nicht, wann und ob wir ihn finden … «

Elina las die Kühlschranknotiz noch mal. »Komm mit.«

Sie führte Charlie ins Arbeitszimmer und steuerte die Kommode an, um Charlie die Schwarz-Weiß-Fotografie von Herrn Schnotter und seiner Frau vor dem *Bittersüß* am Tag ihrer Verlobung zu zeigen.

»Maggie … sie könnte das M von der Notiz sein«, sagte Elina.

Charlie legte die Stirn in Falten. »Okay, gut. Herr Schnotter hat dir von ihr erzählt. Das könnte hinhauen. Nur wie kann jemand, der tot ist, die Zeit vergessen?«

»Das muss doch alles etwas zu bedeuten haben«, beharrte Elina. Sie zog ihr Handy aus der Tasche und schoss ein Foto von dem Bild – man wusste ja nie.

»Mir brummt der Schädel«, sagte Charlie. »Wie sollen wir rausfinden, was vor sich geht, wenn wir nicht mal wissen, was Herr Schnotter alles vor uns verbergen wollte?«

»Wir müssen unbedingt mit Robin reden«, sagte Elina.

»Seine Eltern haben uns doch gerade erst weggeschickt«, murmelte Charlie. »Wir … wir gehen erst mal nach Hause und schlafen eine Nacht drüber. Vielleicht ergibt das alles morgen mehr Sinn und wir übersehen gerade nur irgendwas.«

Elina zögerte. Charlies Blick nach zu urteilen, dachten sie beide dasselbe …

Herr Schnotter wäre morgen garantiert nicht wieder da. Oder … doch?

Mit einem etwas mulmigen Gefühl verließ Elina hinter Charlie das Haus. Frau Kloß war noch immer in ihrem Vorgarten und spielte gerade mit Tinka, indem sie einen Ball fortwarf, den der Hund wieder holte. Als Tinka Elina und Charlie bemerkte, begann sie, laut zu bellen. Charlie ging sofort auf Abstand, aber Elina lief zum Zaun und streichelte Tinka durch einen großen Spalt zwischen den Brettern. »Wir finden Herrn Schnotter«, versprach sie. Dann sah sie zu Frau Kloß. »Passen Sie gut auf Tinka auf!«

»Natürlich!«, erwiderte die beschwingt. »Ich bin eine gute Nachbarin!«

»Die hat doch echt ’nen Knall«, murmelte Charlie.

»Nein«, sagte Elina leise. »Sie wurde bloß verzaubert.«

Kapitel 15

In der Pause zogen sich Charlie, Robin und Elina in den Hinterhof zurück. Hier waren sie ungestört.

»Ich habe echt eine krasse Standpauke bekommen«, sagte Robin. Er sah so schlecht gelaunt aus, dass Elina glaubte, aus seinen Augen würden jeden Moment Blitze schießen und etwas in Brand stecken. »Zur Wiedergutmachung wegen der Dampfablassenden Drachenmints muss ich für zwei Wochen die ganze Hausarbeit von meinen Geschwistern mit übernehmen und ich schulde jedem einen Gefallen!«

»Immerhin kein Handyverbot! Da würde ich sterben!«, sagte Charlie.

»Ist trotzdem viel«, sagte Elina. »Und was für Gefallen?«

»Arthur meinte, ich soll einen Tag lang seinen Diener spielen«, grummelte Robin. »Wahrscheinlich soll ich ihm die ganze Zeit sagen, wie schön seine Haare glänzen, und ihm in der Schule einen Spiegel hinterhertragen.«

Charlie, die zu Elinas Überraschung keinen Kommentar zu Robins ach so süßem Bruder abließ, schnaubte nur. »Voll übertrieben, die ganzen Strafen. Wollen deine Eltern nicht lieber was unternehmen? Es ist doch glasklar, dass Mortimer bei der Reparatur deines Pons was verpfuscht haben muss!«

»Kein Plan«, erwiderte Robin. »Irgendwann haben sie mich auf mein Zimmer geschickt, um allein weiterzureden. Ich wollte lauschen, aber Juna hat mich erwischt und gedroht, mich zu verpetzen, weil sie noch sauer war.«

»Wir haben auch keine guten Nachrichten«, sagte Elina.

Abwechselnd fassten Charlie und sie alles zusammen, was sie gestern bei Herrn Schnotter erlebt hatten. Vom Zusammentreffen mit Frau Kloß, Herrn Schnotters mysteriösem Verschwinden bis hin zum Fund der Notiz – außerdem hatte Elina noch vor der Schule bei Herrn Schnotter angerufen, aber niemand war rangegangen. Übers Telefonbuch hatte sie dann Frau Kloß' Nummer gefunden und die hatte ihr durch die Leitung wieder nur dieselben Antworten durchgekaut.

Herr Schnotter ist verreist.

Herr Schnotter ist nicht da …

»Das klingt alles sehr verdächtig«, meinte Robin.

Charlie seufzte. »Normalerweise würde man jetzt zur Polizei gehen, aber was sollten wir denen sagen? ›Hallo, Herr Schnotter wurde entführt. Woher wir das wissen? Na, weil seine Nachbarin verzaubert wurde. Dabei sieht bei ihm alles normal aus! Bitte helfen Sie uns.‹«

»Das klingt, als wären wir paranoid«, murmelte Elina.

»Ihr seid nicht paranoid«, sagte Robin. »Das mit Vivien Aldric fing auch harmlos an und plötzlich hatten wir ein großes Problem. Nach unserem Besuch in der Allee ist Mortimer ja wohl der Verdächtige Nummer eins – ich meine, Herr Schnotter ist ja fast genau nach dem unschönen Zusammentreffen der beiden verschwunden.«

Elina holte die Notiz aus ihrer Jeansjacke und zeigte sie Robin.

»Was soll das bloß bedeuten?«, murmelte er. »Mehr Hinweise gab's nicht?«

»Wir haben nur diesen Zettel gefunden«, meinte Charlie.

»Vielleicht hat Herr Schnotter ja noch mehr versteckt?«, meinte Robin.

»Aber das ist es ja: Der Zettel war nicht versteckt. Er hing am Kühlschrank«, sagte Elina. »Er scheint irgendeine Art Rätsel zu sein. Mit M kann nur Maggie gemeint sein. Herr Schnotter hat mir von ihr erzählt, als wir uns das Foto der beiden angeschaut haben. Warte, ich hab's extra abfotografiert.« Sie zog ihr Handy heraus, rief das Foto auf und stellte sich dichter neben Robin, damit er es sehen konnte. »Wenn sie echt mit dem M von der Notiz gemeint ist, dann könnte doch in dem Foto die Antwort liegen.«

Charlie stellte sich nun neben sie. »Zoom mal ran.«

Elina tat genau das, sodass Maggies Anstecknadel besser zu erkennen war. »Bist du dir sicher, dass du dieses Symbol nicht kennst?«, fragte sie Robin.

Er kniff die Augen zusammen. »Nein, ich kenne es echt nicht.«

»Kannst du nicht deine Eltern danach fragen?«, bat Elina.

»Ich weiß nicht«, murmelte er. »Meine Mutter ist gerade nicht gut auf Herrn Schnotter zu sprechen, weil er uns über die Köpfe meiner Eltern hinweg geholfen hat.«

Frustriert trat Elina einen Schritt zurück. »Schön! Dann hilf uns eben nicht!«

»Mensch, Elina. Ich hab gerade auch Probleme!«, blaffte Robin zurück.

Charlie, die bis dahin sehr still gewesen war, mischte sich nun auch ein. »Beruhigt euch mal wieder!« Sie warf den beiden energische Blicke zu. »Freunde finden immer eine Lösung, vergessen? Lasst uns das alles noch mal in Ruhe durchgehen.«

Robin und Elina verstummten und sahen sie an.

»Ein kaputtes Pon, eine verzauberte Nachbarin, ein verschwundener Herr Schnotter«, begann Charlie aufzuzählen. »Puh, das ist echt 'ne Menge.«

»Wegen dem Pon können wir nichts tun … Robin hat alles seinen Eltern gebeichtet und die wissen sicher, was man nun damit macht«, sagte Elina.

Robin gab ein Brummen von sich. »Wenn, dann haben sie es mir nicht gesagt.«

»Frau Kloß entzaubert sich jedenfalls nicht von allein, oder?«, fragte Charlie.

»Manche Süßigkeiten brauchen ein Gegenmittel«, sagte Robin nachdenklich. »Derjenige, der Frau Kloß verzaubert hat, kann aber nicht nur Böses im Sinn gehabt haben – immerhin wurde sie so verzaubert, dass sie auf Tinka aufpasst. Und es geht ihr ja so weit auch gut, richtig? Vielleicht löst sich der Zauber also von allein.«

Elina seufzte. »Okay, dann sind wir uns also einig, dass unser größtes Problem gerade Herrn Schnotters Verschwinden ist?«

Charlie und Robin nickten langsam.

»Mortimer ist, wie Robin meinte, der Verdächtige Nummer eins bei Herrn Schnotters Verschwinden«, fuhr Elina fort.

»Wieso gibt's denn nicht irgendeine Wahrheit-finden-Süßigkeit? Dann könnte man Mortimer sofort durchschauen.«

»Er ist ja immerhin Erfinder beim *Emporium* und kann seinen Job nicht mal eben an den Nagel hängen, um Leute zu entführen«, meinte Charlie ironisch.

»Na ja, mit Magie ist vieles möglich«, sagte Robin ernst. »Und vielleicht ist sein Job ja auch nur eine Tarnung – ich würde ihm inzwischen alles zutrauen.«

»Das ist es!«, sagte Elina.

»Was ist was?«, fragte Charlie.

»Robin hat es gerade gesagt: Mit Magie ist vieles möglich«, antwortete sie. »Juna und Arthur haben doch damals eine Süßigkeit benutzt, um den Notfallkoffer zu finden. Könnten wir mit so etwas Herrn Schnotter nicht auch aufspüren?«

»Einen Versuch wäre es wert«, sagte Robin nachdenklich.

Alle drei schreckten zusammen, als plötzlich die Klingel das Ende der Pause verkündete. Oh, nein! Sie mussten doch noch so viel besprechen!

Elina stieß einen frustrierten Seufzer aus. »Mist.«

»Was machen wir denn jetzt?«, fragte Charlie.

»Ihr kommt heute Mittag zu mir«, sagte Robin. »Es sind zwar noch alle mächtig sauer auf mich, aber es geht immerhin um einen Notfall – meine Familie muss einfach helfen, dafür sind die Süßigkeitenwerker doch da. Und meine Eltern sagen schließlich immer wieder, dass ich gleich zu ihnen kommen soll. Wir können sie bestimmt gemeinsam überzeugen, dass Herr Schnotter Hilfe braucht.«

Charlie grinste. »Scheint so, als hätte das Süßigkeiten-Squad eine neue Mission.«

»Genau«, sagte Elina. »Mission: Herrn Schnotter retten!«

Kapitel 16

»Wo willst du denn hin?«, fragte ihr Vater. Elina blieb im Flur stehen, als er mit einer Tasse in der Hand aus der Küche kam. »Willst du nicht gleich mit zu Opa?«

»Ich treffe mich doch mit Charlie und Robin, Papa.«

»Ach ja, da war was«, meinte ihr Vater. »Lernen wir diesen ominösen Robin auch mal persönlich kennen?«, fragte er.

»Mama kennt ihn schon«, sagte Elina schnell. »Er war letztens zum Essen hier.«

»Vielleicht können wir seine Eltern auch mal zum Essen einladen.«

»Lieber nicht!«, entfuhr es Elina. »Robins Eltern sind … schwer beschäftigt, weißt du?« Und wer wusste schon, was die nachher Verrücktes anstellten!

»Aha«, machte ihr Vater und schmunzelte. »Scheint ja abzufärben.«

Jup! Magische Süßigkeiten essen und gegen das Böse kämpfen hielt einen ganz schön auf Trab. Das Übliche eben!

Piet brüllte im selben Moment aus dem Garten: »Papa! Spiel Fußball mit mir!«

Elina nutzte die Chance und verschwand durch die Haustür. »Bis später!«

Vor dem Haus der Sommerfelds standen Charlie und ihre älteren Schwestern Ida und Pauline, die man trotz des Altersunterschieds fast für Zwillinge halten konnte. Mit den langen braunen Haaren und den modischen Klamotten sahen sie sich total ähnlich.

Charlie löste sich von den beiden und kam zu Elina.

»Viel Spaß bei der Freak-Familie!«, rief Ida ihnen zu.

»Werden wir haben!«, erwiderte Elina und strahlte dabei.

Ida glotzte völlig verdattert aus der Wäsche und begann, mit Pauline zu tuscheln.

»Die zwei sind unausstehlich«, grummelte Charlie, als sie fast an der Bushaltestelle waren. »Bloß, weil ich nicht mit ihnen zusammen zum Shoppen wollte! Echt mal!«

Elina grinste. Früher hatte Charlie die Zuckerhuts auch als Freaks bezeichnet. Aber sie hatte sich verändert und Elina mochte diese Charlie viel lieber! Eine, die sich für ihre Freunde einsetzte und die jederzeit für einen da war!

Als der Bus kam, verging die Fahrt bis zur Haltestelle in der Nähe des Waldwegs wie im Flug. Bei Herrn Schnotters Haus stoppten sie kurz, um zu klingeln, aber noch immer war dort alles still und nichts rührte sich – mit Ausnahme von Frau Kloß.

»Huhu!«, rief sie vom Nachbargrundstück aus.

»Wenn sie uns gleich sagt, dass Herr Schnotter verreist ist, schreie ich«, sagte Charlie. »Ich weiß, sie wurde verzaubert, aber das hält ja niemand aus!«

»Ich hatte so gehofft, dass Herr Schnotter wieder da ist, ehe wir zu den Zuckerhuts gehen … das war ziemlich naiv von mir«, sagte Elina niedergeschlagen.

»Nein«, sagte Charlie. »Mir wäre es auch lieber, wenn das alles ein Missverständnis wäre und wir mit den Sachen, über die wir in der Schule gesprochen haben, danebenliegen.«

»Herrn Schnotter muss es einfach gut gehen«, murmelte Elina.

Hinter dem Feld tauchte nun das Zuckerhut-Haus auf. Der Himmel hatte sich in den letzten Minuten verdüstert und das alte Mühlrad knarzte laut im Wind.

Unheilwetter für unheilvolle Momente, dachte Elina beklommen.

Charlie und sie klingelten. Arthur machte ihnen auf, doch als er sie sah, weiteten sich seine Augen vor Schreck. »Ihr habt ein echt mieses Timing«, sagte er.

»Was für eine nette Begrüßung«, sagte Charlie beleidigt.

»Nein, so war das nicht gemeint. Die Zuckermeister kommen!«

»Die Zuckermeister?«, fragte Elina perplex.

Arthur winkte sie rasch herein. »Ihr müsst euch verstecken. Sie können jeden Moment hier sein und sie dürfen euch auf keinen Fall sehen. Schnell, kommt mit!«

Er rannte den Flur hinunter und öffnete die letzte Tür auf der rechten Seite. Dahinter lag ein Lesezimmer, mit vollgestopften Bücherregalen und mehreren blauen Sesseln, das Elina noch nicht kannte. Arthur verlor keine Zeit und schob einen kleinen Beistelltisch weg, um anschließend den Teppich darunter beiseiterollen zu können.

»Das glaub ich nicht!«, entfuhr es Elina.

Eine geheime Luke! Mitten im Boden! Fast wie in einem Mysteryfilm!

Arthur zog an dem eingelassenen Griff, der aussah wie eine Zuckerstange, und hob die Luke an. »Rein da! Beeilt euch!«

»Wieso können wir nicht einfach in ein anderes Zimmer?«, fragte Charlie entsetzt, die aussah, als habe man ihr eröffnet, sie dürfte nie wieder ein Haarband tragen.

»Das ist ein Geheimgang zum hinteren Teil des Gartens«, sagte Arthur. »Der ist völlig sicher, das verspreche ich. Ihr solltet sofort verschwinden, ehe die … «

Elina hörte ein seltsames Geräusch aus dem Flur und für eine Sekunde überwog die Neugier ihre Sorge. Sie wagte es und spähte um die Ecke. Auf der Innenseite der Haustür war mit einem Mal das Wappen der Zuckermeister zu sehen. Es schimmerte wie ein Neonschild. Und dann – begleitet von einem Knistern, wie sie es von einem Kaminfeuer her kannte – tauchte eine verschwommene Silhouette im magischen Schein des Wappens auf. Die Zuckermeister kamen anscheinend nicht wie normale Leute durch die Tür, sondern durch – ja, was? Durch ein magisches Portal?

Plötzlich zog Arthur sie zurück in das Lesezimmer. »Elina! Ihr müsst weg!«

Sie nickte und kletterte hastig durch die Luke im Boden. Irgendwie hatte Arthur Charlie dazu gebracht, sich doch darin zu verstecken, denn sie wartete bereits dort. Sofort schloss Arthur die Luke und über ihnen begann es zu rumpeln. Elina vermutete, dass er Teppich und Tisch zurückschob.

Hier war es vielleicht dunkel! Und es roch irgendwie nach Zimt.

»Brr, ist das gruselig!«, flüsterte Charlie.

»Ja«, flüsterte Elina. Sie sah kaum die Hand vor Augen. »Ein Lichtmacher-Lollipop wäre jetzt toll.«

Im nächsten Moment hatte Charlie ihr Handy herausgeholt und die Taschenlampen-App eingeschaltet. »Tja, dieses Mal siegt die Technik!«

Sie befanden sich in einem unspektakulären Gang mit dunklen Steinwänden, dessen Decke so niedrig war, dass ihre Köpfe diese im Stehen fast berührten.

»Komm, wir verschwinden«, sagte Charlie.

Mit einem Mal waren jedoch Schritte über ihnen zu hören.

Jemand betrat das Lesezimmer! Vielleicht die Zuckermeister?

»Setzen Sie sich doch!«, hörte Elina Frau Zuckerhut sagen. »Darf ich Ihnen etwas anbieten? Wir haben frischen Holunder da, vielleicht möchten Sie einen Tee?«

»Danke für das Angebot, aber nein«, antwortete eine Frau.

Elina versteifte sich. Das war doch Frau Bonet!

»Kommen wir besser gleich zur Sache«, sagte ein Mann streng.

Charlie und sie tauschten einen Blick. Keine von ihnen musste etwas sagen: Sie blieben! Risiko hin oder her, wenn gleich zwei Leute aus dem Museum der Zuckerkünste hergekommen waren, musste das etwas bedeuten – und zwar nichts Gutes!

Kapitel 17

»Nun«, sagte Frau Zuckerhut und klang dabei bemüht höflich. »Wir hatten Sie zwar wegen des kaputten Pons meines Sohnes benachrichtigt, Frau Bonet, aber dass gleich zwei Zuckermeister das Museum verlassen, um es abzuholen, erscheint mir doch etwas … ungewöhnlich. Ich dachte eher, Sie schicken jemanden vorbei.«

Ungewöhnlich! Das war noch untertrieben! Die Zuckermeister waren nicht mal ausgerückt, als Vivien Aldric wahllos Menschen verzaubert hatte …

Elina wunderte sich, dass sie überhaupt ein Wort verstand. Die Stimmen klangen zwar gedämpft, aber nicht undeutlich. Das hieß aber auch, dass sie und Charlie mucksmäuschenstill sein mussten!

Im selben Augenblick gab Charlie ein Quieken von sich. »Eine Spinne!«

»Was war das für ein Geräusch?«, ertönte die Stimme des Mannes.

Frau Zuckerhut, die schließlich nicht wusste,

dass sich unter ihren Füßen zwei Mädchen versteckten, antwortete: »Sicher ein paar Kinder, die draußen spielen. So etwas hört man im Museum wahrscheinlich nie, aber Belony ist voller Leben, Herr Aldric.«

Nun hätte Elina fast selbst ein Quieken von sich gegeben. Aldric? Wie Vivien Aldric?

»Was machen wir jetzt?«, wisperte Charlie. »Die hören uns noch.«

Denk nach!, schalt Elina sich. Da fiel ihr Blick auf Charlies Armband.

Mucksmäuschenstill – natürlich! Das war die Lösung!

Elina griff nach Charlies Handgelenk und deutete stumm auf das Armband mit den Mucksmäuschenstill-Minzeherzen, das Charlie in der Bittersüßen Allee gekauft hatte. Charlie verstand sofort und begann, an ihrem Armband herumzufriemeln. Sie reichte Elina eines der Minzeherzen und löste ein zweites für sich. Was für ein Glück, dass Charlie das Armband gekauft hatte!

Das Mucksmäuschenstill-Minzeherz war so klein wie ein Ein-Cent-Stück und leicht wie eine Feder. Elina legte es auf ihre Zunge, wo es gleich zerschmolz, als bestünde es aus Brausepulver. Es schmeckte nach Minze, frisch und kühl, aber da war auch noch eine süße Note, wie Erdbeerjoghurt, als habe jemand ein leckeres Dessert mit ein bisschen Minze verfeinert. Kurz spürte Elina einen leichten Druck auf den Ohren, so wie wenn sie im Freibad zu schnell unter Wasser getaucht war, doch er verschwand rasch wieder.

Fragend sah sie zu Charlie. Die bewegte die Lippen, aber es blieb still. Sie wagte es und schnippte vorsichtig mit den Fingern – nichts. Es war, als habe man Charlie und sie komplett auf stumm geschaltet. Das war vielleicht cool!

»Ungewöhnlich, wie Sie es nennen, waren höchstens die Umstände Ihrer Nachricht, Abigail«, sagte Herr Aldric. »Ich dachte, es ist an der Zeit, dass ich mich persönlich davon überzeuge, dass Ihre Familie sich weiterhin an den Picot-Pakt hält, nachdem Sie damals diesen Kindern unser aller Geheimnis anvertraut haben.«

Elina runzelte die Stirn. Herr Aldric nannte Frau Zuckerhut beim Vornamen, als würde er sie kennen – auch wenn sein Tonfall nicht sehr freundlich dabei war.

»Wir halten uns treu an den Picot-Pakt«, gab Frau Zuckerhut ruhig zurück. »Und ich verstehe nicht, was Ihnen Anlass geben sollte, etwas anderes über uns zu denken.«

»Unser Besuch ist eine bloße Sicherheitsmaßnahme«, versicherte ihr Frau Bonet. »Es war richtig, dass Sie uns über das defekte Pon Ihres Sohnes informiert haben.«

»In Ihrer Nachricht haben Sie berichtet, dass die Beschädigung des Pons ein Unfall war, doch die genauen Umstände der fehlgeschlagenen Reparatur sind Sie uns schuldig geblieben. Ihre Geschichte ist nicht vollends schlüssig«, sagte Herr Aldric.

Wow! Der Typ klang so was von feindselig! Wieso nur?

»Das Pon meines Sohnes wurde beschädigt, wir haben es zur Reparatur ins *Erfinder-Emporium* in der Bittersüßen Allee gebracht und seitdem funktioniert es nicht mehr richtig«, sagte Frau Zuckerhut verärgert. »Was ist daran nicht schlüssig?«

»Vielleicht sollten wir darüber mit dem Jungen sprechen«, entgegnete Herr Aldric unbeirrt. »Er ist alt genug, um Verantwortung für seine Missetaten zu übernehmen.«

Elina starrte energisch zur Deckenluke hinauf. Missetaten? Aus welchem Jahrzehnt war der denn gesprungen? Wollte Herr Aldric Robin etwa verhören wie einen Verbrecher?

Nun sagte auch endlich Frau Bonet, die wesentlich friedvoller gestimmt war als der andere Zuckermeister, wieder etwas. »Ihnen oder Ihrem Sohn wird nichts unterstellt, Frau Zuckerhut. Wir möchten uns bloß ein genaues Bild des Vorfalls machen, da er in Zusammenhang mit Ihrem Besuch in der Bittersüßen Allee steht. Dort wurden in den vergangenen Wochen einige illegale Apparillos beschlagnahmt, die im Umlauf waren, und das Concilium der Zuckermeister befürchtet, dass einige Süßigkeitenwerker … nun, dass sie sich nicht mehr an den Picot-Pakt halten.«

Elina konnte kaum noch stillstehen. Was sagte sie da? Süßigkeitenwerker, die verbotene Dinge taten und sich nicht an den Picot-Pakt hielten? Das klang fast schon nach den Anderwärts-Werkern, von denen Herr Schnotter erzählt hatte.

Sofort hatte Elina ein ganz übles Bauchgefühl bei der Sache.

»Wir sind nicht hier, um den Zuckerhuts solch wichtige Informationen zu geben«, mischte sich Herr Aldric ein. »Sondern um Informationen von ihnen zu erhalten. Wenn Ihre Familie nichts zu verbergen hat, dann dürfte eine Befragung Ihres Sohnes kein Problem darstellen. Jedes Detail seines Besuches in der Bittersüßen Allee ist von Bedeutung.

Sie möchten doch sicher kooperieren und Ihre Lizenz nicht riskieren.«

Oh, nein … Elina biss sich auf die Unterlippe. Das ging sicher nicht gut!

»Natürlich wollen wir Ihren Ermittlungen in Bezug auf die Bittersüße Allee nicht im Weg stehen!«, entrüstete sich Frau Zuckerhut. »Ich werde Robin holen.«

Schritte, Tür-Quietschen, Knarzen von Dielen. Und dann Robins Stimme.

»Hallo. Sie wollten mich sprechen?«

»Hallo, Robin«, begrüßte Frau Bonet ihn.

»Du beantwortest jede unserer Fragen«, sagte Herr Aldric. »Verstanden?«

»Ich verbitte mir diesen Ton.« Elina horchte auf. Das war Herr Zuckerhut!

»Wir beruhigen uns jetzt alle«, sagte Frau Bonet. »Robin, bitte setz dich, wir haben da ein paar Fragen an dich. Erzähl uns bitte zunächst aus deiner Sicht vom Besuch in der Bittersüßen Allee. Wir wollen nur nachvollziehen können, was mit deinem Pon passiert ist. Das könnte wichtig für einige andere … Dinge sein.«

Elina zuckte erschrocken zusammen, als Charlie sie am Arm berührte. Sie hatte komplett vergessen, dass ihre Freundin noch da war, so sehr war sie auf das Gespräch konzentriert gewesen. In Charlies Miene lag genau das, was Elina fühlte: Unglaube. Ging schon länger etwas in der Bittersüßen Allee vor sich? War Mortimer etwa darin involviert? Und was für Antworten suchten die Zuckermeister genau?

Angespannt lauschten sie Robins Erzählung. Er war geschickt, das musste man ihm lassen! Robin sparte viele Details aus und sprach nur über das Wesentliche, ohne groß irgendwelche Namen zu erwähnen – vielleicht, damit die Zuckermeister später nicht behaupten konnten, dass er ihnen ins Gesicht gelogen hatte. Falls sie Mortimer auch befragen würden, hätte der sicherlich ganz andere Sachen zu sagen … aber dann steckten Elina und Charlie eh in der Klemme.

»Dürfen wir das defekte Pon sehen?«, bat Frau Bonet.

»Natürlich«, erwiderte Frau Zuckerhut.

Es folgten einige Geräusche, Klackern von Schuhen und vielleicht eine knarzende Schublade, die geöffnet und wieder geschlossen wurde. Elina malte sich aus, wie Robins Mutter das Pon irgendwo herausgeholt hatte und es Frau Bonet reichte.

»Mir scheint«, sagte Frau Bonet wenige Sekunden später, »die magische Reparatur dieses Pons ist nie richtig beendet worden. Man könnte fast meinen … «

»Er hat das absichtlich getan, oder?«, fragte Robin.

»So ein Unsinn!«, herrschte Herr Aldric ihn an. »Mortimer Alberts ist ein Erfinder, der schon seit unzähligen Jahren gute Arbeit im Dienste der Zuckermeister leistet.«

Elina wurde sofort hellhörig. Dann arbeitete Mortimer wirklich für die Zuckermeister? Das hatte er ihr gegenüber schließlich behauptet …

»Ach ja?«, sagte Robin wütend. »Aber er hat es doch nicht richtig repariert!«

»Vielleicht hat einer seiner Assistenten etwas verpfuscht«, erwiderte Herr Aldric.

»Also … ich …«, setzte Robin an, schwieg dann aber.

»Edward, am besten überführst du das Pon sofort in die Wundersame Werkstatt«, ging Frau Bonet dazwischen. »Du hast doch von uns allen das beste Auge, wenn es um Apparillos geht, und vielleicht findest du noch etwas Nützliches heraus.«

Herr Aldric schnaufte. »Ich bin hier sowieso fertig!«, sagte er hochnäsig.

Murmeln, Geräusche und Schritte … war Herr Aldric gegangen? Elina verfluchte ihre missliche Lage. Sie wollte *sehen,* was dort oben vor sich ging!

»Robin«, sagte Frau Bonet nun eindringlich. »Wir haben nicht mehr viel Zeit, ehe ich zurückmuss. Ich hatte gerade den Eindruck, dass du noch mehr zu sagen hattest. Bitte vertrau mir und sag mir die ganze Wahrheit.«

Charlie zerquetschte Elina vor Anspannung fast die Hand. Elina erinnerte sich zu gut an Frau Bonets einschüchternde, autoritäre Ausstrahlung und wusste, dass Robin gerade einen schweren Kampf austrug. Aber sie glaubte fest daran, dass Robin clever genug war, um sie nicht durch eine Bemerkung zu verraten.

»Herr Schnotter war mit uns in der Bittersüßen Allee«, sagte Robin.

Elinas Herz wummerte heftig in ihrer Brust. Er hatte *uns* gesagt!

Robin schien seinen Fehler zu bemerken, denn er fügte rasch hinzu: »Also, mit mir und meiner Mutter. Er hat vorgeschlagen, Mortimer aufzusuchen, weil die beiden sich von früher kennen, und kurz nach unserem Besuch dort ist er verschwunden.«

»Verschwunden?«, entfuhr es Frau Zuckerhut, die davon

natürlich noch nichts wusste. Elina und Charlie waren ja genau deswegen heute hergekommen.

»Was für eine heikle Situation«, sagte Frau Bonet nachdenklich. Sie klang überhaupt nicht überrascht von diesen neuen Informationen.

»Frau Bonet, wussten Sie etwa von Herrn Schnotter?«, fragte Robin vorsichtig.

»Ich darf nichts weiter dazu sagen«, erwiderte Frau Bonet. »Ich sehe dir an, dass du dir furchtbare Sorgen machst, Robin, aber Herr Schnotter kommt zurecht, er ist zäher, als du denkst. Und du hast ganz eigene Sorgen, Robin. Dieser Zwischenfall mit deinem Pon hat deine Familie wieder in den Fokus einiger Zuckermeister gerückt, die euch liebend gerne eure Lizenz entziehen möchten. Weißt du noch irgendetwas, das den Zuckermeistern weiterhelfen könnte? Willst du noch etwas sagen?«

Robin schwieg für einen langen Moment. »Ja, da ist noch was. Mortimer hat sich seltsam verhalten und da waren so Spannungen zwischen ihm und Herrn Schnotter. Er wollte irgendetwas von Herrn Schnotter wissen, im Austausch für die Reparatur meines Pons, aber ich weiß nicht, was er gemeint hat.«

»Verstehe«, sagte Frau Bonet. »Sonst noch etwas?«

Oh nein! Wieso ließ Frau Bonet denn nicht locker? Ahnte sie etwas?

»Ich glaube, man hat Herrn Schnotters Nachbarin verzaubert«, brachte Robin hervor. »Sie benimmt sich wirklich seltsam und sagt immer wieder dasselbe.«

»Gut«, sagte Frau Bonet. »Danke, dass du so ehrlich warst. Allerdings möchte ich dir noch eine Sache mit auf den Weg geben, Robin. Du hast schon einmal unsere Regeln gebrochen und du solltest dir überlegen, wem du deine Treue schenkst. Irgendwann musst du diese Entscheidung treffen, ob sie dir gefällt oder nicht. Auch wenn das vielleicht bedeutet, deine eigenen Freunde zu verraten.«

Elina lief ein eiskalter Schauer den Rücken hinab. Sie wusste es!

»Ich denke, Sie sollten jetzt gehen«, sagte Frau Zuckerhut.

»Ja, das sollte ich«, erwiderte Frau Bonet.

Ein dicker Kloß bildete sich in Elinas Kehle. Sie schloss die Augen und holte tief Luft. Wem Robin seine Treue schenkte? War es etwa am Ende die Freundschaft zu Charlie und ihr, die Robin zwischen den Fronten der magischen und der normalen Welt stehen ließ? Musste er sich wirklich irgendwann für eine davon entscheiden?

Eine absolut schreckliche Vorstellung …

Kapitel 18

Gemeinsam gingen sie durch den Gang, den Charlie mit ihrer Taschenlampen-App ausleuchtete. Staub kitzelte Elina in der Nase und sie musste niesen. Am Ende wartete eine Leiter auf sie. Während Charlie weiter für Licht sorgte, kletterte Elina die Sprossen hinauf und drückte am anderen Ende gegen eine Art Deckel. Er ließ sich zum Glück leicht bewegen und Elina schob ihn beiseite. Sie zog sich am Rand hoch und half anschließend Charlie hinaus. Sie war heilfroh, da unten raus zu sein!

Rasch verschlossen sie den Geheimgang wieder. Dann sackten Charlie und sie ins Gras. Nach der langen Zeit im Dunkeln zwickte das Tageslicht unangenehm in Elinas Augen. Sie blinzelte angestrengt und sah sich um. Charlie und sie befanden sich ein gutes Stück vom Zuckerhut-Haus entfernt. Das Gras hier war echt hoch. Vielleicht um den geheimen Tunnel ein wenig zu tarnen?

»Hey!«, ertönte eine vertraute Stimme. Verwundert sah Elina, wie Arthur auf sie beide zukam. »Ich habe es geahnt! Ihr seid im Geheimtunnel geblieben!«

Charlie und Elina standen auf.

»Wärst du das an unserer Stelle etwa nicht?«, fragte Elina.

Arthur grinste. »Na gut, wäre ich. Die Zuckermeister kommen ja nicht alle Tage vorbei. Das war schon ziemlich krass, was die so alles gesagt haben.«

Elina kniff die Augen zusammen. »Du hast also auch gelauscht.«

Robins älterer Bruder grinste noch breiter. »Klar. Juna, Penelope, Robin und ich waren oben an der Treppe und haben Listige Lauscher-auf-Lutscher benutzt – na ja, Robin musste dann ja zur Befragung runter, aber ich habe ihnen gesagt, dass ihr im Geheimgang seid. Seltsamerweise haben wir euch gar nicht gehört … Juna dachte schon, ihr wärt gegangen, aber ich wollte lieber mal nachsehen.«

Charlie hielt ihr Armband hoch. »Mucksmäuschenstill-Minzeherzen.«

»Wo habt ihr die denn her?«, fragte Arthur überrascht.

»Aus der Bittersüßen Allee«, antwortete Elina.

Ein Schatten huschte über Arthurs Gesicht. »Aha.«

War er etwa traurig, weil er selbst noch nie dort gewesen war?

»Da ihr noch hier seid, könnt ihr gleich mitkommen«, sagte Arthur. »Unsere Eltern haben uns alle ins Wohnzimmer beordert, na ja bis auf Rufus, der war so müde, dass er beim Spielen weggenickt ist. Jedenfalls meinten sie, wenn ich euch aufgable, solltet ihr dabei sein. Scheint eine Art Familiensitzung zu werden.«

»Ich glaube nicht, dass das eine gute Idee ist«, platzte es aus Elina heraus. »Du hast die Zuckermeister doch gehört! Sie haben euch noch immer auf dem Schirm und Frau Bonet hat da diese Andeutung gemacht ... sie wusste, dass wir mit Robin in der Allee waren. Und sie hat deutlich gesagt, dass Robin, nein, ihr alle euren Treueschwur in Gefahr bringt und euch für eine Seite entscheiden müsst! Eine, zu der wir nicht gehören.«

»Elina, warum sagst du denn so was?«, fragte Charlie betroffen.

»Es stimmt doch«, murmelte Elina schwach. Nach allem, was sie gehört hatte, fühlte sie sich furchtbar elend. »Wir sind nur Talentlose.«

»Hey«, sagte Arthur sanft und legte ihr eine Hand auf die Schulter. »Dann bin ich auch ein Talentloser, oder nicht? Ich habe genauso wenig ein Talent wie ihr.«

»Entschuldige«, sagte Elina beschämt. »Ich bin nur so ...«

»Wütend?«, half Arthur ihr aus. »Das verstehe ich. Von der magischen Welt zu wissen, ohne ein Talent zu haben, ist schwer. Man fühlt sich, als gehöre man nicht richtig dazu. Ich war schon sehr oft wütend auf mich selbst deshalb.«

»Oh, Arthur«, seufzte Charlie bewundernd. »Du bist so tapfer!«

Arthur räusperte sich. »Das seid ihr doch auch. Also, kommt ihr?«

Elina zögerte. »Aber wir gehören doch gar nicht zur Familie.«

Arthur zwinkerte ihr zu. »Robin meinte eigentlich, du bist clever. Weißt du denn nicht, dass ihr beide längst zur Familie gehört? Komme, was wolle.«

Elina bekam vor Rührung für einen Moment kein Wort heraus. »Danke, Arthur.«

»Tja, ich bin eben nicht nur tapfer, sondern auch verdammt einfühlsam. Darauf stehen die Mädels!«, sagte er selbstbewusst.

»Oh ja«, murmelte Charlie leise und lief prompt rot an.

All die Wut war nun wie weggefegt und Elina lächelte. »Nicht zu vergessen: der coolste Sellerie auf dem Planeten«, zog sie Arthur auf.

»Erinnere mich nicht daran! Das war die dunkelste Stunde meines Lebens.« Theatralisch fasste Arthur sich ans Herz. »Schwört, es nie wieder anzusprechen!«

»Jaja«, meinte Elina belustigt und Charlie nickte eifrig.

Die beiden folgten Arthur zur Hintertür des Zuckerhut-Hauses.

Alle, bis auf Rufus, hatten sich wie erwartet im Wohnzimmer versammelt. Herr und Frau Zuckerhut saßen nebeneinander in den zwei Sesseln, Juna, Penelope und Robin auf dem Sofa. Die Stimmung war gedrückt. Der Besuch der Zuckermeister hatte anscheinend nicht nur in Elinas Kopf eine Gedankenlawine losgetreten. So ruhig hatte sie diese verrückt-magische Familie noch nie gesehen.

»Seht mal, wen ich mitbringe!«, durchbrach Arthur die Stille.

Robin lächelte ihnen zu. Juna und Penelope hoben kurz die Hand zur Begrüßung. Die Mienen ihrer Eltern konnte Elina nicht deuten, als diese zu Charlie und ihr blickten. Sollte sie etwas sagen? Immerhin hatten die beiden ja dem Gespräch mit den Zuckermeistern zugehört, ohne dass Robins Eltern dem zugestimmt hatten.

Doch da stand Frau Zuckerhut schon auf und drückte Charlie und sie an sich. »Macht euch keinen Kopf«, sagte sie. »Es sollte wohl einfach so kommen. Und ich bin sehr froh, dass ihr sicher seid und euch die Zuckermeister nicht bemerkt haben.«

Erleichterung durchströmte Elina und sie erwiderte die Umarmung.

Frau Zuckerhut ließ die beiden wieder los, nachdem sie sie noch einmal gedrückt hatte. Nun warf sie ihren Kindern einen strengen Blick zu. »Außerdem müsste ich sonst nicht nur euch fürs Lauschen bestrafen. Heute habt nicht nur ihr zwei etwas gehört, das nicht für eure Ohren bestimmt war. Wir drücken bei all der Aufregung deshalb mal beide Augen zu.«

»Nun, dann setzt euch mal«, meinte Herr Zuckerhut.

Elina und Charlie quetschten sich neben Robin aufs Sofa.

»Gut. Dann lasst uns überlegen, wie es nun weitergeht«, sagte Frau Zuckerhut. »Wir müssen in Zukunft um einiges vorsichtiger sein – in jeder Hinsicht.«

»Was passiert jetzt?«, fragte Robin.

»Die Zuckermeister werden uns sicher informieren, wenn die Untersuchungen zu deinem Pon abgeschlossen sind«, antwortete sein Vater. »Bis dahin heißt es abwarten. Es scheint, als könnten wir ansonsten vorerst nicht viel tun.«

»Werden die Zuckermeister Mortimer denn befragen?«, warf Juna ein. »Nach allem, was Frau Bonet so angedeutet hat, missbraucht jemand Apparillos in der Bittersüßen Allee – Mortimer ist doch nun wirklich mehr als verdächtig!«

»Noch gibt es keine Beweise gegen ihn«, beschwichtigte Herr Zuckerhut seine Tochter. »Die Zuckermeister scheinen außerdem einiges auf ihn zu halten.«

»Nein!«, rief Robin. »Ihr habt doch gehört, was ich Frau Bonet gesagt habe! Beweise hin oder her, Mortimer führt etwas im Schilde. Elina, Charlie und ich haben die Theorie, dass er etwas haben will – und zwar von Herrn Schnotter.«

»Vielleicht hat er dein Pon wirklich absichtlich verpfuscht, damit ihr einen Grund habt, um wieder mit Herrn Schnotter die Allee zu besuchen«, sagte Juna.

»Dann muss Mortimer das als Absicherung getan haben«, grübelte Elina mit. »Wir haben die beiden schon vor der angeblichen Reparatur streiten hören. Vielleicht hat er geahnt, dass Herr Schnotter ihm trotz der Abmachung, in der es anscheinend um irgendwelche Antworten ging, nicht sagen würde, was er wissen wollte.«

»Und dann ging es ihm nicht schnell genug, er wollte nicht auf einen neuen Besuch von Herrn Schnotter warten und hat ihn entführt«, schloss Charlie.

»Nun beruhigt euch erst mal«, sagte Frau Zuckerhut. »Eure Theorie mag in diesem Moment ganz stimmig erscheinen, aber das sind schwere Anschuldigungen.«

Elina dachte daran, wie wütend und angsteinflößend Mortimer sein konnte …

Nein, das war mehr als eine weitere Theorie!

»Dieser andere Zuckermeister«, wagte sich Elina vor. »Er hieß Aldric, wie Vivien … und er hat Mortimer sogar in Schutz genommen. Vielleicht steckt er mit drin?«

»Das liegt daran«, begann Herr Zuckerhut, »dass Edward Aldric der Vater von Vivien Aldric ist. Für euch mag das ein Schock sein, aber wir wussten das bereits. Er kann unsere Familie zwar nicht ausstehen, aber er ist den Zuckermeistern und dem Picot-Pakt treu.«

»Ich verstehe das nicht«, meldete Penelope sich zu Wort. »Kennt ihr die Aldrics etwa?«

»Heißt das, ihr kanntet auch Vivien?«, schob Robin hinterher.

Elina spürte, wie ein seltsames Gefühl an ihrem Magen zupfte und zerrte. Damals im Museum der Zuckerkünste hatte Frau Bonet auch etwas angedeutet …

»Die Aldrics spielen heute keine Rolle«, sagte Frau Zuckerhut bestimmt. »Wir sollten uns auf wichtigere Dinge konzentrieren.«

»Was? Nein!«, protestierte Robin.

»Sagt uns die Wahrheit!«, verlangte Arthur.

»Was ist damals passiert?«, wollte Juna wissen.

»Wieso sagt ihr nichts mehr?«, fragte Penelope.

Charlie und Elina schwiegen. Da waren sich beide, ohne es abzusprechen, einig. Natürlich brannte es auch Elina unter den Nägeln, Fragen zu der Verbindung zwischen den Zuckerhut-Eltern und den Aldrics zu stellen, aber manchmal musste man sich heraushalten. Diese ganze Sache schien echt verworren zu sein.

»Wir reden nicht darüber, nicht heute«, wiederholte Frau Zuckerhut.

»Irgendwann einmal …«, setzte Herr Zuckerhut an, beendete den Satz jedoch nicht. »Eure Mutter hat etwas entschieden und das sehe ich ganz genauso, Kinder.«

»Toll!«, maulte Robin. »Ihr habt so viele Geheimnisse vor uns!«

»Für einige Dinge seid ihr alle einfach noch zu jung«, sagte Frau Zuckerhut bestimmt. »Doch etwas geht da draußen vor sich und nach den Vorfällen mit Vivien Aldric möchten wir, dass unsere Familie und auch Elina und Charlie in Zukunft sicher sind. Dass wir zusammenhalten und einander vertrauen, ist wichtiger denn je.«

»Wie sollen wir euch vertrauen, wenn ihr so vieles verschweigt?«, fragte Robin.

»Manchmal ist Vertrauen genau das«, sagte Herr Zuckerhut gutmütig. »Man vertraut darauf, dass die Menschen, die man liebt, das Richtige tun, auch wenn man nicht alles weiß.«

Elina spürte, wie Robin sich neben ihr anspannte. Sie drückte seine Hand.

»Erst mal ist es wichtig, dass ihr euch schützen könnt, falls jemand von euch in eine brenzlige Lage gerät«, sagte Frau Zuckerhut. Sie nickte ihrem Mann zu, der daraufhin aufstand und den Raum verließ. »Wir haben in den letzten Wochen an einem Rezept für eine Notfallsüßigkeit gearbeitet und dieses nun fertiggestellt.«

»Eine Notfallsüßigkeit?«, fragte Robin. »Für uns?«

»Wir sollen zwar vor allem anderen mit unseren magischen Süßigkeiten helfen, aber wir können sie auch selbst nutzen, solange es zum Guten ist«, erklärte sie. »Und diese besondere Süßigkeit ist für unser aller Schutz gedacht. Deshalb möchte ich, dass ihr sie nun immer bei euch tragt.«

»Wir haben die Süßigkeit auf den Namen Wundersame Wirbelwind-Weingummis getauft«, sagte Herr Zuckerhut stolz. Er hatte soeben den Raum wieder betreten. Neugierig betrachtete Elina den großen Stoffbeutel, den er hochhielt. »Ein Weingummi reicht aus, um euch an den nächstsicheren Ort zu wirbeln, an den euch niemand mit bösen Absichten folgen kann. Steckt sie am besten gleich ein.«

Robins Vater öffnete die Kordel und händigte einem nach

dem anderen ein Tütchen aus dem Beutel aus. Als Elina an der Reihe war, betrachtete sie die Weingummis in dem durchsichtigen Tütchen, das mit einem Gummi verschlossen war. Wow! Die waren so viel größer als normale und hatten die Form eines winzigen Tornados mit gekräuselter Oberfläche. Durch die rote Farbe und die goldenen Sprenkel darin sahen sie aus wie Glitzer-Strudel.

»Hätte Herr Schnotter doch nur so etwas gehabt«, sagte Elina traurig.

Vielleicht hätte er sich dann vor seinem Entführer retten können …

»Wir müssen ihn finden!«, sagte Robin. »Bitte!«

»Er steckt bestimmt in großen Schwierigkeiten«, schob Charlie hinterher.

Robins Eltern tauschten einen langen Blick, als würden sie im Stillen ihre Gedanken teilen. Es fiel Elina unheimlich schwer, ihre Entscheidung abzuwarten.

»Ich hoffe, wir lernen Herrn Schnotter auch mal richtig kennen«, sagte Juna und betrachtete Charlie, Elina und ihren Bruder mitfühlend. »Ich habe ihn immer für verrückt gehalten, aber wir wissen ja inzwischen alle, dass er das absolut nicht ist.«

»Er bedeutet euch echt viel, oder?«, fragte Penelope.

»Das tut er«, sagte Elina.

»Wenn Frau Bonet davon überzeugt ist, dass er auf sich aufpassen kann, hat er sicherlich viel mehr Tricks im Ärmel, als ihr denkt«, meinte Arthur tröstend.

»Ja, vielleicht«, murmelte Charlie bedrückt.

Robin starrte seine Eltern an. »Jetzt sagt doch mal was! Bitte!«

Herr und Frau Zuckerhut nickten einander zu. Elina lehnte sich hoffnungsvoll vor. Wie hatten sie entschieden?

»Wir wissen zwar nicht, wo Herr Schnotter sich aufhält und ob ihm wirklich etwas zugestoßen ist«, sagte Frau Zuckerhut. »Aber wir möchten ihn nicht im Stich lassen. Daher finde ich es richtig, diesen Mortimer zur Rede zu stellen. Die Zuckermeister scheinen ihm zu vertrauen, doch das heißt nicht, dass wir das auch tun sollten.«

»Heißt das, wir reisen in die Bittersüße Allee?«, fragte Elina.

»Genau das heißt es«, sagte Herr Zuckerhut.

»Allerdings«, sagte Frau Zuckerhut streng, »sollte euch eines klar sein: Das wird kein Besuch zum Spaß. Zuckermeisterin Bonet hat deutlich gemacht, dass es dort nicht ganz sicher ist. Wir möchten aber auch nicht, dass ihr, Robin, Elina und Charlie, etwas im Alleingang unternehmt. Wenn wir dort nichts über Herrn Schnotters Verbleib herausfinden, müsst ihr uns versprechen, dass ihr die Suche nach ihm den Zuckermeistern überlasst und die Füße stillhaltet, verstanden?«

»Sekunde mal!«, sagte Juna. »Wieso nur die drei? Was ist mit uns?«

»Juna, du wirst noch viele Gelegenheiten haben, in die Bittersüße Allee zu reisen«, sagte ihre Mutter. »Du musst doch ohnehin noch für deine Prüfungen lernen. Und es wäre schön, wenn du ein Auge auf Rufus hast, du bist immerhin die Älteste.«

»Na gut«, murmelte Juna zerknirscht.

»Und was ist mit mir?«, warf Penelope ein.

»Du bist etwas zu jung für die Allee«, sagte Herr Zuckerhut.

Elina hatte so den Verdacht, dass er flunkerte, denn sie hatte in der Allee Kinder gesehen, die weitaus jünger gewesen waren als Penelope mit ihren zehn Jahren.

»Das ist unfair!«, protestierte Robins Schwester. »Wieso beschwerst du dich nicht, Arthur?«

Arthur zuckte nur lässig mit den Schultern. »Interessiert mich nicht.« Ehe noch jemand etwas sagen konnte, stand er auf und verließ rasch das Zimmer.

»Was war das denn?«, murmelte Charlie.

»Keine Ahnung«, sagte Robin.

Elina sah Arthur nachdenklich nach. Sie hatte da so eine Ahnung …

Doch nun stand Wichtigeres an. Sie blickte zu den Zuckerhut-Eltern. »Wann können wir in die Bittersüße Allee reisen?«

Insgeheim war Elina froh, dass sie Frau Zuckerhut kein Versprechen hatte geben müssen, weil Juna dazwischengeplatzt war. Denn Elina wusste nicht, ob sie es halten konnten. Darauf, dass die Zuckermeister Herrn Schnotter fanden, war kein Verlass.

Frau Zuckerhut lächelte Elina verständnisvoll an. »Hab noch etwas Geduld. Wir müssen vorher mit euren Eltern sprechen und uns etwas für sie einfallen lassen. Vielleicht eine Übernachtungsparty am Wochenende, damit sie sich keine Sorgen machen.«

Daran hatte Elina nicht gedacht. »Vielen Dank«, sagte sie.

»Wir kriegen das schon hin. Und vielleicht taucht Herr Schnotter in der Zwischenzeit von allein wieder auf – immerhin geschehen hier in Belony noch wahre Wunder«, fügte Herr Zuckerhut hinzu.

Elina bezweifelte das zwar, nickte aber bemüht zuversichtlich.

»Gut. Ich denke, die Familiensitzung ist damit beendet«, sagte Frau Zuckerhut. »Am besten macht ihr euch auf den Heimweg. Morgen ist immerhin Schule.«

»Ich bringe euch zur Tür«, sagte Robin und stand auf.

Charlie und Elina folgten ihm in den Flur. Die drei wollten sich gerade verabschieden, als sie ein Zischen von der Treppe her hörten. »Psst! Hey!« Es war Arthur.

»Wieso hockst du da wie Gollum auf den Stufen?«, fragte Robin.

»Ich will euch was zeigen«, sagte er.

»Oh nein!«, sagte Charlie. »Damit hat der Schlamassel doch erst angefangen. Weil Robin uns was in der Geheimkammer gezeigt hat. Wir wollen lieber nichts sehen.«

Diese Abfuhr saß. Arthur machte Augen, groß wie Tischtennisbälle. »Oh … «

Doch nach seinem Abgang eben und der Traurigkeit in seinen Augen hatte Elina das Gefühl, dass es wichtig war, ihm zuzuhören. Talentlose hielten zusammen!

»Ich sehs mir an«, meinte Elina. »Kommt ihr mit?«

Robin verschränkte die Arme vor der Brust, sagte aber: »Okay.«

Charlie zögerte. »Na gut … aber nur, wenn es ungefährlich ist!«

Arthur grinste. »Das kann ich nicht garantieren!«

Kapitel 19

Arthurs Zimmer lag im ersten Stock, schräg gegenüber von Robins, und war unfassbar chaotisch. Anscheinend steckte er so viel Elan in seine Frisur, dass keine Zeit mehr zum Aufräumen blieb … was Elina jedoch wunderte, waren die vielen Werkzeuge. Der Schreibtisch glich mit all dem Zeug fast einer Werkbank. Staunend trat Elina näher, als sie etwas darauf entdeckte. »Das ist ja der Notfallkoffer!«

»Er sieht ein wenig anders aus«, bemerkte Charlie, die neben sie trat.

Robin lungerte an der Tür rum, als müsse er Wache stehen.

Sein älterer Bruder nickte ihnen zu. »Ja, eine Arthur-Version davon!«

»Eine Arthur-Version?«, wiederholte Elina amüsiert.

Arthur machte eine galante Verbeugung und öffnete dann, als wäre er ein Butler, den Deckel des Koffers. »Seht selbst! Ich habe ihn etwas verändert.«

»Woah!«, machte Charlie. »Da sind ja neue Süßigkeiten drin!«

Elina starrte beeindruckt das Innenleben

des Koffers an. Im oberen Teil waren zuvor drei Einkerbungen für die Bonbonbroschen gewesen, die sie gemeinsam mit Charlie und Robin in ganz Belony gesucht hatte – nun waren diese Lücken geschlossen und in jeder saß ein schwarzer Buchstabe. Ein E, ein C und ein R. Etwa für ihre Namen? Die Karte hatte Arthur mit etwas überklebt, das einer Tafel glich, die man beschreiben konnte. In dem Fach links, wo einmal Pergamentrolle und Brief ihren Platz hatten, befanden sich nun ein schmaler Block, ein Füller, ein Bleistift und ein Kreidestück. Der untere Teil war jedoch der interessanteste …

So viele schillernde Süßigkeiten, die Elina nicht kannte!

Die alten Süßigkeiten waren wie auf ein samtenes Tuch gebettet gewesen, aber nun gab es mehrere unterschiedlich große Fächer für die neuen.

»In das leere Fach könnt ihr eure Wundersamen Wirbelwind-Weingummis reintun«, meinte Arthur. Er deutete auf die befüllten Fächer. »All diese Süßigkeiten wurden von meinen Eltern gemacht. Ich fand meine Auswahl ziemlich genial für neue Notfälle. Und keine Sorge – die funktionieren alle einwandfrei!«

»Du hast das für uns gemacht?«, fragte Elina überwältigt.

Sie strich mit den Fingern über eine Süßigkeit, die sich Zielsicher-Zitronenriegel nannte und eine zitronengelbe Verpackung hatte, auf die lauter halbe Zitronen aufgedruckt waren. Schräg darunter lagen in einem Fach Saure Schoko-Schocker, die einzeln in kleine schwarze Papiere verpackt waren, auf denen ein Blitz zu erkennen war, und in einem durchsichtigen Beutel steckten. Eine besonders schillernde

Aufmachung hatten die Tarnenden Trumpf-Taler, die wegen ihres schön verzierten hellblauen Papiers aus dem Koffer hervorstachen. Sie steckten ebenfalls zusätzlich in einem durchsichtigen Beutel. Es waren insgesamt drei Stück, was perfekt für Charlie, Robin und sie passte.

Arthur kratzte sich verlegen am Hinterkopf. »Na ja … der Koffer wurde nicht von den Zuckermeistern beschlagnahmt und ich dachte, er könnte ja immer noch nützlich sein. Klar, ist jetzt nicht unbedingt ganz regelkonform, aber rein theoretisch dürftet ihr ja auch nichts über uns oder die Magie wissen … «

»Das ist echt verdammt cool!«, sagte Robin. Er war näher getreten und beugte sich über den Koffer. »Wie unser ganz eigener Notfallkoffer – danke, Arthur!«

»Sogar mit Sachen zum Zeichnen oder Notizenmachen«, sagte Charlie. »Und diese Tafel – da kann man alles Mögliche aufschreiben, wenn man nachdenken will.«

»Diese Arthur-Version gefällt mir auch viel besser!«, sagte Elina. »Aber wieso bekommen wir so ein Geschenk? Und ist das für deine Eltern echt okay?«

»Anfangs habe ich ihnen gar nichts davon gesagt«, begann Arthur zu erzählen. »Doch unsere Mutter hat mich abends erwischt, als ich gerade daran gearbeitet habe. Ich dachte, sie wäre megasauer, aber sie war ziemlich stolz. Denn sie ist selbst eine Erfinderin, wie ihr vielleicht gemerkt habt. Und ich wäre auch gerne einer.«

Robin sah Arthur ungläubig an. »Das wusste ich gar nicht.«

Arthurs Wangen färbten sich leicht rot. »Da rede ich nicht oft drüber.«

»Ich finde das ziemlich cool«, sagte Elina. »Der Koffer ist toll geworden.«

»Genau«, stimmte Charlie zu. »So was kann nicht jeder.«

Robin klopfte Arthur auf die Schulter. »Ich find's auch mega.«

»Hier«, sagte Arthur, klappte den Koffer zu und verschloss die Schnallen. »Nehmt ihn mit. Wer weiß, ob die Zuckermeister demnächst wieder bei uns aufkreuzen oder eine Durchsuchung anordnen, weil sie denken, wir verbergen was.«

»Dann würden sie aber so einiges finden«, meinte Robin erheitert.

Elina nahm Arthur den Koffer ab. Sein Gewicht fühlte sich so vertraut in ihrer Hand an, dass sie unweigerlich lächeln musste. »Ihr Zuckerhuts brecht wirklich gerne Regeln – und macht damit die normale Welt ein Stück magischer.«

Arthur und Robin grinsten einander an.

»Die brechen wir nur für besondere Freunde«, sagte Arthur.

»Für die allerbesten Freunde«, ergänzte Robin.

»Arthur sollte Teil des Süßigkeiten-Squads werden«, sagte Charlie. »Wer ist dafür?«

Robin und Elina hoben zeitgleich mit Charlie ihre Hand. Und da verschwand der traurige Glanz endgültig aus Arthurs Augen, wie Elina bemerkte. So war das eben: Jeder, ob Süßigkeitenwerker oder nicht, hatte eben ein ganz besonderes Talent.

Und Freundschaft war eines, das man mit jedem teilen konnte.

Kapitel 20

Elina rüttelte an der Tür, aber sie wollte partout nicht nachgeben.

»Das bringt nichts«, sagte Robin. »Es ist abgeschlossen.«

»Mortimer muss einfach da sein!«, sagte sie. Ihre Finger schlossen sich fester um die Türklinke. »Wir sind doch extra hergekommen, um mit ihm zu reden!«

Charlie fasste Elina am Arm. »Robin hat recht. Es ist niemand da.«

Nur widerwillig trat Elina zurück und sah zur Spitze des *Erfinder-Emporiums* hinauf.

Sie wusste einfach, dass Mortimer irgendwo dadrin war!

»Wir werden in einer halben Stunde noch einmal vorbeischauen«, schlug Frau Zuckerhut vor. »So einfach geben wir uns nicht geschlagen, Elina.«

Herr Zuckerhut nickte zustimmend. »Wir haben ja noch Zeit.«

Elina versuchte, tief durchzuatmen, aber es gelang ihr nicht. Seitdem sie vor wenigen Minuten die Bittersüße Allee gemeinsam mit Charlie und den Zuckerhuts betreten hatte, klebte ein Gefühl von Unruhe an ihr wie ein zweiter Schatten.

War das noch ein Zufall? Wieso hatte das *Erfinder-Emporium* ausgerechnet jetzt geschlossen?

Elina bemühte sich, ihren Ärger zu verbergen, und folgte den anderen, die sich langsam in Bewegung setzten und zurück zum Fondant-Platz schlenderten. Der Gedanke, die Bittersüße Allee wieder verlassen zu müssen, ohne etwas Neues zu erfahren, lag ihr schwer im Magen. Da konnte dieser Ort noch so magisch sein …

Robins Eltern hingegen wurden richtig nostalgisch.

»Ohhh, in diesem Eisladen war ich früher oft mit meiner Mutter!«, sagte Frau Zuckerhut und deutete auf das erdbeerrot gestrichene Geschäft. »Wie schön, dass es ihn nach all der langen Zeit noch immer gibt … das weckt viele Erinnerungen.«

»Du warst mit Oma Greta hier?«, fragte Robin verwundert.

Seine Mutter nickte. »Ja! Ich war damals noch sehr jung, viel jünger als ihr. Die Ausflüge in die Bittersüße Allee waren immer etwas Besonderes.«

»Damals war vieles anders, oder?«, fragte Elina. »Vor dem Großen Zerwürfnis?«

Robins Vater sah Elina überrascht an. »Woher weißt du denn davon?«

»Woher wohl!«, entgegnete Frau Zuckerhut und seufzte. »Herr Schnotter scheint euch ja eine Menge zu erzählen. Kein Wunder, dass ihr ihn immer so gerne besucht.«

»Eigentlich ist Herr Schnotter keine Süßigkeiten-Wikipedia«, meinte Charlie. »Im Gegenteil! Er ist sehr verschlossen und redet nicht gerne über diese Dinge.«

»Ihr dürft ihm gar nicht böse sein, weil er uns davon erzählt hat«, sagte Robin. »Schließlich habt ihr mir selbst ein bisschen verraten – über eine Gruppe von Süßigkeitenwerkern, die sich gegen die Zuckermeister gestellt haben. Vergessen?«

Seine Mutter seufzte. »Das mag stimmen, aber wir haben dir und deinen Geschwistern mit Absicht nicht alles erzählt. Herr Schnotter hätte diese Schauergeschichten aus der Vergangenheit nicht erwähnen müssen.«

»Das sind keine Schauergeschichten«, meinte Elina. »Sie sind wahr.«

Robins Eltern tauschten einen raschen Blick.

»Wir sollten hier nicht darüber sprechen«, warnte Herr Zuckerhut. »Das ist eine schlimme Zeit damals gewesen und die Süßigkeitenwerker werden nicht gerne an sie erinnert. Man weiß außerdem nie, ob die Wände hier Augen und Ohren haben.«

Robin ignorierte den Einwand seines Vaters. »Habt ihr das damals miterlebt?«

Nun war es an Herrn Zuckerhut zu seufzen. »Deine Mutter und ich waren nicht mal geboren, als sich die ersten Ereignisse in Zusammenhang mit der Anderwärts-Gesellschaft zugetragen haben. Mein Vater hat mir viele Geschichten aus der Zeit damals erzählt und später habe ich auch einiges in den Süßigkeitenwerker-Chroniken nachgelesen – und das waren wirklich Geschichten, aus denen Albträume gesponnen wurden, Robin. Belassen wir es dabei, ja?«

»Und wenn ich mehr wissen möchte?«, drängte Robin.

»Dann lernst du wie jeder andere Süßigkeitenwerker etwas über unsere Geschichte, wenn du so weit bist«, sagte sein Vater und bedachte ihn mit einem nachsichtigen Blick. »Alles mit der Zeit. Jetzt ist deine erste Prüfung wichtiger.«

Bei der Erwähnung der Prüfung verstummte Robin endgültig.

»Was haltet ihr davon, wenn wir eine heiße Schokolade trinken gehen?«, schlug Frau Zuckerhut vor. »Dahinten gibt es eine hübsche kleine Chocolaterie.«

»Eine heiße Schokolade geht immer!«, meinte Charlie.

Elina schob die Hände in die Taschen ihrer Latzhose und sah zu dem Koffer, den Charlie festhielt. Eine magische Süßigkeit, die Herrn Schnotter aufspürte, wäre ihr lieber. Beim Frühstück heute Morgen war es Elina wieder schlagartig eingefallen: Sie wollten doch Juna und Arthur nach der Süßigkeit fragen, mit der sie Charlie, Robin, Elina und dem Notfallkoffer auf die Spur gekommen waren. Vor ihrer Abreise in die Allee hatte Elina das dann nachgeholt. Aufspürende Apfelringe waren es laut Juna gewesen. Doch blöderweise mussten die erst mal wieder hergestellt werden …

Juna hatte Elina versprochen, das Rezept noch heute rauszusuchen und dann nach der Rückkehr von ihnen allen mit Herrn und Frau Zuckerhut zu sprechen.

»Da ist Juna!«, stieß Robin hervor. »Und sie hat Penelope dabei!«

Bitte was? Elina hatte Juna doch nicht durch bloße Gedanken hergezaubert!

Sie blickte an Robin vorbei, der quer über den Fondant-Platz deutete, wo seine Schwestern aufgetaucht waren. Sie waren wirklich hier! Als sie näher kamen, erkannte Elina, wie genervt Juna dreinblickte. Penelope schien dafür unendlich glücklich zu sein und machte vor Erstaunen ganz große Augen.

»Mädchen! Was macht ihr denn hier!«, stieß Herr Zuckerhut aus.

»Gut, dass wir euch direkt gefunden haben. Das ist alles Penelopes Schuld!«, schimpfte Juna. »Sie ist euch einfach mit dem Rest der Zuckerkreide hinterher. Als ich sie beim Tunnel eingeholt habe, hat sie bereits die Süßigkeit benutzt und ich konnte ihr die Kreide gerade noch aus der Hand schlagen, um ihr nachzureisen.«

»Wie bitte?« Entsetzt starrte Frau Zuckerhut ihre jüngste Tochter an. »Wir hatten es dir ausdrücklich verboten! Du hättest sonst wo landen können, Penelope!«

»Ich habe gestern alles über die Zwischenwanderpfade gelesen, was ich in unserer magischen Bibliothek finden konnte«, sagte Penelope altklug. »Das Reisen ist doch kinderleicht!«

»Du bist doch sonst nicht so unvernünftig!«, schimpfte Herr Zuckerhut. »Was hast du dir nur gedacht?«

»Robin ist auch hier!«, erwiderte Penelope trotzig. »Elina und Charlie auch und die sind nicht mal Süßigkeitenwerker! Ich wollte unbedingt mitkommen, Papa!«

Elina sackte das Herz in die Hose. Musste Penelope hier so rumposaunen, dass Charlie und sie Talentlose waren? Doch zum Glück schienen die vielen Leute auf dem Platz mit ihren eigenen Sachen beschäftigt zu sein und achteten nicht auf das kleine Grüppchen, das inmitten der vielen Besucher der Allee stehen geblieben war.

»Jetzt beruhigen wir uns erst mal alle wieder«, sagte Frau Zuckerhut.

Plötzlich roch Elina etwas Süß-Verbranntes, wie angekohlte Zuckerwatte.

»Puh! Was ist das für ein Geruch?«, fragte Charlie.

Elina sah sich verwundert um, da fiel ihr Blick auf einen Mann, der stehen geblieben war – anscheinend, weil er etwas unter seinem langen schwarzen Mantel hervorgezogen hatte. Er schloss den Mantel gerade, der Elina auf unheimliche Weise an die Kleidung von Vivien erinnerte. Das Gerät, was er hervorgeholt hatte, verteilte diesen furchtbaren Gestank, denn es rauchte und paffte leicht, als wäre darin eine Sicherung durchgebrannt. Es handelte sich dabei um einen langen Stab aus Metall, an dessen oberem Ende mehrere grün schimmernde Kristalle saßen.

In Elinas Kopf schrillte eine Alarmglocke los. Hier stimmte was nicht!

Doch ehe sie etwas sagen konnte, strömte aus dem komischen Apparat so viel neuer Rauch, dass sich alles um sie herum zu einer Suppe aus grünem Nebel verdichtete. Innerhalb von Sekunden lag ein dichter Dunstschleier über der Umgebung und verschluckte alles und jeden. Auf einen Schlag stand Elina, umgeben von stinkigem, paffendem Qualm, allein da.

»Charlie? Robin?«, rief sie erschrocken aus. »Wo seid ihr?«

Ihr wummerte das Herz bis zum Hals und sie stolperte rückwärts. Inzwischen schmeckte sie die verbrannte Zuckerwatte auch auf der Zunge.

Von links kam ein Zischen und Elina spürte, wie etwas haarscharf an ihr vorbeisauste. Dann folgte eine Explosion, ähnlich wie bei mehreren Feuerwerkskrachern, und kurz erhellten grelle Blitzlichter die Rauchschwaden.

Leute fingen an zu schreien.

»Elina!«, hörte sie Robin rufen.

Heftig fuhr Elina herum. Sie war wegen des Rauchs völlig orientierungslos. Von wo war Robins Stimme gekommen? Kurz glaubte sie, einen Schemen nur eine Handbreit von sich entfernt zu erkennen und wollte darauf zugehen, als sie unsanft umgerissen wurde. Elina stürzte auf die Knie und keuchte vor Schreck auf.

»Robin!«, rief sie und stemmte sich sofort wieder hoch. »Robin, wo bist du?«

Weitere explosionsartige Geräusche folgten. Die Panik, die sich ausgebreitet hatte, lag wie etwas Greifbares in der Luft. Der seltsame Geruch brachte Elina zum Würgen und ihre Augen tränten furchtbar. Es war, als befinde sie sich im Zentrum eines magischen Gewitters, das kein Ende nahm. Überall krachte und zischte es, Stimmen schrien weiter durcheinander. Von Sekunde zu Sekunde bekam sie mehr Angst.

Wo waren die Zuckerhuts? Wo war Charlie?

Ihr schlug das Herz bis zum Hals. Was sollte sie nur tun? Wo sollte sie hingehen? Zittrig setzte sie einen Fuß vor den anderen.

»Robin! Charlie! Wo seid …«

Das letzte Wort brachte sie nicht mehr über die Lippen, denn sie prallte gegen etwas Hartes. Der Zusammenstoß ließ Elina erneut zurücktaumeln. Dicht vor ihr stand der Mann mit der magischen Waffe! Elina erstarrte vor Furcht. Er beachtete sie jedoch nicht, sondern bewegte den Kopf von links nach rechts, als könne er tatsächlich sehen, was zwischen den grünen Rauchschwaden vor sich ging.

Sie sollte schleunigst verschwinden! Einfach nur weg hier!

Zu ihrem Entsetzen bemerkte er sie jedoch. Mit seinem hämischen Grinsen sah er wie ein Wolf aus, der die Zähne bleckte, um sich jeden Augenblick auf sie zu stürzen. Etwas an diesem Mann erschien ihr schrecklich vertraut und als sie erneut in seine dunklen, kalten Augen sah, wusste sie, er würde sie nicht mehr gehen lassen.

Da fasste jemand Elina von hinten am Arm und zerrte sie zurück.

Es war Zara Zarella, die sich hastig ein Bonbon zwischen die Lippen schob. »Wir verschwinden jetzt von hier!«, erklärte sie.

»Aber meine Freunde!«, presste Elina hervor.

»Keine Sorge! Alles wird gut!«, erwiderte Zara entschlossen.

Dann zerknackte sie mit den Zähnen das Bonbon.

Über Elina legte sich eine unerwartete Ruhe. Zaras Finger lagen auf ihrem nackten Arm, da sie nur ein Shirt unter ihrer Latzhose trug, und es war, als würde ihre Berührung Elina Trost und Wärme spenden, und plötzlich wusste sie, dass wirklich alles gut werden würde. Sie konnte Zara Zarella vertrauen. Sie war Elinas Freundin und Beschützerin. Für eine winzige Sekunde jedoch flüsterte Elina eine leise Stimme zu: Du wurdest gerade durch eine magische Süßigkeit verzaubert!

Kapitel 21

Alles flimmerte vor Elinas Augen und sie wusste gar nicht, wie ihr geschah. Eingelullt in warme Versprechungen von Geborgenheit und Schutz, tauchte sie erst wieder richtig aus dem Bann der magischen Süßigkeit auf, als Zara sie ins Untergeschoss des *Zarellas* geführt hatte.

Sofort riss Elina sich von ihr los und stolperte rückwärts gegen eine Kiste. »Was haben Sie mit mir gemacht!«, keuchte sie und sah die Süßigkeitenwerkerin misstrauisch an. Wieso hatte die Zarella-Schwester sie verzaubert?

»Es ist alles gut«, wiederholte Zara. »Das war ein Ritterliche-Rettung-Knackbonbon. Es sollte nur helfen, dich zu beruhigen, damit ich dich vom Platz bringen konnte.«

Im nächsten Moment erschien Zora Zarella mit Charlie und Robin im Schlepptau an der Treppe. Die beiden blickten ganz verwirrt drein.

Die Zarellas hatten auch sie verzaubert! Wirklich nur, um zu helfen?

Der Koffer! Charlie hatte noch den Koffer! Sollte Elina vielleicht …

»Hör mir erst einmal zu«, bat Zara. »Bitte, Elina.«

Elina wusste nicht recht, ob es an der Nachwirkung des Bonbons lag, aber sie brachte es nicht über sich, Zara erneut zu unterbrechen.

»Komm, setz dich«, forderte Zara sie auf und drückte Elina auf eine Holzkiste.

Der Raum wirkte wie ein Lager oder Keller. Hier gab es haufenweise solcher Kisten.

»Ich war mit meiner Schwester gerade auf dem Fondant-Platz, als dieser Zwischenfall passiert ist«, erklärte Zara. »Dort habe ich dich und deine Freunde gesehen und als das Chaos ausgebrochen ist, haben wir versucht, euch zu finden. Mir war schon damals klar, dass du und deine Freundin keine Süßigkeitenwerker seid. Das stimmt doch, oder?«

Elina zögerte, nickte dann aber. »Wir sind Talentlose.«

Zara lächelte zaghaft. »Unsere Schwester Zoya ist in eurem Alter und auch eine Talentlose. In so einer Lage hätte ich mir gewünscht, dass ihr jemand hilft.«

»Wir sind auch dankbar für die Hilfe, aber … wir waren gar nicht allein dort«, sagte Elina. »Robins Eltern und Schwestern waren dabei! Was, wenn ihnen etwas zugestoßen ist? Oder sie denken, dass uns etwas passiert ist?«

»Das tut mir leid«, antwortete Zara. »Alles ging so schnell … meine Schwester und ich haben euch gesehen und wollten euch einfach nur in Sicherheit wissen.«

»Meine Familie«, murmelte Robin bestürzt. »Ob es ihnen gut geht?«

»Bestimmt«, sagte Charlie. »Deine Eltern sind voll tough!«

Der Bonbon-Bann schien von ihr abgefallen zu sein. Elina blickte zu Robin und ihr und nickte bekräftigend. Charlie hatte sicher recht! Robin, der ohnehin völlig zerwuselt aussah – die Haare wirr, einige Staubflecken auf dem Shirt und die Miene voller Verwirrung – wirkte trotzdem nur noch verlorener, nickte aber dann doch, wenn auch zögerlich.

»Wir können ihnen eine Nachricht zukommen lassen«, meinte Zora. »Eure neumodischen Telefone werden in der Bittersüßen Allee nicht funktionieren. Hier benutzen die Süßigkeitenwerker für Nachrichten Eilige Esspapier-Botschaften.«

»Sie benutzen *was?«*, fragte Elina überrascht.

Zora seufzte. »Eilige Esspapier-Botschaften. Eine magische Süßigkeit!«

»Ja, bitte«, sagte Robin.

»Was ist da eigentlich auf dem Fondant-Platz passiert?« Charlie wirkte in diesem Moment gefasster als Robin und Elina zusammen. Sie stellte den Koffer ab und strich sich ihren rosafarbenen Rock glatt. »Das war ein Angriff, oder?«

Zora zögerte. »In den letzten Wochen gab es einige kleinere Zwischenfälle in der Bittersüßen Allee, aber so was wie heute ist noch nie vorgefallen.«

»Was für Zwischenfälle?«, hakte Elina nach.

»Es gab Einbrüche in eine Handvoll Geschäfte, aber anscheinend wurde nichts gestohlen, nur die Läden verwüstet«, erzählte Zara. »Danach wurde eines der Zuckermeister-Denkmäler zerstört und Süßigkeitenwerker aus den umliegenden Häusern und Geschäften sagten aus, dass sie von einer Explosion wach wurden. Die Zuckermeister haben seitdem einige Reveretti als abendliche Patrouille in die Bittersüße Allee abgestellt, weil sich immer mehr Angst unter den Süßigkeitenwerkern ausbreitet. Das hier ist ein friedlicher Ort, wo solche Dinge eigentlich nicht vorkommen, und da war noch …«

Zara sprach nicht weiter und wechselte nur einen Blick mit ihrer Schwester.

»Macht euch darüber keine Gedanken. Es geht allen gut und das ist erst mal alles, was zählt«, fuhr sie fort. »Wir holen mal das Esspapier für euch.«

Die Zarella-Schwestern tauschten einen weiteren Blick und stiegen dann gemeinsam die Treppe empor, um den Lagerraum zu verlassen. Komisch …

»Die Zuckermeister haben ihre Vertrauten hergeschickt«, sagte Elina nachdenklich. Sofort dachte sie an Frau Illmore – die übellaunige Reveretti, die ihre Freunde und sie damals im Museum der Zuckerkünste in Empfang genommen hatte. »Bedeutet das, die Zuckermeister vermuteten hinter diesen Ereignissen wirklich irgendwelche bösen Motive? Denkt ihr da nicht auch gleich an Frau Bonets Andeutungen?«

»Und an Herrn Schnotters Worte über die Anderwärts-Werker«, sagte Robin. »Allmählich frage ich mich, ob die vielleicht doch noch unter uns sind … Süßigkeitenwerker benutzen ihre Magie nicht für so eine Zerstörung.«

Charlie schüttelte sich. »Was machen wir denn jetzt? Wenn wir deinen Eltern Bescheid sagen, bringen sie uns bestimmt sofort nach Belony zurück und wir konnten nicht mal mehr mit Mortimer sprechen oder Herrn Schnotter suchen.«

»Ich möchte Herrn Schnotter unbedingt finden«, sagte Elina. »Aber was da auf dem Fondant-Platz passiert ist, hat mir mächtig Angst gemacht …«

»Ich hatte auch Angst«, meinte Robin niedergeschlagen. »Das war krass.«

»Ich habe mich auch gefürchtet«, sagte Charlie. »Aber … wo auch immer Herr Schnotter ist, er hat bestimmt viel mehr Angst als wir und braucht uns. Und hat Arthur uns den Koffer nicht genau für solche Notfälle wie jetzt gegeben?«

Die zwei blickten zu Elina, als erwarteten sie einen Plan von ihr.

Elina seufzte und schob sich eine lästige Haarsträhne hinters Ohr. Sie fröstelte ein wenig und das lag nicht an den Temperaturen in diesem vollgestellten Lagerraum.

»Wir schicken Robins Eltern eine Nachricht und bitten sie, uns am *Erfinder-Emporium* zu treffen«, sagte Elina. »Mortimer ist bestimmt wieder da und wir müssen ihn einfach zur Rede stellen, komme, was wolle.«

»Ja«, stimmte Robin zu. »Wir brauchen Antworten.«

»So machen wir es«, sagte Charlie.

Als hätte sie was geahnt, tauchte Zara Zarella plötzlich oben an der Treppe auf, schloss jedoch merkwürdigerweise die Tür hinter sich. Sie sah blass aus.

»Da draußen ist echt die Hölle los«, sagte sie. »Ich habe vom Inhaber des Ladens gegenüber erfahren, dass die Reveretti bereits herumgehen und Befragungen durchführen. Die Zuckermeister wurden gerufen und werden nicht lange auf sich warten lassen … ihr solltet unbedingt aus der Bittersüßen Allee verschwinden! Ich glaube nicht, dass ihr Kinder den Reveretti oder den Zuckermeistern in die Arme laufen wollt.«

»Da haben Sie recht«, sagte Elina. »Danke für Ihre Hilfe.«

Zara trat zu den dreien und hielt ihnen eine Scheibe cremeweißes Esspapier hin. »Es funktioniert folgendermaßen: Ihr könnt direkt mit dem Finger auf dem Esspapier schreiben. Auf eine Seite kommt eure Nachricht und auf die andere der Name der Person, die ihr erreichen möchtet – der ganze Name, das ist sehr wichtig! Im Anschluss muss der Nachrichtenschreiber das Esspapier essen, verstanden?«

Da Charlie und Robin zögerten, nahm Elina die Esspapierscheibe entgegen. Sie war so groß wie eine Postkarte, hatte einen elfenbeinfarbenen, magischen Schimmer und in der linken, unteren Ecke war eine winzige Schreibfeder abgebildet. Sofort riss Elina die transparente Verpackung auf und holte das Esspapier heraus.

»Wir schicken Robins Eltern einen Treffpunkt und machen uns dann auf den Weg, Frau Zarella«, erklärte Elina.

»Vielleicht sollte ich euch begleiten«, sagte Zara besorgt. »Wir wissen ja noch nicht, ob es Robins Familie gut geht oder wo sie sich gerade aufhalten.«

»Das ist wirklich sehr lieb«, meinte Charlie. »Aber wir schaffen das schon.«

»Genau. Wir haben auch Süßigkeiten für solche Notfälle von meinen Eltern bekommen«, sagte Robin. »Auf dem Fondant-Platz waren wir unvorbereitet, aber wir werden sehr vorsichtig sein, versprochen.«

»Ich weiß ja nicht. Am besten hole ich noch ein Esspapier, damit ihr mir Bescheid geben könnt, wenn ihr wieder bei euren Eltern seid«, sagte Zara.

Erneut verschwand sie und ließ Charlie, Robin und Elina allein zurück.

Elina stopfte das leere Süßigkeitenpapier in ihre Tasche

und da Robin und Charlie sie wieder ganz erwartungsvoll ansahen, setzte sie den Finger auf das magische Esspapier. Ein komisches Gefühl, ohne einen Stift zu schreiben. »Ich schreibe, dass wir in Sicherheit sind und deine Eltern am *Erfinder-Emporium* treffen. Ende.«

Sie bewegte langsam ihren rechten Zeigefinger. Der Anblick war einfach wundersam! Buchstabe für Buchstabe erschien auf einmal Elinas Nachricht in weißer Zuckerguss-Schrift. Rasch schrieb sie noch *Frau Zuckerhut* auf die Rückseite.

Anschließend biss Elina eine Ecke des Esspapiers ab. Mhm, das schmeckte wie ein Traum aus Vanille! Pudrigleicht und mit einer süßlich-würzigen Note. Ein bisschen wie die Vanillekipferl, die sie mit ihrer Familie so oft an Weihnachten backte. Den Rest des Esspapiers zu verdrücken ging im Nu. Danach hörte Elina ein Stimmchen ihre Nachricht flüstern. Fast wie der Wind, der ihre Worte nun zum Empfänger wehte.

»Ich denke, es hat geklappt. Wir können losgehen.«

Die drei stiegen die Stufen in den oberen Teil des Ladens hinauf, doch Elina stoppte abrupt an der offenen Tür. Sie hörte eine Stimme, die keiner der Zarellas gehörte.

»Hey!«, beschwerte sich Charlie. »Ich hatte fast Robins Po im Gesicht!«

»Ja, warum gehst du nicht weiter?«, fragte Robin.

»Shh!«, machte Elina. »Da ist irgendjemand … gar nicht gut.« Sie schluckte schwer und spitzte die Ohren.

»Wir sind im Namen der Zuckermeister hier. Sie wollen sich doch nicht etwa den Zuckermeistern in den Weg stellen?«, erboste sich eine Frau mit strenger Frisur und spitzer Nase. »Wir werden uns jetzt hier umsehen, ob es Ihnen passt oder nicht.«

»Bei uns herrscht aber furchtbares Chaos!«, sagte Zara.

»Chaos!«, rief die Frau. »Was schert mich Ihr Chaos!«

Oje! Das war niemand Geringeres als Frau Illmore! Das durfte doch nicht wahr sein! Und sie war nicht allein. Hinter ihr stand ein hochgewachsener, schlanker Mann mit Pferdeschwanz und Brille. Wer hätte gedacht, dass die Reveretti so schnell hier auftauchen würden … aber Zara hatte es ja schon geahnt.

»Lassen Sie uns unsere Arbeit machen!«, verlangte nun auch der Mann.

Elina schüttelte sich. Sie durfte nicht nur blöd rumstehen! Sie mussten weg, ehe man sie noch entdeckte! Geistesgegenwärtig zog sie den Schlüssel von außen von der Tür ab, zog sie leise zu und verschloss sie dann von innen. Sie bedeutete Charlie und Robin, zurück hinunter in den Lagerraum zu gehen.

»Wir müssen uns verstecken«, sagte sie.

»Verstecken? Wo denn? Die Kisten sind viel zu klein«, sagte Charlie.

»Charlie, gib mir den Koffer«, forderte Robin. »Ich habe eine Idee!«

Die drei gingen in die Hocke, damit Robin den Koffer öffnen konnte. Er deutete auf die Süßigkeit mit dem blauen Papier. Elina war sie damals beim Betrachten der neuen Süßigkeiten wegen der schönen Verpackung mit als Erstes aufgefallen.

Tarnende Trumpf-Taler, aber ja!

Oben wurde heftig an der Klinke gerüttelt und die erboste Stimme von Frau Illmore drang lautstark durch die Tür. »Wieso lässt sich die nicht öffnen?«

»Schnell, beeilen wir uns!«, zischte Robin. Er griff nach dem durchsichtigen Beutel, in dem sich die drei Taler befanden, und verteilte je einen davon an Charlie und Elina. Hastig warf Robin den Beutel zurück in den Koffer und klappte diesen zu.

Zeitgleich schälten sie die Taler aus ihrer Verpackung. Elina sah, dass der Taler auch unter der Verpackung ein wunderschönes Muster auf der hellen Schokoladenoberfläche hatte. Rasch schob sie ihn sich in den Mund.

Die weiße Schokolade schmeckte cremig wie ein Löffel warmer Sahnepudding. Dann begann alles zu kribbeln.

»Elina! Du bist nicht mehr da!«, entfuhr es Charlie.

»Du auch nicht!«, sagte Elina. »Du hast dich wie ein Chamäleon angepasst. Irre!«

»Was ist mit dem Koffer?«, fragte Robin verunsichert.

»Ich nehme ihn«, sagte Elina und hob ihn vom Boden auf.

»Jetzt ist er auch weg!«, sagte Robin erleichtert. »Ein Glück!«

»Falls sie reinkommen, schleichen wir, so schnell es geht, raus!«, flüsterte sie.

Rums! Flog da auch schon die Tür auf. Eine sehr zornig wirkende Frau Illmore stampfte, gefolgt von dem Unbekannten, die Stufen hinab. Ihre Augen glitten durch den Raum und blieben genau an Elina kleben. Frau Illmore kam immer näher. Elina hielt, in dem Versuch, keinen Mucks von sich zu geben, die Luft an und wich zurück.

»Hier ist es wirklich recht chaotisch«, grummelte die Reveretti.

Elina atmete leise weiter und schlich an Frau Illmore vorbei. Sie hoffte inständig, dass Charlie und Robin ihr folgten. Zu ihrer Erleichterung veranstalteten die beiden Erwachsenen so einen Lärm, als sie begannen, wahllos einige der Kisten aufzubrechen, dass Elina sich mutig voranwagte. Sie streifte beim Verlassen des Ladens Zara Zarella aus Versehen mit dem Koffer und erstarrte, doch Zara lächelte nur und wisperte: »Clevere Kinder.«

Vor dem Laden holte Elina tief Luft. Wo waren Charlie und Robin?

»Ich bin hier«, kam es irgendwo von links. Das war Charlie.

»Ich habs auch geschafft«, sagte hinter ihr ein getarnter Robin.

»Bloß weg hier«, sprach Elina aus, was sie wohl alle dachten.

Nächstes Ziel: *Erfinder-Emporium!*

Kapitel 22

Viele der Straßen waren wie leer gefegt, nur vereinzelt begegneten sie Süßigkeitenwerkern, die sie dank der Tarnenden Trumpf-Taler nicht wahrnahmen.

»Ist komisch, dass es überall so still ist«, murmelte Robin.

»Finde ich auch«, antwortete Elina leise.

Vor dem *Erfinder-Emporium* herrschte absolute Leere und Robins Familie war nirgends zu sehen. Die Tür war zu Elinas Bedauern weiterhin verschlossen.

»Ein paar Schlossknacker-Kekse wären jetzt nicht schlecht«, scherzte Charlie.

»Ob es eine andere Möglichkeit gibt hineinzugelangen?«, fragte Elina.

»Wir werden langsam wieder sichtbar«, bemerkte Robin.

Er hatte recht. Ein Teil seiner Arme war fast wieder zu sehen. Elina ging es nicht anders. Als sie an sich hinabsah, stellte sie fest, dass ihre Beine in der Latzhose zu erkennen waren.

Schnell schlugen die drei den Weg nach links ein und bewegten sich entlang des Gebäudes, in der Hoffnung, einen anderen Eingang zu finden. Das *Erfinder-Emporium* besaß jedoch nur wenige Fenster in unerreichbarer Höhe.

Die Seitengasse, in der sie sich befanden, war düster und schmutzig und wollte so gar nicht zur magisch-schönen Allee passen. Hier gab es keine Geschäfte mehr, nur Backsteinwände und rechts eine schmale Unterführung. Als Elina weiter die Gasse hinuntersah, entdeckte sie ein leuchtendes Symbol an einer Stelle im Stein. Sofort sagte sie den anderen Bescheid und sie alle traten näher.

Eine abgewandelte Version des Zuckermeisterwappens!

»Genau dieses Zeichen war auch auf dem Apparillo, den Mortimer angeblich für die Zuckermeister gebaut hat«, sagte Elina. »Seht nur dieses A …«

»A wie in Anderwärts-Gesellschaft«, meinte Robin. »Wie bei der Münze!«

»Das könnte sein! Wieso ist es an der Wand?«, fragte Charlie.

»Vielleicht ist es eine Art Durchgang«, rätselte Elina. »Etwas Ähnliches habe ich nämlich beobachtet, als die Zuckermeister Robins Familie besucht haben. Ihr Wappen war an der Innenseite eurer Tür und dann sind sie da durchgekommen.«

Elina trat näher an die Mauer. Das Wappen wurde langsam schwächer, fast als ginge dem Zauber die Batterie aus … war dies wirklich ein Portal?

»Heißt das, irgendjemand hat vor Kurzem das *Erfinder-*

Emporium betreten?« Verunsichert sah sie Charlie und Robin an. »Meint ihr, wir sollen … durchgehen?«

»Durch das magische Portal gehen, das vielleicht der Anderwärts-Gesellschaft gehört? Das könnte echt gefährlich werden«, sagte Robin. »Aber wenn wir Alarm schlagen, dann werden die Reveretti oder Zuckermeister auch auf uns aufmerksam.«

»Das Wappen verschwindet gleich«, sagte Elina. »Wir sollten uns also schnell entscheiden. Was machen wir denn jetzt? Vielleicht ist das die einzige Chance, um noch an Informationen zu gelangen, die uns zu Herrn Schnotter führen …«

Unsicher sah sie zu ihren Freunden, da schob sich Charlie an ihr vorbei und presste ihre Hand auf das vermeintliche Anderwärts-Wappen. Innerhalb eines Augenaufschlags war sie verschwunden. Puff – und fort!

Robin und Elina tauschten einen Blick. Damit war es wohl entschieden.

»Hinterher!«, sagte Robin und berührte das Wappen.

Elina blinzelte und auch er war weg. Sie atmete tief durch und versuchte, ihr schnell schlagendes Herz zu beruhigen. Konzentriert blickte sie auf das Wappen und streckte ihre Hand danach aus.

So musste es sich anfühlen, wenn man einen Schleudergang mit der Waschmaschine drehte – als würde man hin und her geschüttelt und anschließend völlig verdreht ausgespuckt. Elina wurde megaübel. So eine Art von Reisen konnte man definitiv Kotz-und-weg-Transport nennen!

Plötzlich knallte sie rücklings auf kalten Boden und sämtliche Luft entwich ihr. Uff!

Benommen blinzelte sie. Ihr erster Gedanke waren ihre Freunde. Ging es ihnen gut? Robin hockte neben ihr und war ganz grün um die Nasenspitze herum.

»Geht's?«, fragte Elina.

Er nickte. »Wird schon.«

Sie halfen einander auf die Beine. Während Elina die Umgebung nach Charlie absuchte, wurde ihr klar, dass sie sich in der Eingangshalle des *Erfinder-Emporiums* befanden. Die kuriosen Apparate gaben noch immer ihre kuriosen Geräusche von sich. Charlie befand sich ein Stück links vor ihr und hatte sich ihnen zugewandt.

Mit einem kurzen Schrecken wurde Elina in diesen Moment auch klar, dass sie den Notfallkoffer bei der Reise verloren hatte, denn er lag in Charlies Nähe auf dem Boden. Die Schnallen waren aufgesprungen und eine der Süßigkeiten herausgepurzelt. Irgendein dicker Riegel. Elina hastete los und griff sich den Koffer. Charlie, die wohl eine ähnliche Idee gehabt hatte, langte nach dem Riegel.

Von irgendwo kamen aufgebrachte Stimmen. Ob man sie bemerkt hatte?

Schnell klappte Elina den Koffer zu und Charlie steckte den Riegel ein.

Die Stimmen kamen aus dem Nebenraum. Es klang nach einem Streit.

»Ich habe alles versucht! Es schlägt nichts an!«, fauchte jemand.

Mortimer!

»Irgendetwas funktioniert immer«, erwiderte eine Frau kühl.

Elina lief ein Schauer den Rücken hinab. Diese Stimme …

Sie brauchten dringend ein Versteck! Elina half Robin hoch und zog ihn mit zur großen Orgelmaschine. Charlie hängte sich an die beiden dran. Ein Glück! Zwischen dem Apparat und der Wand gab es eine Lücke, die groß genug für sie war. Elina stellte den Koffer ab und lauschte weiter auf die streitenden Stimmen.

Die der Frau ließ sie nicht mehr los. War das etwa wirklich …?

»Vielleicht kann er auch gar nicht reden!«, brüllte Mortimer zornig. »Du hast selbst gesagt, dass du ihm damals einen deiner Vergessenszauber aufgezwungen hast! Die benötigte Information könnte gar nicht mehr in seinem Spatzenhirn sein!«

»Wage es nicht, mir irgendetwas vorzuwerfen!«, erwiderte Vivien Aldric. »Ich habe alles riskiert, um an die Rezeptur zu gelangen – sogar meine Tarnung ist damals aufgeflogen, als ich in Belony auf unerwartete Hindernisse gestoßen bin. Die Zuckermeister sind mir schon lange auf den Fersen, aber nur deinem Leichtsinn haben wir es zu verdanken, dass sie heute in die Bittersüße Allee ausrücken!«

»Ich versuche, den perfekten Apparillo zu bauen, die perfekte Waffe gegen die Zuckermeister und was spricht schon dagegen, wenn ich einige Tests mache!«, erwiderte Mortimer. »Du würdest heute noch deinem stumpfsinnigen Plan mit dem Notfallkoffer folgen, wenn es mich nicht gäbe!«

»Stumpfsinniger Plan?«, stieß Vivien zornig aus. »Was fällt dir …«

Mortimer brüllte ungehalten los. »Ich war es, der einen Spion ins Museum der Zuckerkünste eingeschleust hat! Ohne mich wüsstest du bis heute nicht, dass sich die Seiten seit Jahrzehnten nicht mehr im Museum befinden, Vivien! Dass sie seit dem Großen Zerwürfnis unauffindbar sind – und diese Information hat alles verändert. Ich war den Seiten bereits näher als du in all den Jahren!«

Elina erschauderte. Unfassbar! Die beiden arbeiteten zusammen!

Und von was für einer Rezeptur sprachen sie da?

Vivien schnaufte laut. »Du denkst, du seist mir überlegen, aber da irrst du dich«, sagte sie mit tödlicher Ruhe. »Du magst vielleicht an diese Informationen gelangt sein, aber du hattest nie das große Ganze im Blick. Ich kenne die

Methoden der Zuckermeister, ich weiß, wie sie denken und vorgehen – und deshalb bin ich wertvoller für die Anderwärts-Gesellschaft, als es dein mickriger Spion jemals sein könnte! Denn um die Zuckermeister endgültig auszuschalten und das neue Zeitalter der Anderwärts-Werker einläuten zu können, brauchen wir nicht nur irgendwelche Waffen und die Rezeptur, sondern auch einen klugen Plan.«

Mortimer war für einen Moment ungewöhnlich still.

»Du bist ebenso auf mich angewiesen wie ich auf dich. Nur zusammen können wir das Versteck der Rezeptur ausfindig machen«, sagte Vivien. »Emil Schnotter …«

»Emil!«, spuckte Mortimer Herrn Schnotters Namen aus, als sei er Gift. »Wie er neulich hier vor mir stand, mich mit diesem falschen Lächeln begrüßt hat, weil er dieses Pon repariert haben wollte … da fiel es mir wie Schuppen von den Augen. Die Seiten waren seit dem Großen Zerwürfnis nicht mehr im Museum und als diese verschwanden, verschwand auch Emil von der Bildfläche.« Mortimer lachte verhalten. »Ich dachte doch wirklich, er würde mir alles über sein Exil erzählen und ich würde herausfinden, wo die Seiten sich heute befinden.«

Ein lautes, metallisches Geräusch erklang, als hätte Mortimer vor Wut einen Schraubenschlüssel durch die Gegend gepfeffert. »Aber natürlich war ihm trotz unseres Deals seine Ehre im Weg … obwohl die Zuckermeister ihn verstoßen haben, wahrt er noch immer ihre Geheimnisse. Da war mir klar, dass er die Informationen über die Seiten aus der Picot-Chronik niemals herausrücken würde«, fuhr Mortimer fort. »Das Exil in Belony passt zu ihm! In dieser Stadt wimmelt es nur so von widerwärtigen Talentlosen, die nicht besser sind als er. Doch ich habe ihn durchschaut. Seine Verweigerung, mir Antworten zu geben, war Beweis genug, dass er wirklich etwas mit dem Verschwinden der mächtigen Rezeptur zu tun hat.«

»Ich habe sein ganzes Haus durchsucht«, sagte Vivien. »Jeden Winkel habe ich mit meinen magischen Süßigkeiten umgekrempelt und ich sage dir, dort ist nichts. Nachdem ich ihn mit der Anderwärts-Süßigkeit überrumpelt und hergebracht habe, bin ich sogar erneut zurück, um einen Suchzauber über die Stadt zu legen – nichts.«

»Das könnte Teil eines Schutzzaubers sein, der Emil all die Jahre in Belony vor unseren Augen verborgen hat. In dieser Stadt muss es etwas geben! Einen Hinweis oder die Rezeptur selbst«, beharrte Mortimer. »Emil wollte die Rezeptur sicherlich in seiner Nähe wissen, in einem passenden Versteck.«

»Wenn ich doch nur früher gewusst hätte, wie wichtig dieser alte Quacksalber noch für uns sein würde«, fluchte Vivien. »Ich habe ihn damals nur für einen in die Jahre gekommenen Süßigkeitenwerker gehalten, der meint, den Helden für ein paar dumme Kinder spielen zu müssen. Meine Vergessenszauber sind endgültig … «

»Verdammt, Vivien«, blaffte Mortimer wieder los. »Wir müssen einen Weg in Emils Kopf, in seine Erinnerungen finden … die Anderwärts-Gesellschaft ist alles andere als zufrieden mit uns. Wir dürfen keine Sekunde mehr vergeuden!«

»Niemand weiß, dass wir Emil Schnotter haben«, erwiderte Vivien. »Niemand kann uns zuvorkommen. Und nur wir wissen, wie man ihn zurückholen kann …«

Elina dröhnte ihr eigener Puls wie eine Trommel in den Ohren, die immer lauter wurde. Vor Aufregung wurden ihre Finger um den Griff des Koffers ganz schwitzig.

»Wir brauchen ein Druckmittel gegen ihn, falls die anderen Süßigkeiten nicht anschlagen«, sagte Mortimer. »Vielleicht wissen seine Schüler auch etwas.«

»Schüler?«, fragte Vivien. »Das sind zwei Talentlose und ein Zuckerhut-Junge.«

Elinas Gedanken wirbelten durcheinander wie Popcorn in einer Maschine. Die beiden waren also wirklich Teil dieser finsteren, machthungrigen Gruppe … der Anderwärts-Gesellschaft! Und jetzt hatten sie auch noch ihre Freunde und sie im Visier!

»Emil hatte insgeheim schon immer ein weiches Herz und er schien diese Gören sehr zu mögen«, sagte Mortimer spöttisch. »Wenn er jemandem ein Geheimnis anvertraut hat, dann ihnen. Vielleicht sollten wir sie ausfindig machen.«

Wenn der wüsste, dachte Elina. Sie bereute es fast schon, dass sie hergekommen waren, denn sie spürte die Gefahr wie ein kaltes Kribbeln im Nacken. Das konnte nicht gut enden … fieberhaft ging sie in Gedanken die Süßigkeiten im Notfallkoffer durch. Was hatte sich noch Nützliches darin befunden? Genau! Die Wundersamen Wirbelwind-Weingummis. Doch sollten sie nicht noch etwas länger ausharren? Vielleicht verrieten Mortimer und Vivien noch, wo Herr Schnotter war …

»Diese Kinder werden keine Hilfe sein«, meinte Vivien.

»Es gibt schon die ein oder andere Süßigkeit, die sie gefügig machen könnte«, sagte Mortimer. »Das blonde Mädchen hat hier bereits herumgeschnüffelt. Wer sagt, dass sie es nicht noch mal tun wird? Die Zuckermeister würden sich jedenfalls nicht um eine verschwundene Talentlose scheren. Die haben wichtigere Dinge zu tun.«

Nun spannte sich Elinas ganzer Körper an. Mortimer klang gnadenlos.

»Hast du den Teil vergessen, wo ich gesagt habe, dass die Zuckermeister bereits hier sind? Die sitzen nicht mehr auf ihrem hohen Ross, sie haben Angst … und Angst bringt sogar die mächtigsten Süßigkeitenwerker dazu zu handeln. Unterschätze sie nicht. Wir sollten kein Aufsehen erregen«, sagte Vivien. »Du wirst schon noch Zeit genug haben, deine Waffen anderorts wieder zu … testen.«

In Elinas Kopf machte es plötzlich klick. Der Mann auf dem Fondant-Platz – das war Mortimer gewesen! Deshalb war er ihr so vertraut vorgekommen! Er hatte irgendeine tarnende magische Süßigkeit benutzt – genau wie Vivien damals, als sie noch Althea war.

Ihr Instinkt sagte ihr, dass sie genug gelauscht hatten. Sie mussten hier weg und jemanden warnen. Sie hätte eben erst gar nicht zögern dürfen, denn Vivien und Mortimer hatten ihre Absichten sehr deutlich gemacht. Sie wollten diese Rezeptur und würden auch Charlie, Robin und sie benutzen, um Informationen darüber aus Herrn Schnotter herauszuquetschen. Und solange sie die geheimnisvollen Seiten noch nicht hatten, konnten die Zuckermeister sicher etwas unternehmen!

Rasch streckte Elina die Hand aus, um den Koffer zu öffnen, doch plötzlich sickerte ein Gedanke zu ihr durch: Die Stimmen waren abrupt verstummt!

»Wen haben wir denn da? Wenn das mal keine Überraschung ist.«

Eine Frau war in Elinas Sichtfeld getreten. Ihr Äußeres wollte so gar nicht zu der Vivien Aldric passen, die Elina in Belony als Althea kennengelernt hatte. Anscheinend veränderte die tarnende Süßigkeit als Einziges nicht die Augen und die Stimme! Denn die sturmgrauen, kalten Augen dieser Vivien-Version waren Elina vertraut. Doch im Gesicht dieser Frau mit den feinen, schönen Zügen, das von langem dunkelblondem Haar umrahmt wurde, wirkten sie direkt anders und fremd.

Vivien starrte Elina nieder und streckte den Arm aus, um sie aus ihrem Versteck zu zerren. Elina überlegte, was sie tun konnte, aber es nützte nichts. Hinter der Orgelmaschine war zu wenig Platz. Sie konnte sich kaum bewegen, geschweige denn vernünftig wehren. Hinter ihr keuchten Charlie und Robin erschrocken auf.

Es dauerte nur wenige Sekunden, da hatten Vivien und Mortimer die drei gewaltsam aus ihrem Versteck gezerrt und gegen die nächste Wand gedrängt. Den Koffer hatte Mortimer direkt begierig an sich gerissen. Beim Anblick der finsteren Mienen der Erwachsenen konnte Elina kaum einen klaren Gedanken fassen.

Mortimer lächelte hämisch. »Scheint so, als könnte ich doch noch ein paar meiner neuen Süßigkeiten testen. Wer von euch kleinen Spionen will den Anfang machen?«

Kapitel 23

Vivien und Mortimer hatten Elina und ihre Freunde quer durch den Werkraum geschleift, tief hinunter in ein weitläufiges Kellergewölbe, das Elina wie ein Labyrinth erschien. Unter dem *Erfinder-Emporium* schien sich ein ganzes Netzwerk aus Gängen zu erstrecken und jeder einzelne von ihnen sah gleich aus.

Wie sollten sie hier jemals wieder herausfinden?

Bei dem Versuch, sich zu wehren, hatte Elina sich fast losmachen können, aber was nützte es ihr schon, Viviens eisernem Griff zu entkommen, wenn Mortimer Robin und Charlie vor sich hertrieb, als wären sie zwei entlaufene Schafe.

Elina konzentrierte sich stattdessen darauf, wo sie abbogen, und versuchte, die Türen, die sie passierten, zu zählen. Doch es brachte nichts. Sie war aufgeregt und panisch und kam irgendwann nicht mehr mit.

Schließlich landeten sie in einem schäbigen Raum, der voller Schrott war. Haufenweise lagen hier kaputte Apparillos oder mechanische Einzelteile. Lieblos weggeworfen, als wäre das hier ein Friedhof magischer Apparate. Es gab keine Fenster. Und es roch komisch, modrig und feucht. Der einzige Ausweg war die Tür, durch die man sie unsanft schubste.

Vivien ließ Elina los und sie stolperte direkt in Robins und Charlies Arme.

Gemeinsam standen sie nebeneinander, während Vivien sie betrachtete. Mortimer verschwand kommentarlos mit ihrem Notfallkoffer durch die Tür.

»Was haben Sie mit uns vor?«, fragte Elina trotzig.

»Keine Sorge«, sagte Vivien und klang dabei fast schon sanft. »Ihr werdet euch am Ende an nichts mehr erinnern. Vergessen ist völlig schmerzlos.«

»Kommen Sie uns bloß nicht zu nahe!«, entfuhr es Elina.

Vivien zog abschätzig die Augenbrauen zusammen. »Du bist immer noch so kampfeslustig wie damals, aber dein Temperament wird dir hier nicht weiterhelfen.«

»Das sehe ich genauso«, stimmte Mortimer zu.

Er war zurückgekehrt und stand im Türrahmen, wieder dieses hämische Grinsen im Gesicht. Elina fiel sofort die Schürze auf, die er nun trug. Mit Dutzenden Taschen und Fächern, aus denen lauter Süßigkeitenpapiere herausragten.

Ihren magischen Koffer hatte er sonst wohin gebracht …

»Ihr dummen Kinder«, sagte Vivien. »Wieso seid ihr nur hergekommen?«

»Unser Glück«, sagte Mortimer. »Siehst du, wie es in ihren kleinen Köpfen arbeitet? Sie überlegen fieberhaft, wie sie hier rauskommen, um uns an die Zuckermeister zu verraten … ihr seid wirklich dumme Kinder. Hier kommt ihr nicht mehr raus, denn weder wir noch die Anderwärts-Gesellschaft haben Verwendung für Talentlose. Ohne Talent ist man wertlos.«

Ein seltsamer Ausdruck huschte über Viviens Gesicht, doch sofort wurde ihre Miene wieder undurchschaubar. »So ist es«, sagte sie. »Deshalb wird ein Süßigkeitenwerker wie Herr Schnotter ihnen sicherlich nichts verraten haben.«

Seltsam. Wieso sagte sie so etwas? Es klang, als wolle sie Mortimer ausreden, Charlie, Robin und ihr etwas Schlimmes anzutun, um an Informationen zu gelangen. Oder irrte Elina sich? Hoffte sie zu sehr auf ein rettendes Wunder?

Mortimer fixierte Robin. »Aber der hier ist einer von uns. Die Zuckerhuts sind Süßigkeitenwerker. Ich bin heute großzügig, mein Junge. Wenn du uns hilfst, dann wäre ich bereit, dich zu verschonen. Euer Lehrer Emil Schnotter hat einige wichtige Seiten aus der Picot-Chronik, eine Rezeptur, die ich brauche.«

»*Wir* brauchen«, korrigierte Vivien ihn.

»Die wir brauchen«, sagte Mortimer ungerührt. »Sie wären deine Eintrittskarte zu etwas Größerem. Etwas, das du dir nicht mal in deinen kühnsten Träumen ausmalen könntest. Macht und Magie, fernab aller Grenzen. Wenn du uns deine Loyalität schenkst.«

»Meine Loyalität gehört meinen Freunden!«, sagte Robin energisch.

Mortimer schoss vor und packte Robin am Kragen. So fest, dass Robin ein ersticktes Stöhnen von sich gab. Er wehrte sich, kam aber nicht los. Alles in Elina schrie danach, ihm zu helfen. Sie wollte Mortimer packen, mit ihren Fäusten auf ihn eintrommeln, irgendetwas tun, aber aus irgendeinem Grund konnte sie es nicht. Sosehr ihre innere Stimme sie auch anbrüllte, sich zu bewegen und etwas zu unternehmen, ihr Körper war reglos. Elinas Augen huschten zu Charlie, die ebenfalls stillstand.

»Siehst du?«, säuselte Mortimer. »Die Talentlosen schert es nicht, was mit dir geschieht.«

»Sie …«, keuchte Robin. »Sie haben irgendeine Süßigkeit genommen!«

»Kluger Junge«, antwortete Mortimer. »Ich bin unantastbar, im wahrsten Sinne des Wortes.« Der Erfinder lachte dreckig. »Das ist eine Form von Magie, die du nicht kennst, nicht wahr? Die die Zuckermeister dir niemals zugestehen würden, Junge.«

»Mortimer«, sagte Vivien bestimmt. »Er kriegt keine Luft mehr.«

Robin war schon ganz rot angelaufen.

Elina starrte panisch zu ihm. Erst da wurde ihr klar, dass Mortimers Zauber sie vielleicht davon abhielt, ihn zu berühren, aber sprechen konnte sie noch immer.

»Lassen Sie ihn los!«, sagte sie heftig. »Lassen Sie ihn sofort los!«

»Mortimer!«, sagte Vivien herrisch und da ließ Mortimer endlich von Robin ab.

Doch zu Elinas Entsetzen wandte er sich nun ihr zu. »Hältst dich wohl für besonders mutig, was?« Er zog eine neue Süßigkeit aus seiner Schürze. »Mal schauen, wie mutig du in einer Minute bist.«

Mortimer wickelte irgendeine Art Riegel aus und biss mehrmals hinein. Kurz erfüllte nur sein unangenehmes Schmatzen den Raum. Seine Augen ruhten weiter auf ihr.

Sie fürchtete sich vor der Wirkung der Süßigkeit, aber sie

wollte dem Erfinder nicht die Genugtuung geben, dass er diese Furcht in ihrem Gesicht sehen konnte. Elina presste die Lippen fest aufeinander und versuchte, ihren Puls zu beruhigen.

»Elina!«, rief Charlie. »Ist alles okay?«

»Man könnte sagen, eure Freundin bekommt gleich große Lust, einmal richtig herzhaft zu lachen«, sagte Mortimer. »Ihr geht es gut und sie fühlt sich unheimlich glücklich.«

Elina starrte den Erfinder an, als sei er verrückt geworden.

Zunächst geschah gar nichts. Doch dann fühlte sich ihr Kopf mit einem Mal leicht an, so leicht, als habe ihr jemand ihr Hirn gegen Zuckerwatte-Matsch eingetauscht. Sie fasste sich an die Schläfen. Was passierte mit ihr?

»Elina?«, rief Robin. »Sag was!«

Sie konnte nicht antworten, denn mit einem Mal überkam sie eine schreckliche Traurigkeit. Elina krümmte sich zusammen und spürte, wie ihr Tränen über die Wangen liefen. Sie fühlte sich so elend! Elend und traurig, so traurig, dass sie es kaum aushielt.

»Hören Sie auf damit!«, kreischte Charlie. »Sie tun ihr weh!«

»Vielleicht möchte Elina dich ja zum Trost umarmen«, sagte Mortimer gehässig.

Elina spürte, wie ein Ruck durch ihren Körper ging und plötzlich stand sie wieder aufrecht. Wie eine Marionette, die von einem Spieler geführt wurde, wandte sie sich Charlie zu, doch statt diese zu umarmen, versetzte sie ihrer Freundin einen Stoß. Charlie strauchelte zur Seite und stürzte in einen der kleinen Schrotthaufen. Bestürzt sah Elina zu Charlie, die sich wimmernd das Handgelenk hielt.

»Charlie!«, schrie Robin und stürzte zu ihr. »Ist alles okay?«

»Ich denke, da ist wohl eine Entschuldigung angebracht«, sagte Mortimer.

Und ohne dass Elina es wollte, öffnete sich ihr Mund. »Es tut mir gar nicht leid, dass du dich verletzt hast! Ich hoffe, du kannst nie wieder zeichnen!«

Charlie war so überrumpelt von Elinas Worten, dass sie nun diejenige war, der Tränen in die Augen stiegen. »Das meinst du nicht so! Er hat dich verzaubert!«, stammelte sie.

»So etwas macht ein gegenteiliger Zauber«, sagte Mortimer mit Grabesstimme. »Wenn ich Elina sage, sie soll sich in Sicherheit bringen, stürzt sie sich von dem nächsten Gebäude. Sie würde von so ziemlich allem das Gegenteil tun, was ich ihr befehle.« Der Erfinder wandte sich erneut an Robin. Charlie und Elina waren seine Aufmerksamkeit als Talentlose anscheinend nicht länger wert. »Du sagst mir jetzt, was Emil dir über die verlorene Rezeptur erzählt hat, sonst werde ich deiner Freundin eine besonders schreckliche Aufgabe stellen und dann siehst du sie niemals wieder.«

»Ich weiß nichts!«, antwortete Robin hastig. »Herr Schnotter hat nie etwas von einer besonderen Rezeptur gesagt. Er hat uns nie eines seiner Geheimnisse verraten!«

»Ich glaube dir nicht!«, zischte Mortimer erbost. »Elina, wie wäre es, wenn …«

»Das reicht jetzt!«, donnerte Viviens Stimme durch den Raum. Sie war so lange stumme Beobachterin gewesen, dass Elina kaum noch registriert hatte, dass sie da war.

Allein Viviens eisiger Blick brachte Mortimer dazu zusammenzuzucken. »Das sind dumme Kinder, genau wie ich es dir gesagt habe. Sie wissen rein gar nichts. Sieh sie dir an –

sie schlottern vor Angst und hätten uns längst etwas verraten, wenn sie könnten.«

Vivien und Mortimer tauschten einen langen, intensiven Blick – als würden sie ein stilles Duell austragen. Ein schrilles Piepen, das wie eine Art Signal erklang, unterbrach sie dabei. Es kam von einem Gerät, das in Mortimers Schürze steckte. Er nahm es heraus und drückte einen der Knöpfe.

»Sieh zu, dass du das regelst, ehe die Zuckermeister noch das gesamte *Erfinder-Emporium* durchsuchen«, zischte Vivien. »Ich kümmere mich um den Rest.«

Widerwillig leistete Mortimer dem Befehl Folge und ging.

Vivien betrachtete Elina, dann glitt ihr Blick zu Robin und der verletzten Charlie. Elina verspürte den Drang, zu bitten und zu betteln, Vivien möge sie vor dem Vergessenszauber verschonen, den sie schon an so vielen Leuten eingesetzt hatte. Doch dieses Mal war es kein Zauber, der Elina davon abhielt, sondern eine innere Stärke, die ihr die Anwesenheit ihrer Freunde verlieh.

»Na los«, sagte sie herausfordernd. »Tun Sie es! Sie können uns so viele Zauber auf den Hals hetzen, wie Sie wollen, aber unsere Freundschaft werden Sie niemals zerstören!«

Vivien packte Elina an der Schulter. »Du dummes, mutiges Mädchen.«

Und dann … dann ließ sie Elina wieder los und rauschte aus dem Raum. Die Tür fiel mit einem lauten Knall hinter Vivien ins Schloss und vor lauter Erleichterung konnte Elina kurz nur noch an eines denken: Ihre Erinnerungen waren sicher.

Kapitel 24

»Charlie«, sagte Elina atemlos, nachdem der Schock über all das Erlebte langsam von ihr abfiel. Sie eilte zu ihrer Freundin hinüber. »Bist du schwer verletzt?«

»Es geht schon«, murmelte Charlie und rieb sich das Handgelenk. »Das gibt ein paar blaue Flecke, aber geprellt ist es nicht, denke ich. Was ist mit dir? Dieser Gegenteilzauber war … heftig.«

Elina zögerte und horchte kurz in sich hinein. Das komische Gefühl, das mit dem Einsetzen von Mortimers Süßigkeit über sie gekommen war, war endgültig aus ihrem Kopf gelöscht. »Ich … bin okay«, sagte sie langsam. »Robin?«

»Ja, ich … bin auch okay.«

Robin und Elina halfen Charlie auf. Die drei fielen einander in die Arme. Erst jetzt bemerkte Elina, wie stark sie alle zitterten. Vor Angst – und Erleichterung.

»Dieser Mortimer ist einer von der übelsten Sorte«, sagte Robin leise.

»Er gehört eingesperrt«, stimmte Charlie zu. »Wenn Vivien nicht …«

»Sie hat uns nichts vergessen lassen«, wisperte Elina. »Ich hatte fast das Gefühl, Vivien wollte uns ... helfen.«

Die Freunde lösten sich langsam voneinander.

»Das ergibt keinen Sinn«, sagte Robin. »Wie so vieles …«

»Manches schon«, sagte Charlie. »Die beiden haben Herrn Schnotter entführt, weil sie diese verlorenen Seiten suchen, und sie gehören zur Anderwärts-Gesellschaft.«

»Wir müssen erst mal hier raus«, sagte Elina.

Gemeinsam rüttelten sie an der Tür, doch nichts tat sich. Einige Minuten lang versuchten sie, sich mit dem Schrott, der herumlag, ein Hilfsmittel zu schaffen, doch das war vergebens.

Dann fiel Elinas Blick auf etwas Kleines, Qualmendes am Boden.

»Was ist das?«, stieß sie hervor.

»Ein … Kaugummi?«, fragte Charlie unsicher.

»Ein qualmendes Kaugummi«, sagte Robin. »Das ist gar nicht gut!«

Abwechselnd versuchten sie, das Kaugummi wie eine Flamme zu ersticken, aber mit jedem Versuch zischte und qualmte es nur noch heftiger. Inzwischen zogen neblige Schlieren durch die Luft, die Elina das Atmen schwer machten.

»Wir sind erledigt, wenn der Rauch sich weiter ausbreitet«, sagte Robin zittrig.

»Hätten wir doch nur den Koffer«, murmelte Charlie.

»Wir finden einen Weg raus«, sagte Elina entschlossen.

Gemeinsam wichen sie zurück, da das Kaugummi weiter

und weiter qualmte. Dicke Rauchwolken bildeten sich und nahmen nun einen Großteil des Raums ein.

»Wir stecken hier aber ohne Magie fest!«, sagte Robin panisch.

»Panik schieben bringt auch nichts!«, erwiderte Elina, die trotz ihrer Worte aus ihrer eigenen Stimme heraushörte, wie panisch sie selbst klang. In ihrer Kehle kratzte es furchtbar. Sie würden hier drin noch ersticken!

Elina kniete sich auf den Boden. »Runter! Der Rauch steigt zuerst hoch.«

Charlie und Robin gingen in die Hocke. Sie alle keuchten und husteten. Elina wollte sich an Charlie festklammern, bekam aber nur ihren Rock zu fassen. Ihre Hand streifte etwas in Charlies Rocktasche. Der Süßigkeitenriegel!

Sie verspürte einen Anflug von Hoffnung. Elina rückte näher zu Charlie und deutete auf deren Tasche. Aufgrund des starken Rauchs versuchte Elina, so wenig wie möglich zu sprechen, denn sobald man den Mund öffnete, atmete man diesen ein. Charlie verstand nicht sofort, fasste dann aber doch in ihre Tasche, als Elina noch einmal darauf zeigte.

Sofort hellte sich Charlies Miene auf.

War das die Rettung?

Die goldene Verpackung war reichlich zerdrückt, aber der Name der Süßigkeit darauf war noch immer gut zu erkennen: *Malerisches Marzipan* stand dort.

Robin blickte fragend zu ihnen.

»Wir müssen rausfinden, was es kann«, krächzte Elina.

»Der Spruch von Charlies Bonbon«, presste Robin hervor.

Charlie nickte. »›Ist deine Lage mal nicht so heiter, hilft dir ein Pinselstrich weiter.‹«

Elina rieb sich die tränenden Augen. Der Rauch war mittlerweile so dick, dass sie sich ganz benommen fühlte. »Keine Sekunde zu spät. Benutz es.«

»Was, wenn was schiefgeht?« Charlie war völlig verunsichert. »Es geht immer etwas schief, wenn ich eine magische Süßigkeit benutze, und ich … ich fürchte mich.«

»Du schaffst das«, sagte Robin ermutigend.

Elina rückte ganz dicht zu Charlie und drückte kurz ihre Hand. »Er hat recht. Malerisches Marzipan ist wie für dich gemacht. Und egal was passiert, wir glauben an dich, weil du unsere Freundin bist.«

Charlie sah die beiden dankbar an und wickelte dann das Marzipan aus. Der obere Teil des Riegels war mit dunkler Schokolade überzogen und die Umrisse eines Pinsels befanden sich wie eine Prägung darauf.

Sobald Charlie ein großes Stück davon gegessen hatte, nahm ihr Gesicht einen merkwürdigen Ausdruck an. »Punkte.«

»Punkte?«, echote Elina. »Was für Punkte?«

»Ich sehe sie vor mir«, sagte Charlie. »Es sind so viele – und sie leuchten.«

Die beiden mussten sofort husten, weil sie so viel gesprochen hatten.

Elina beobachtete, wie Charlie ihren Zeigefinger hob und ihn durch die Luft sausen ließ, als wäre er ein Pinsel, mit dem sie feine Linien nachfuhr.

Plötzlich schepperte etwas zu Boden. Es war eine Suppenkelle.

Elina blinzelte. Hatte Charlie die Suppenkelle etwa … gemalt? War ihre Hand zu einem magischen 3-D-Drucker mutiert? Malerisches Marzipan …

Die drei sahen einander verunsichert an und Charlie deutete zur Tür.

Gemeinsam krochen sie näher heran. Elina zeigte auf das Schlüsselloch. Charlie schien zu überlegen, dann schüttelte sie den Kopf. Natürlich … woher sollten sie auch wissen, welcher Schlüssel perfekt ins Schloss passte? So ging es nicht.

»Du bist ein kreatives Kunstgenie«, sagte Robin schwach. »Dir fällt was ein.«

Elina kniff nachdenklich die Augen zusammen. *Denk nach, denk nach!*

»Ich habs!«, stieß Charlie aus. »Ich male eine neue Tür.«

Als Elina die Augen wieder öffnete, war Charlie bereits dabei, eine zu zeichnen.

»Die goldenen Punkte werden weniger«, hauchte Charlie entsetzt.

Robin hob den Rest des Marzipans vom Boden und reichte es ihr.

Charlie aß alles auf, was noch übrig war. Schließlich schaffte sie es, eine kleinere Tür auf die eigentliche zu zeichnen – samt Drehknauf, mit dem Charlie sofort die Tür öffnete.

Es funktionierte tatsächlich! Mit einem Mal drang ihnen kühle Luft entgegen.

Eilig krabbelten die drei nacheinander durch die magische Tür, da verschwand sie auch schon wieder hinter ihnen. Kaum befanden sie sich außer Reichweite des magischen

Rauchs, spürte Elina, wie sich ihre Lunge wieder mit sauberer Luft füllte. In ihrer Kehle kratzte es zwar noch furchtbar, aber sie fühlte sich gleich besser. Unter der Tür des Raums, in dem sie gefangen gewesen waren, pafften dünne Rauchschwaden hervor. Das war unfassbar knapp gewesen …

Elina zog sich zitternd an der Wand hoch. »Charlie, du hast uns gerettet!«

»Du bist unsere Heldin!«, sagte Robin. »Bin ich froh, da raus zu sein.«

Die drei kauerten einige Sekunden still nebeneinander. Was für ein Schreck!

»Ich glaube, die Magie lässt gleich nach«, sagte Charlie plötzlich.

»Kannst du noch etwas malen, das uns hilft?«, fragte Robin.

»Ja, genau!«, stimmte Elina zu. »Eine Karte? Ein Wegweiser? Wir werden sonst Stunden hier herumirren und wer weiß, wo Vivien und Mortimer gerade sind. Wir sollten verschwinden, ehe die beiden wiederkommen.«

Charlie nickte entschlossen. »Ich weiß etwas.«

Sie stemmten sich hoch. Robin und Elina sahen zu, wie Charlie sich vor eine der Steinwände stellte und mit fließenden Bewegungen zu malen begann. Charlie war hoch konzentriert. Nachdem sie fertig war, trat sie einen Schritt zurück. Auf den dunklen Steinen der Wände saß ein ganz neues Wappen. Keines der Zuckermeister oder Anderwärts-Werker. In der Mitte befand sich Robins Pon, der verzierte Kochlöffel, der sich mit einem Feldhockeyschläger und einem Bleistift kreuzte. Ringsherum befand sich ein kreisrunder Wirbel aus Süßigkeiten.

Es war wie ein Symbol für sie alle drei. Ein Wappen wahrer Freundschaft.

Und – es begann zu leuchten.

»Charlie, das ist … wow«, sagte Robin.

»Das ist genial!«, sagte Elina. »Aber wo führt es uns hin?«

»Das weiß ich nicht so genau … ich habe beim Malen daran gedacht, dass es uns an den Ort bringt, an dem wir am meisten sein wollen«, erklärte Charlie.

»Okay, lasst uns keine Zeit verlieren«, sagte Robin.

Er hielt ihnen jeweils eine Hand hin. Charlie und Elina ergriffen sie. Und dann traten sie gemeinsam vor, bis das Leuchten des Wappens sie alle verschluckte.

Kapitel 25

Das Licht im Raum war durch die altmodischen Lampen gedimmt, Fenster gab es keine. Charlie, Robin und Elina standen zwischen mehreren Glasschränken voller Zutatengläser und mit verschiedenen Arbeitsflächen, auf denen Kessel standen oder Werkzeuge lagen. Fast wie im Labor eines durchgeknallten Erfinders!

»Mortimers geheime Experimenteküche«, mutmaßte Elina.

»Wieso sind wir hier gelandet?«, fragte Robin.

»Vielleicht befindet sich hier etwas Wichtiges«, dachte Charlie laut nach. »Und deshalb hat uns die Magie hergebracht, weil das der Ort ist, an dem wir sein wollten.«

Die drei begannen, sich aufmerksam umzuschauen. Elina blieb an einem Tisch voller Dokumente stehen. Sie entdeckte lauter Papiere, auf denen Rezepte standen oder Zeichnungen von mechanischen Geräten, die sicher Apparillos waren.

Elina nahm eine der Notizen in die Hand. Auf

dem schmierigen und knittrigen Blatt war eine Waffe abgebildet, auf der das Wappen mit dem A und dem Kreis zu sehen war. Die Beschriftung gab dieser den unheilvollen Namen *Zerstörerisches Zuckerbeben-Zepter.* »Seht mal.«

Robin und Charlie stellten sich neben sie.

»Das sind alles Pläne für Waffen«, sagte Elina. »Magische Süßigkeitenwaffen.«

»Wie schrecklich«, hauchte Charlie. »Will er die alle bauen?«

»Er missbraucht die Magie anscheinend schon sehr lange«, sagte Robin. »Das auf dem Fondant-Platz war er doch auch! Er hat da so was angedeutet.«

»Das dachte ich auch gleich«, sagte Elina. Sie legte die Zeichnung zurück. »Er hat irgendeinen Masken-Zauber benutzt, um seinen Apparillo zu testen.«

»Er steckt bestimmt auch hinter den Zwischenfällen in der Allee«, schloss Charlie. »Aber was will er damit bezwecken?«

»Größenwahn«, warf Elina ein. »Oder aber er testet verschiedene Apparate und hat bisher noch nicht den richtigen gefunden – für welchen Zweck auch immer.«

»Und wie passt da diese verlorene Rezeptur rein?«, fragte Robin.

»Vivien war anscheinend schon damals hinter ihr her«, meinte Charlie. »Deshalb wollte sie uns den Notfallkoffer abnehmen und ins Museum. Ich kann nur nicht fassen, dass sie mit der Anderwärts-Gesellschaft zusammenarbeitet.«

Elina schluckte schwer. »Ja, sie ist eine von ihnen! Wer weiß, wie lange schon. Aber noch schlimmer ist, dass die

Anderwärts-Gesellschaft wieder da ist! Herr Schnotter war sich doch so sicher, dass sie niemals mehr zurückkehren würden.«

»Vielleicht wegen der Rezeptur aus der Picot-Chronik?«, fragte Robin nachdenklich. »Weil er sie wirklich die ganze Zeit hatte und wusste, dass sie in Sicherheit ist? Dass die Anderwärts-Werker ihr Ziel niemals mehr erreichen könnten?«

»Was soll überhaupt diese Picot-Chronik sein?«, murmelte Elina.

Ein gequältes Stöhnen ließ sie alle zusammenfahren.

»Was war das?«, fragte Robin. »Kam das aus diesem Raum?«

»Ich glaube, dahinten ist ein Durchgang«, sagte Elina.

»Was, wenn das Vivien und Mortimer sind?«, fragte Charlie.

Elina zögerte. »Ich … schaue mal nach.«

»Wir gehen alle«, sagte Robin. »Wir sind ein Team.« Er sah Elina lange an. »Du musst nicht immer allein stark sein, okay? Gemeinsam sind wir am mutigsten.«

Elina senkte den Kopf. »Entschuldigt, ich …«

»Du musst uns nicht immer beschützen«, sagte Charlie sanft. »Wir sind gemeinsam nicht nur am mutigsten – wenn wir zusammenhalten, schaffen wir alles.«

»Was würde ich nur ohne euch machen?«, wisperte Elina.

Robin und Charlie lächelten sie an. Der Moment war so schön, dass Elina nach den furchtbaren letzten Stunden neue Energie daraus zog.

Erneut ertönte das Geräusch, das schrecklich gequält und erstickt klang.

Vorsichtig und langsam wagten sie sich zu dem Durchgang. Dahinter erstreckte sich ein langes Zimmer, fast schon wie ein Schacht, mit Schaukästen voller Apparillos oder Süßigkeiten, die wie bei einer Ausstellung präsentiert wurden. Es ging weiter in eine kleine, beengte Kammer, in der unterschiedlich große Käfige standen. In einigen waren Gegenstände eingesperrt und in dem größten davon lag ein alter, gebrechlich wirkender Mann zusammengekrümmt und stöhnte qualvoll.

»Herr Schnotter!« Elina trat vor und umklammerte die Gitterstäbe des Käfigs. »Herr Schnotter, wir sind es! Robin, Charlie und Elina! Bitte machen Sie die Augen auf!«

»Irgendwas stimmt nicht mit ihm«, sagte Charlie beklommen.

»Es sieht fast aus, als würde er schlafen.« Robin rüttelte an den Gitterstäben. »Mist! Was, wenn er wie wir damals in einem Albtraum-Zauber feststeckt?«

»Wir müssen den Käfig aufkriegen!«, sagte Elina.

»Ganz bestimmt hat Mortimer die Schlüssel«, kam es von Charlie. »Aber vielleicht können wir einen der Apparillos benutzen?«

»Sucht etwas, das helfen kann«, meinte Robin.

Die drei liefen zurück, mussten jedoch schnell feststellen, dass die meisten der Apparate unbrauchbar für sie waren. Sie hatten gefährlich klingende Namen, die sicher mehr taten, als ein einfaches Schloss zu öffnen. Elina ging zurück zu den Schaukästen und versuchte, einen davon zu öffnen, aber sie waren ebenfalls verschlossen.

»Versuchs damit«, sagte Robin, der neben ihr aufgetaucht war und einen Schraubenschlüssel in der Hand hielt, den er Elina reichte. Sie zögerte nicht und warf diesen mit voller

Wucht gegen einen der unteren Kästen, der scheppernd zu Bruch ging.

»So war das nicht gemeint, aber das ist auch ein Weg«, murmelte Robin.

Elina streckte die Hand aus und griff nach einem Stab. Er fühlte sich kühl an, war dünn und filigran. Das lilafarbene Metall wich an zwei Stellen Glas und darin konnte Elina Zuckerperlen erkennen. Der Kopf des Stabs war rund und mit größeren blauen Glasperlen verziert und in der Mitte saß ein goldglänzender, achteckiger Stern.

»Der sieht irgendwie anders aus als Mortimers restliche Waffen«, sagte Robin.

»Dieser Stern war auf der Anstecknadel von Herrn Schnotters Frau«, sagte Elina.

»Das kann kein Zufall sein!«, warf Charlie ein, die zu ihnen stieß.

»Beim Kampf gegen Vivien hatten deine Eltern einen Zuckerperlen-Schirm«, sagte Elina nachdenklich. »Ich habe die Zuckerperlen auf sie abgeschossen.«

»Denkst du, der Stab kann das auch?«, fragte Robin.

Elina fuhr mit den Fingern über den Griff und suchte nach einem Knöpfchen oder Ähnlichem – tatsächlich! Sie ertastete sogar mehrere am unteren Rand.

»Geht ein Stück zurück«, sagte sie.

Als Robin und Charlie außer Reichweite waren, feuerte Elina den Zuckerperlenstab auf einen der anderen Schaukästen ab. Sie drückte instinktiv den obersten Knopf. Sofort begannen einige der blauen Glasperlen am Rand zu leuchten und kleine glimmende Kugeln schossen gegen Elinas Ziel. Auch dieser Kasten zerbrach in etliche Scherben.

Eine weiß-silbern schimmernde Süßigkeitenschachtel fiel heraus.

»Nehmt die mit«, sagte Elina entschlossen.

In der Kammer stellte sie sich vor Herrn Schnotters Käfig. Sie konzentrierte sich, zielte auf das Schloss und feuerte ein weiteres Mal. Das Schloss schmolz regelrecht weg. Elina hatte zu spät bemerkt, dass sie den zweiten Knopf gedrückt hatte. Noch mal gut gegangen! Rasch riss sie Herrn Schnotters Käfig auf.

»Herr Schnotter, wachen Sie auf!«, sagte sie. »Bitte!«

»Ich glaube nicht …«, setzte Robin an.

»Da ist unser Koffer!«, kreischte Charlie dazwischen. Sofort lief sie zu einem der kleineren Käfige und versuchte, ihn durch die Gitterstäbe zu erreichen.

»Achtung«, warnte Elina – und dann zielte sie auch auf dieses Käfigschloss.

Sofort befreite Charlie den Koffer aus seinem Gefängnis und klappte ihn auf. »Es ist noch alles da, auch die Wundersamen Wirbelwind-Weingummis!«, sagte sie.

»Glaubt ihr, wir können Herrn Schnotter mitnehmen, wenn wir sie essen?«, fragte Elina. Der Anblick des alten Herrn brach ihr fast das Herz. Er sah aus, als habe er schlimme Schmerzen, denn er stöhnte weiter gequält vor sich hin.

Sie hatte das üble Gefühl, dass das mehr als ein Albtraum-Zauber war.

Schließlich kann ihn niemand außer uns zurückholen …

»Wenn wir ihn alle festhalten, müsste das gehen«, sagte Robin. »Bei der Zack-und-weg-Zuckerstange habe ich euch auch alle mitnehmen können.«

Irgendwo im Hintergrund hörte man das Aufschlagen einer schweren Tür.

»Schnell!«, sagte Robin.

Die drei nickten einander zu. Charlie riss eine Tüte der Weingummis auf und verteilte welche an Robin und Elina. Gemeinsam hockten sie sich neben Herrn Schnotter und jeder von ihnen packte den alten Mann mit seiner freien Hand.

Elina klammerte sich an Herrn Schnotters Arm fest und begann, die Weingummis zu kauen. Auf ihrer Zunge explodierte der saure Geschmack von Johannisbeere. Und dann riss die magische Süßigkeit sie so heftig von den Füßen, als habe ein Tornado sie verschluckt, und alles vor ihren Augen verschwamm zu einer grauen Masse.

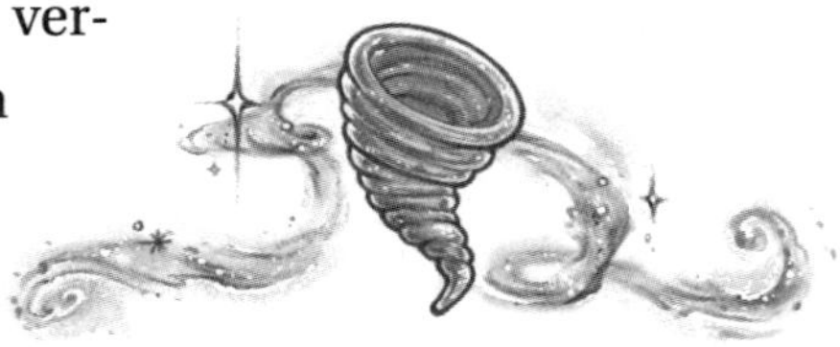

Kapitel 26

Ein Fiepen schrillte in Elinas Ohren. Sie verlor das Gleichgewicht und stolperte, schaffte aber noch, sich abzufangen, ehe sie stürzte. Alles drehte sich um sie herum, nur langsam wurde ihre Sicht wieder klarer. Magische Reisen waren so etwas von nichts für sie!

Sie richtete sich auf und schloss die Finger fester um den Zuckerperlenstab.

Charlie stand nur ein Stück von ihr entfernt, den Koffer in der Hand. Robin hockte neben Herrn Schnotter einige Meter weiter weg.

Frau Zuckerhut hatte gesagt, dass die Weingummis sie an einen sicheren Ort bringen würden, aber sie waren noch immer in der Bittersüßen Allee – wenn auch einem anderen Teil davon. In der Ferne erkannte Elina einen schmalen Turm. Die Häuser um sie herum waren braun wie Lebkuchen und voller Verzierungen. Hinter den Fenstern sah sie lauter Menschen, die zu ihnen nach draußen blickten.

Und dann wurden die ersten Türen geöffnet. Elina spannte sich an. Denn im selben Moment hörte sie Schritte, die von allen Seiten zu kommen schienen und über den Platz hallten wie Schatten, die ihren Besitzern vorauseilten. Bereit, ihn zu benutzen, hob sie den Zuckerperlenstab an, wirbelte herum und ließ ihren Blick abwechselnd zu allen Seiten schweifen.

Zu Elinas Überraschung ging niemand auf sie los. Da fiel ihr ein, was Robins Mutter noch über die Wundersamen Wirbelwind-Weingummis gesagt hatte: Sie brachten einen an einen Ort, an den das Böse einem nicht folgen konnte. Nach all dem Erlebten waren sie nun sicher. Das musste Elina erst mal sacken lassen.

Gemurmel wurde laut und mehr Menschen traten auf den Platz. In ihren Mienen sah Elina Erstaunen und Unglaube.

»Die sehen alle dich an«, flüsterte ihr Charlie zu.

Weitere Schritte klackerten über den steinernen Boden und einige der Anwesenden wichen auseinander. Elinas Herz machte einige Saltos. Zuckermeisterin Bonet!

Hinter ihr erschienen weitere Erwachsene in langen Roben.

»Was ist hier los?«, fragte Frau Bonet völlig außer sich. Ihr Blick fiel auf den reglosen Herrn Schnotter und ihre Augen weiteten sich. »Was hat das alles zu bedeuten?«

»Die Hüter sind zurück!«, rief jemand aus der Menge.

»Das ist das Zeichen der Süßigkeitenhüter!«

»Dieses Mädchen muss eine Hüterin sein!«

Ein alter Mann mit ergrautem Haar und frostig-grauen Augen schob sich an Frau Bonet vorbei und baute sich vor Elina auf. »Wo hast du diesen Stab her?«, fuhr er sie an. »Und was hat eine Talentlose in der Bittersüßen Allee zu suchen?«

Die Stimme hatte sie schon mal gehört. Das musste Herr

Aldric sein. Er hatte dieselben Augen wie Vivien … Elina wich jedoch nicht zurück.

»Die Anderwärts-Gesellschaft ist wieder da«, sagte sie.

Ein Raunen ging durch die Menge und nun gab es kein Halten mehr. Mehr Unruhe kam auf und gemunkelte Gerüchte und verängstigte Ausrufe machten die Runde.

»Es stimmt!«, sagte Elina. »Und Ihre Tochter gehört dazu.«

»Wie kannst du es wagen!«, brüllte Herr Aldric. »Das sind alles Lügen!«

Er holte mit der Hand aus, aber Elina wehrte sie mit dem Zuckerperlenstab ab.

»Aufhören!«, schrie jemand aufgebracht.

Und dann sah Elina sie: Herrn und Frau Zuckerhut. Sie drängten sich zu ihnen durch und bauten sich wie eine schützende Mauer vor Elina und Charlie auf.

»Wenn Sie noch einmal die Hand gegen eines dieser Kinder erheben, dann müssen Sie sich vor dem Concilium verantworten!«, sagte Herr Zuckerhut finster.

Frau Zuckerhut fasste Elina am Arm. »Alles wird gut.«

»Ich *bin* das Concilium«, erwiderte Herr Aldric.

»Ruhe!«, ging Frau Bonet dazwischen. »Edward, denk an die Leute.«

Die versammelten Süßigkeitenwerker waren Zeugen jedes Wortes.

Geschah ihm recht! Sollten sie alle sehen, was für ein Zuckermeister er war!

Frau Bonet winkte eine Gruppe von Männern und Frauen heran, unter denen sich auch Frau Illmore und ihr Begleiter aus dem *Zarellas* befanden. Sie flüsterte ihnen etwas zu.

Dann sah sie Elina an. »Ihr habt einiges zu erklären.«

Kapitel 27

Elina hatte nicht geglaubt, das Museum der Zuckerkünste jemals wiederzusehen. Doch hier war sie, gemeinsam mit ihren Freunden und Robins Eltern. Nach dem Aufruhr in der Bittersüßen Allee hatten die Zuckermeister sie alle über einen der Zwischenwanderpfade hergebracht.

Frau Bonet hatte Robin, Charlie und Elina in Anwesenheit der Zuckerhut-Eltern und einiger anderer Zuckermeister, darunter auch Herrn Aldric, ewig ausgefragt, um jedes noch so kleinste Detail dieses aufwühlenden Tages zu erfahren. Elina war sich wie bei einem Verhör vorgekommen. Nachdem klar geworden war, dass Charlie, Robin und sie im *Erfinder-Emporium* sehr viel Rauch ausgesetzt gewesen waren, hatte Frau Bonet sie umgehend in die Heilende Halle bringen lassen, eine Art Krankenflügel des Museums, um sicherzustellen, dass es ihnen gut ging.

Im Anschluss waren sie in diesen Raum gesteckt worden, während die Zuckermeister sich berieten. Zumindest war es keine Zelle. Herr Aldric hatte bei der Befragung ein wenig so ausgesehen, als hätte er sie alle am liebsten genau in solch eine gesperrt. Er hatte ihnen nämlich kaum ein Wort geglaubt …

Was die anderen Zuckermeister wohl über alles dachten?

Frau Zuckerhut seufzte auf. »Wir sind fast umgekommen vor Sorge, ihr drei! Juna und Penelope haben zu Hause sicher auch keine ruhige Minute, bis sie wissen, dass ihr sicher seid. Sie wollten kaum abreisen, so viel Angst hatten sie um euch.«

»Wir haben euch so verzweifelt gesucht«, sagte Herr Zuckerhut. »Dieser Zwischenfall auf dem Fondant-Platz war schlimm, aber euch hätte noch viel Schlimmeres passieren können! Ihr hättet nicht durch das Portal gehen dürfen!«

Erschöpft blickten die beiden von Elina zu Charlie und dann zu Robin.

»Genau so etwas wollten wir doch vermeiden«, sagte Frau Zuckerhut bedrückt. »Ich verstehe auch nicht, wieso eure Eilige Esspapier-Botschaft nicht ankam … und überhaupt! Mit Fremden mitgehen? Das müsstet ihr doch alle besser wissen!«

Da wurde Elina mit einem Mal etwas klar. »In all der Aufregung habe ich gar nicht den ganzen Namen auf das Esspapier geschrieben. Nur ›Frau Zuckerhut‹ … das tut mir so leid«, sagte sie niedergeschlagen.

»Wir wollten nicht, dass ihr euch so sorgt«, sagte Robin.

»Und die Zarellas kannten wir ja schon«, fügte Charlie hinzu.

»Es war falsch von uns, euch überhaupt in die Bittersüße Allee zu bringen«, sagte Herr Zuckerhut entschieden. »Wir wussten um das Risiko und haben euch erst in diese schlimme Situation gebracht. Das war ein großer Fehler.«

»Okay, vielleicht war das dumm von uns«, sagte Elina entschlossen. »Aber wir haben Herrn Schnotter gefunden! Ihn gerettet! Zählt das denn gar nicht?«

»Und die Wahrheit aufgedeckt«, entfuhr es Robin. »Über Mortimer und Vivien!«

»Auch über die Rückkehr der Anderwärts-Gesellschaft«, fügte Charlie hinzu.

»Die Wahrheit«, sagte Frau Zuckerhut, »ist gefährlich, Kinder.«

»Nein«, erwiderte Elina. »Geheimnisse sind es.«

Sie fühlte sich furchtbar, weil sie Robins Mutter gegenüber so aufsässig war, aber Elina reichte es. Sie war an einem Punkt angelangt, wo all die vielen Lügen und Geheimnisse sie mehr erdrückten, als es die Wahrheit jemals tun konnte. War das nicht schon immer das Problem? Dass die Erwachsenen so, so viel geheim hielten?

»Was ist das für eine Welt, in der die Süßigkeitenwerker immer nur Geheimnisse haben? Vielleicht wurde die Magie nicht immer für Gutes benutzt, aber ob man gut oder böse ist, hat doch nichts damit zu tun, welches Talent man hat, sondern was für ein Mensch man ist. Oder nicht?«, kam Charlie Elina zu Hilfe.

Robins Mutter setzte sich auf eines der zwei Sofas und vergrub das Gesicht in den Händen, als würde sie gleich losweinen. Ihr Mann setzte sich neben sie und legte ihr eine Hand auf den Rücken. Elina rückte näher zu Charlie und nahm deren Hand.

Robin war bislang mürrisch durchs Zimmer getigert und setzte sich nun auch.

»Auf dem Fondant-Platz haben die Leute mich eine Süßigkeitenhüterin genannt«, sagte Elina vorsichtig. »Weil ich den Zuckerperlenstab hatte, oder? Darauf ist dieser Stern, den ich schon mal in Form einer Brosche gesehen habe.«

Frau Zuckerhut blickte auf und schien einen Augenblick nachzudenken.

»Vor dem Großen Zerwürfnis wurden die Talentlosen sehr respektiert und wertgeschätzt, denn sie waren ein wichtiger Bestandteil unserer magischen Welt. Mehr als das, sie waren Freunde und Familie, kannten das Geheimnis der Magie und haben es gehütet«, erklärte sie. »Deshalb hatten sie die Möglichkeit, eine besondere Position zu bekleiden: das Amt eines Süßigkeitenhüters. Die Süßigkeitenhüter trugen dazu bei, dass die magische und die normale Welt in Harmonie miteinander blieben.«

»Die Wunschbäume in den Städten sind noch ein Überbleibsel aus dieser Zeit, denn die Süßigkeitenhüter haben sie stets gepflegt und überwacht«, fügte Herr Zuckerhut hinzu. »Sie haben die Bitten und Wünsche der Menschen an die Süßigkeitenwerker und Zuckermeister herangetragen. Doch nach dem Großen Zerwürfnis veränderte sich die magische Welt, wie ihr sicher von Herrn Schnotter wisst, und neue Regeln wurden aufgestellt. Die Hüter gab es bald darauf nicht mehr und die Harmonie beider Welten war zerbrochen.«

»Die Acht hatte schon immer eine spezielle Symbolik bei den Zuckermeistern«, fuhr Frau Zuckerhut fort. »Als Zeichen für die Unendlichkeit, den ewigen Kreislauf der Magie. Im Concilium gibt es zum Beispiel acht Zuckermeister. Der achteckige Stern, wie der auf deinem Stab, wurde zum Wappen der Süßigkeitenhüter erklärt.«

»Und Elinas Stab war eine ihrer Waffen?«, fragte Charlie.

»Keine Waffe«, verbesserte Frau Zuckerhut sie. »Ein Flux. So wie das Pon die Brücke zur Magie für uns Süßigkeitenwerker ist, war das Flux de magie der Fluss der Magie für die Süßigkeitenhüter, die so ihre eigene Form von Magie zum Schutz der Menschen einsetzen konnten. Denn schon vor dem Großen Zerwürfnis gab es einige, die den Picot-Pakt für nicht erstrebenswert hielten. Mit einem Talent geboren zu werden bedeutet, dass man eine Quelle an Magie hat. In der Historie der Süßigkeitenwerker sind viele Fälle vermerkt, in denen Süßigkeitenwerker die Grenzen ihrer Magie überschritten haben – und das endete niemals gut.«

Herr Zuckerhut räusperte sich. »Doch die Grenzen der Magie einzuhalten war für Madame Picot mit die wichtigste Regel, da niemand auf der Welt endlose Macht über irgendeine Form von Magie haben sollte. Die Apparillos haben durch die Süßigkeiten, die wie eine Batterie für diese fungieren, auch ein Limit an Magie.«

»Als Sie damals gegen Vivien gekämpft haben«, sagte Elina, »da haben Sie von einer ›Anderwärts-Süßigkeit‹ gesprochen … hat die Anderwärts-Gesellschaft also eigene Süßigkeiten? Mächtigere Süßigkeiten? Mächtiger als die der Zuckermeister?«

»Nein«, sagte Herr Zuckerhut. »Die Anderwärts-Süßigkeiten sind Süßigkeiten, welche früher von den Anhängern der Anderwärts-Gesellschaft eingesetzt wurden. So etwas wie die Handschrift ihrer Mitglieder. Wie Viviens lang anhaltender Tarnzauber. Wie ihr wisst, dürfen die magischen Süßigkeiten immer nur eine kurze Wirkung haben, damit die Magie vergänglich bleibt, doch die Anderwärts-Süßigkeiten geben ihren Besitzern mehr Macht, als durch den Picot-Pakt beabsichtigt ist.«

Elina sah Robins Eltern nachdenklich an. Wenn ihnen damals klar gewesen war, dass Vivien eine solche Süßigkeit einsetzte, hatten sie da schon mehr geahnt? Über Vivien und ihren Plan, ihre Loyalität gegenüber den Anderwärts-Werkern?

Ihr Gespräch wurde unterbrochen, als die Tür geöffnet wurde.

»Ich dachte, Sie möchten wissen, dass es Emil Schnotter so weit gut geht«, sagte Frau Bonet. Elina fand, dass sie genauso erschöpft aussah, wie sie sich selbst fühlte. Die Zuckermeisterin streckte den Rücken durch. »Er befindet sich in einem magischen Schlaf, den wir bislang nicht durchbrechen konnten, ist jedoch gesund und stabil.«

»Das heißt, Sie können ihm helfen?«, fragte Elina.

»Das können wir«, antwortete Frau Bonet. »Wir benötigen jedoch mehr Zeit. Die Süßigkeit, mit der er verzaubert wurde, ist sehr mächtig und bedarf eines ebenso mächtigen Gegenmittels. Herr Schnotter wird vorerst im Museum bleiben.«

»Das sind … gute Neuigkeiten«, sagte Frau Zuckerhut erleichtert.

»Nun«, sagte Frau Bonet streng. »Wahrscheinlich die einzig guten.«

Im Raum wurde es still. Alle blickten angespannt zur Zuckermeisterin.

Frau Bonet faltete ihre Hände ineinander und nahm sich einen Moment, um ihre Gedanken zu ordnen, wie es schien. »Ihre Familie macht es uns mit den vielen Regeln, die Sie alle ständig brechen, nun wirklich nicht leicht«, setzte sie an. »Nach den Ereignissen in Belony hatte das Concilium Nachsicht, da die Umstände, unter denen gehandelt wurde, bei vielen auf Verständnis trafen. Denn so viele Regeln auch gebrochen wurden, so hoch war auch der Einsatz zur Geheimniswahrung unserer Magie.«

Elina spürte, wie sich hinter ihren Worten ein dickes *Aber* aufbaute …

»Dennoch sind angesichts der neusten Entwicklungen auch neue Entscheidungen zu fällen. Ein gebrochener Erinnerungszauber, nicht genehmigte Besuche Talentloser in der Bittersüßen Allee, Verstrickungen in Angriffe der …« Frau Bonet schien es großes Unbehagen zu bereiten, den Namen auszusprechen. »… der Anderwärts-Gesellschaft. Das Concilium wird sich beraten, wie mit der außergewöhnlichen Situation umzugehen ist.«

Charlie flüsterte Elina zu: »Wie können wir es auch nur wagen zu helfen?«

Elina nickte. Bei Frau Bonet klang es so, als habe das gar keine Bedeutung …

Robins Mutter stand auf. »Was heißt das genau, Frau Bonet?«

Die Zuckermeisterin und Frau Zuckerhut lieferten sich ein kleines Blickduell. Und obwohl Frau Bonet etwas jünger als Frau Zuckerhut war, schien diese zu gewinnen.

»Sie werden hier nicht festgehalten, wenn Sie das meinen«, erwiderte Frau Bonet. »Dennoch würde ich Sie ersuchen, vorerst keinerlei Magie mehr zu verwenden, da ich befürchte, dass Sie dies alle in größere Bedrängnis bringen wird.«

»Keine Magie?«, fragte Herr Zuckerhut überrumpelt.

»Das ist keine Drohung«, stellte Frau Bonet klar. »Sondern ein gut gemeinter Rat. Halten Sie die Füße still, geben Sie dem Concilium keinen Anlass, um … «

»Was ist mit Vivien? Und Mortimer! Den Waffen im *Emporium!*«, platzte es da aus Charlie heraus. »Sie können uns doch nicht einfach so zurück nach Belony schicken!« Charlie schlug sich eine Hand vor den Mund, als wäre sie von ihrer eigenen heftigen Reaktion überrascht. Doch Elina waren dieselben Dinge durch den Kopf geschossen.

»Wir haben nicht nur Fehler gemacht«, sagte sie und sah Frau Bonet an.

Die Zuckermeisterin seufzte und zog die Tür hinter sich ins Schloss. Sie trat näher zu der kleinen Gruppe heran und betrachtete Charlie, Robin und Elina lange.

»Nein, ihr habt nicht nur Fehler gemacht«, sagte sie. »Und ihr habt großes Glück, dass euch einige Süßigkeitenwerker in der Allee gesehen haben. Das Concilium kann ihnen nicht einfach die Erinnerung daran nehmen. Es kursieren bereits Gerüchte über eine Rückkehr der Hüter und wenn ich ehrlich sein soll … ein wenig Hoffnung können wir gerade alle gebrauchen. Auch wenn einige es noch nicht ganz wahrhaben möchten: Die Hinweise der vergangenen Wochen können uns nur zu einem Schluss kommen lassen: Die magische Welt ist wieder in Gefahr.«

»Die Anderwärts-Gesellschaft ist zurück«, sagte Elina. »Das ist nicht nur irgendeine Gefahr. Mortimer und Vivien klangen bei ihrem Gespräch so, als stünden noch viele Anderwärts-Werker hinter ihnen. Als wären sie längst … unter den Süßigkeitenwerkern. Sie wollen unbedingt diese wichtigen Seiten, Frau Bonet!«

»Das ist mir bewusst, Elina«, antwortete Frau Bonet ernst. »Die Anderwärts-Gesellschaft möchte mehr, als ihr euch vorstellen könnt, mehr als nur diese Seiten. Die sind bloß ein weiteres Mittel zum Zweck. Wenn das Große Zerwürfnis einen anderen Ausgang gehabt hätte, würden wir jetzt nicht hier sein. Die magische und die normale Welt, wie wir sie kennen, würden nicht mehr existieren. Wir würden in bitteren, düsteren Zeiten leben, in denen niemand sicher ist, der kein vollwertiges magisches Talent besitzt. Aber dieses Mal sind wir gewarnt und wir werden die Machenschaften der Anderwärts-Gesellschaft ein für alle Mal unterbinden.«

Der Gedanke an solch ein Szenario jagte Elina einen kalten Schauer den Rücken hinab. In so einer Welt wollte sie nicht leben – alle, die sie liebte, wären dann schutzlos und in Gefahr. Aber Frau Bonet strahlte eine solch starke Überzeugung aus, dass Elina neue Zuversicht gewann. Solange es Zuckermeister wie Frau Bonet gab, die auch für die Talentlosen kämpften, würde ja vielleicht am Ende doch noch alles gut werden …

Für einige Sekunden legte sich erdrückende Stille über den Raum.

»Ein Anwärter wird Sie alle zu den vergänglichen Wegen begleiten. Von dort aus können Sie und die Kinder das Museum der Zuckerkünste wieder verlassen. Wenn ich Ihnen noch etwas raten darf: Verlassen Sie Belony erst einmal nicht. Manch einer könnte dies falsch auslegen, ehe das Concilium sich beratschlagt hat.«

»Verstanden«, antwortete Herr Zuckerhut knapp.

Frau Bonet ging zur Tür, öffnete diese und winkte jemanden herein. Es war ein sehr junger Mann, der eine schwarze Uniform mit silbernen Nähten trug. Er wirkte unfassbar nervös und stolperte beim Betreten des Raums fast über seine eigenen Füße. »Sie haben nach mir gerufen, Zuckermeisterin Bonet?«

»Anwärter Benning. Sorgen Sie dafür, dass die Zuckerhuts und diese Kinder zu den vergänglichen Wegen finden«, sagte Frau Bonet. »Sie müssen nach Belony.« Die Zuckermeisterin drehte sich zu ihnen um. »Wir sehen uns bald wieder.«

Ob das etwas Gutes oder Schlechtes war, konnte Elina nicht einschätzen.

Dann verließ Frau Bonet sie. Elina blickte ihr nach.

Zu gerne hätte sie noch nach Arthurs Koffer oder dem Zuckerperlenstab gefragt, die die Zuckermeister noch in der Allee konfisziert hatten, aber so schnell würden sie sicherlich beides nicht wiedersehen … und für jetzt musste es genügen, dass die Zuckermeister ihnen nicht sofort ihre Erinnerungen weggenommen hatten.

»Folgen Sie mir bitte!«, sagte Anwärter Benning.

Robins Eltern gingen voraus, Charlie, Robin und Elina ihnen nach.

Frau Illmore hatte sie damals durch ihren strammen Marschschritt davon abgehalten, sich weiter umzusehen, doch der Anwärter schien nicht darüber nachzudenken, dass er etwas vor ihnen verbergen musste, und so nutzte Elina jede Chance, einen Blick durch offene Türen zu erhaschen. Eine Kammer war voller Zutaten, in einem Studienzimmer saßen einige Leute an Pulten, als hätten sie Unterricht, und dann gab es da noch einen Saal, in dem sich Abertausende Bücher in Regalen die Wände hinaufreihten. Auf einem

Messingschild an der Tür stand *Saal des sagenhaften Wissens.* Von dem hatte Robin doch im Eiscafé gesprochen? So viel zum Thema, sie würden ihn niemals sehen.

Elina stupste ihn an und seine Lippen formten ein O, als er ihrem Blick folgte.

Es ging eine verschlungene Treppe hinab, vorbei an mehr Gemälden und durch einen breiten Gang mit Marmorboden. Plötzlich standen sie in einer Art Garten, durch den etliche Wege zu führen schienen. Jeder von ihnen bestand aus kristallartigen Kacheln, die schimmerten.

»Wo sind wir hier?«, fragte Elina verwundert.

»Das ist der Garten der vergänglichen Wege«, antwortete Anwärter Benning. »Von hier laufen Zwischenwanderpfade, die mit Ruck-zuck-Zucker betrieben werden, überall in die Welt hinaus.« Er wandte sich an Robins Eltern. »Benutzen Sie bitte den dritten von links. Keine Sorge, es geht kinderleicht. Gehen Sie über den Weg, als würden Sie gemütlich losspazieren, und Sie landen ruck, zuck in Belony.«

Herr Zuckerhut räusperte sich. »Nun gut. Danke, Anwärter Benning.«

Charlie, Elina und Robin folgten Herrn und Frau Zuckerhut, die vorausgingen. Elina warf einen letzten Blick über ihre Schulter. Beim Gedanken an Herrn Schnotter, den sie zurücklassen mussten, wurde sie kurz traurig. Doch sie vertraute Frau Bonet. Die Zuckermeister würden ihn aus dem Schlaf holen. Es war nur eine Frage der Zeit.

Hintereinander betraten sie den vergänglichen Weg. Der Zucker knirschte unter ihren Schuhen. Kurz geschah nichts, dann fühlte es sich an, als würde sich der Boden bewegen – fast als wäre Elina auf ein Laufband gestiegen.

Vor ihr lösten sich Robins Eltern in tausend Farben auf und als sie das nächste Mal blinzelte, stand ihre kleine Gruppe in irgendeiner schmalen Seitenstraße, die Elina nicht kannte.

»Zeit, nach Hause zu gehen«, sagte Frau Zuckerhut.

Kapitel 28

»Ich habe gewonnen!«, jubelte Piet.

»Dann gehören die beiden Schokoriegel jetzt dir«, sagte ihr Opa.

»Spielen wir noch eine Runde?«

»Nur, wenn Elina auch möchte.«

»Elina!« Piet stieß sie kräftig mit seinem Ellbogen an. Elina schreckte hoch.

»Mann, du passt gar nicht auf!«, maulte Piet. »Was ist los mit dir?«

»Ich muss mal aufs Klo«, murmelte Elina und stand vom Tisch auf.

Im Flur blieb sie stehen und lehnte sich gegen eine Wand. Sie wollte keine Spielverderberin sein, aber ihr brummte vor lauter Sorgen der Kopf.

Waren sie wirklich erst gestern in der Bittersüßen Allee gewesen? Waren Vivien Aldric wieder begegnet? Hatten magische Süßigkeiten benutzt, um Herrn Schnotter zu retten?

Und dann war da noch das ausstehende Urteil der Zuckermeister …

»Du bist ja gar nicht auf dem Klo!«, riss Piet sie aus ihrer endlosen Gedankenschleife. »Pech!« Dann stürmte er los und verbarrikadierte sich selbst im Bad.

Ihr Opa trat zu Elina. »Dich bedrückt doch etwas«, sagte er sanft.

»Sogar eine ganze Menge«, nuschelte Elina.

»Komm mal mit«, sagte er und ging zur Treppe, die in den Keller führte. Er knipste eine nackte Glühbirne an und Elina folgte ihm die Stufen hinab.

»Weißt du noch, als ich Piet und dir von dem Freund erzählt habe, den ich in einem Sommer, als ich jung war, gefunden habe?«, fragte ihr Opa.

»Ja«, sagte Elina. »Weil du einen Zettel an den Wunschbaum gehängt hast.«

»Genau. Da ist aber etwas, das ich euch nicht verraten habe.«

Elina stellte sich neben ihren Opa. Er öffnete eine breite Truhe mit Messingbeschlägen. Darin befanden sich zwei Gläser, die voller Karamellbonbons waren.

»Du führst ein illegales Karamellbonbon-Imperium?«, scherzte Elina.

Dabei wurde ihr vor Aufregung furchtbar heiß beim Anblick der Süßigkeiten. Ihr Opa hatte öfter mal angedeutet, dass er vielleicht etwas – *irgendetwas* – über die Süßigkeitenwerker wusste, aber direkt gesagt hatte er nichts. Er war auch Elinas Fragen immer ausgewichen … nun platzte sie fast vor Neugier! Hieß das …

»Du hast mich mal gefragt, woher ich die Bonbons habe«,

sagte ihr Opa. »Und ich habe dir geantwortet, dass es mein gut gehütetes Geheimnis ist. Aber ich habe das Gefühl, dass es Zeit wird, dieses Geheimnis zu lüften.«

»Bist du …?« Elina starrte ihn erwartungsvoll an. »Du bist doch nicht …«

Er lächelte. »Nein. Ich bin kein Süßigkeitenwerker, aber mein Freund ist es. Sein Name ist Barthold Zuckerhut und er hat früher mal in Belony gelebt. Das Haus seiner Familie stand viele Jahre leer, bis die Eltern deines Freundes dort eingezogen sind.«

Elina war sprachlos. »Opa, du … du weißt also Bescheid? Über alles?«

Er zwinkerte ihr zu. »Nicht über alles. Aber ein wenig.«

»Aber … wie? Haben die Zuckermeister nie herausgefunden, dass du …«

»Dass ich über die magische Welt Bescheid weiß?«, fragte er. »Nein. Barthold und ich waren nicht ganz so, sagen wir mal *abenteuerlustig* wie du, Charlie und Robin.«

Sie konnte es nicht fassen! Ihr Opa war eingeweiht! Mit einem Mal überkam sie kribbelnde Freude. Wenn er Bescheid wusste, bedeutete das, es gab jemanden in ihrer Familie, vor dem sie keine Geheimnisse mehr haben musste! Ihr Opa wusste bestimmt genau, wie schwer das nämlich war …

»Opa«, setzte Elina an, wusste aber nicht weiter.

Er lächelte verständnisvoll. »Ich weiß. Das Geheimnis der Magie mit sich herumzutragen, kann manchmal ganz schön viel sein, aber es ist auch schön, Teil dieser anderen Welt zu sein. Ich bin für dich da, wenn du mich brauchst.«

»Danke«, sagte Elina glücklich. Sie konnte noch immer nicht ganz fassen, dass sie mit ihrem Opa gerade über magische Dinge sprach! »Aber Mensch, Opa! Wieso sagst du mir das dann jetzt erst?«

Er griff sich eines der beiden Gläser und reichte es Elina. »Ich erzähle dir das jetzt, weil ich das Gefühl habe, dass du in der Klemme steckst und diese Glückszünder-Karamellbonbons genau das sind, was du brauchst. Wenn man ohne Ende wegen eines Problems grübelt, ist, etwas Glück auf seiner Seite zu haben, nicht verkehrt.«

»Dein Freund schickt dir also immer noch Bonbons?«

Ihr Opa nickte. »Ja. Er hat damit nie aufgehört.«

»Aber die schmecken so anders als die Zuckerhut-Bonbons«, sagte Elina.

»Das kommt wohl auf den Süßigkeitenwerker an, der die Süßigkeit herstellt – jeder fügt einem Rezept seine besondere Note hinzu«, erklärte ihr Opa.

Elina seufzte. »Aber ob die Bonbons jetzt von Barthold oder Robins Eltern kommen, sie helfen einem ja leider nicht aus einer aussichtslosen Lage heraus, oder?«

»Lass es mich mit meinen Zaubertricks vergleichen«, erwiderte er. »Eigentlich sind es nur Tricks, aber weil ich an sie glaube, funktionieren sie auch. Wenn du also fest an dein Glück glaubst, wird es dich finden. Ein Karamellbonbon ist da wie der Schubs in die richtige Richtung.«

Ein wohliges Gefühl der Zuversicht überkam sie. »Danke, Opa.«

Elina nahm ihm das Glas ab und drückte es fest an sich. Er hatte recht. Sie musste an ihr Glück glauben. An etwas Gutes glauben. Wie … Magie. Ihre Freunde. Oder sogar sich selbst.

Kapitel 29

Charlie gähnte. »Ich bin in der letzten Stunde Englisch fast eingeschlafen.«

»Du schläfst in Englisch auch ein, wenn wir nicht die halbe Nacht in unserem Gruppenchat schreiben«, sagte Elina belustigt.

»Hätten wir doch wenigstens Herrn Schnotters Zettel geknackt«, meinte Robin.

Seufzend legte Elina einen Packen alter Briefe zurück in die Schublade von Herrn Schnotters Schreibtisch. Der Besuch bei ihrem Opa gestern hatte sie so bestärkt, dass Elina unbedingt Herrn Schnotters Rätsel hatte lösen wollen. Immerhin stand viel auf dem Spiel! Die Anderwärts-Gesellschaft würde nicht aufhören, nach der Rezeptur zu suchen, nur weil Herr Schnotter in der Obhut der Zuckermeister war.

Und ihr einziger Anhaltspunkt, um diese zu finden, war seine Notiz.

Charlie, Robin und sie hatten gestern ewig hin- und hergeschrieben, um sich einen Reim darauf zu machen. Doch leider waren sie der Lösung noch kein Stück näher gekommen.

»Wir finden hier schon was, das hilft«, sagte Elina. In Wahrheit war ihre Entschlossenheit in der letzten Stunde, in der sie Herrn Schnotters Haus durchsucht hatten, ziemlich gesunken. Doch das wollte sie sich nicht eingestehen.

»Immerhin hat jemand Frau Kloß entzaubert«, sagte Charlie bemüht positiv. »Auch wenn die uns nichts Hilfreiches sagen konnte, weil die Zuckermeister ihr Gedächtnis gelöscht haben. Ob die Zuckermeister auch hier drin waren?«

»Vielleicht«, murmelte Elina.

»Vivien hat echt ordentlich gewütet. Sie hat bestimmt jeden Zentimeter einzeln abgekämmt«, sagte Robin. »Wenn sie nichts gefunden hat, wie sollen wir es dann?«

»Selbst Mortimer war doch davon überzeugt, dass Herr Schnotter uns was verraten hat«, meinte Elina. »Und er hat recht – Herr Schnotter *hat* uns die Notiz hinterlassen, nicht Frau Bonet. Er verlässt sich auf uns, nicht auf die Zuckermeister.«

»›M hat die Zeit vergessen. Nur gemeinsam finden wir sie‹«, zitierte Charlie nun. »Was wollte er uns damit nur sagen? Das kann doch nicht so schwer sein!«

Elina ging zu der Stelle, wo die Bilderrahmen verstreut auf dem Boden lagen, und bückte sich, um das ihr bekannte Foto aufzuheben, welches sie gemeinsam mit Herrn Schnotter betrachtet hatte. Was übersah sie nur?

Robin und Charlie traten neben sie. Alle drei blickten auf das Bild.

»Sie sehen so glücklich aus«, bemerkte Robin. »Wie traurig, dass sie gestorben ist. Das muss schwer für Herrn Schnotter sein. Er tut mir so leid.«

»Mir auch«, sagte Charlie mitfühlend.

»Ich verstehe jetzt, wieso er auf meine Frage, ob sie eine Süßigkeitenwerkerin war, so komisch reagiert hat«, sagte Elina. »Bestimmt war er doppelt so traurig, weil sie eine Süßigkeitenhüterin war und es die schon lange nicht mehr gibt …« Geknickt ließ sie den Kopf hängen. »Es war eine blöde Idee von mir, euch herzuschleppen, um nach einem weiteren Hinweis zu suchen, oder? Hier ist eindeutig nichts und wir hätten uns die Zeit sparen können.«

»Nein«, widersprach Robin. »Jetzt wissen wir zumindest, dass wir uns auf den Zettel konzentrieren sollten. Wir lassen Herrn Schnotter nicht hängen.«

»Vielleicht irren Mortimer und Vivien sich auch und er hat diese Seiten nicht«, sagte Charlie. »Herr Schnotter könnte sich nach Maggies Tod einfach zurückgezogen haben oder es gab andere Gründe für sein Exil und er wollte sie Mortimer nur nicht nennen. Vielleicht ist M einfach Mortimer und der Zettel bloß eine Warnung.«

Für den letzten Satz erntete Charlie einen Nie-im-Leben-Blick von Robin und Elina.

»Herr Schnotter und Mortimer waren ganz offensichtlich keine Freunde«, sagte Elina. »Und wenn Herr Schnotter geahnt hätte, dass Mortimer ihn entführt, wieso dann überhaupt ein Zettel? Wieso nicht Frau Bonet um Hilfe bitten?«

»Könnten wir doch bloß in Herrn Schnotters Kopf gucken«, sagte Robin.

Elina schüttelte sich. »Das klingt jetzt fast wie das, was

Mortimer und Vivien tun wollten. Sie waren sich so sicher, dass er ein Versteck für die Seiten hatte.«

»Also *mein* Kopf fängt gleich an zu rauchen«, murmelte Charlie.

Plötzlich piepste irgendein Handy. Es war Robins. Er zog es aus der Tasche und las sich die Nachricht durch, die er offenbar gerade bekommen hatte.

Dann seufzte er tief und fuhr sich durchs Haar. »Hmm.«

»Alles okay?«, fragte Elina verwundert.

Robin sah wieder auf. »Ja, schon. Penelope hatte voll das schlechte Gewissen, weil sie uns in die Bittersüße Allee gefolgt ist. Sie denkt, dass unsere Eltern uns drei nur verloren haben, weil sie wegen ihr so abgelenkt waren. Das ist zwar Blödsinn, weil niemand ahnen konnte, dass es diesen Angriff gibt und wir so ja auch Herrn Schnotter gefunden haben, aber sie wollte es irgendwie wiedergutmachen.«

»Aha und weiter?«, fragte Charlie.

»Ich habe ihr, Juna und Arthur alles über unseren Ausflug in die Bittersüße Allee erzählt«, erklärte er. »Sie wissen auch, dass wir drei versuchen wollen herauszufinden, was es mit der Picot-Chronik auf sich hat und den Seiten, die daraus stammen. Und da haben sie angeboten, in den Büchern aus der geheimen Bibliothek etwas über mächtige Rezepturen nachzuschlagen. Aber anscheinend haben unsere Eltern die wohl sozusagen kindersicher gemacht, nachdem Penelope dort über die Zwischenwanderpfade recherchiert hat. Also wurde nichts draus.«

»Schade«, meinte Elina. »Kommt, wir machen mal 'ne Pause …«

Niedergeschlagen setzten sich die drei im Wohnzimmer aufs Sofa und hingen ihren Gedanken nach. Elina griff in ihre Hosentasche und fischte für jeden ein Karamellbonbon heraus – so eins konnten sie gerade alle gebrauchen.

Und tatsächlich fühlte sich Elina danach ein wenig besser.

»Lasst uns die Sache mal anders angehen.« Elina legte nachdenklich die Stirn in Falten. »Wenn ich etwas Wichtiges verstecken würde, dann nur an einem besonderen Ort. Einem Ort, wo mein Geheimnis für immer sicher ist.«

»Ja«, stimmte Charlie zu. »Und zur Sicherheit würde ich nur den Menschen davon erzählen, denen ich aus tiefstem Herzen alles anvertrauen kann. Für Herrn Schnotter war so ein Mensch eindeutig seine Frau Maggie.«

Robin nickte. »Sie kannte den Ort des Verstecks bestimmt. Mortimer war sich sehr sicher, dass die Seiten hier in Belony sind – Herr Schnotter lebte ja seit seinem Exil in der Stadt verborgen und das muss wirklich etwas zu bedeuten haben.«

»Aber wie kommen wir mithilfe der Notiz auf den Ort, den wir suchen?«, führte Elina den Gedanken zu Ende. »Dafür sind die Zeilen der Notiz zu schwammig.«

»Als wir das letzte Mal in einer verzwickten Lage waren, hat mein Orakel-Bonbon-Spruch geholfen«, meinte Charlie. »Wenn ich genau darüber nachdenke, dann stand in Elinas etwas, das uns weiterhelfen könnte. Nämlich, dass du dich an das erinnern sollst, was damals geschah. Darin liegt vielleicht der Schlüssel, was meint ihr?«

»Stimmt«, murmelte Elina. »Es war doch sogar von Gefahr die Rede.«

»»Dein wertvollster Besitzt schwebt in großer Gefahr, zum Schutze erinnere dich, was damals geschah«‹, sagte Charlie den Spruch in voller Länge auf.

»Mein wertvollster Besitz ist … meine Familie.« Elina blickte auf. »Und unsere Freundschaft.«

»Die Anderwärts-Gesellschaft bedeutet definitiv Gefahr – und zwar für jeden in Belony«, sagte Robin. »Besonders, wenn sie die Seiten in die Finger kriegen.«

»Nur an was soll ich mich erinnern?«, rätselte Elina. »Der einzige Ort, an dem ich mit Herrn Schnotter je war, war die Bittersüße Allee. Ich fühle mich so nutzlos.«

»Du bist nicht nutzlos«, tröstete Charlie sie.

Robin lächelte Elina matt an. »Charlie hat recht. Und wenn in deiner Erinnerung der Schlüssel liegt, um die Seiten zu finden, kannst du uns sogar alle retten.«

»Nur kein Druck«, sagte Elina und strich sich eine Haarsträhne zurück.

Charlie seufzte. »Vielleicht denken wir zu verzwickt. Was, wenn die Lösung wie die Sache mit dem Marzipan ist? Es war da, ohne dass wir es bemerkt haben.«

»Ja«, murmelte Robin. »Wir grübeln schon so lange über alles nach, da sieht man den Wald vor lauter Bäumen nicht. Es geht bei dem Versteck doch schließlich nicht um einen Ort, der Elina mit Herrn Schnotter verbindet, sondern einen Ort, der Herrn Schnotter wichtig ist – in Belony. Elina, erinnere dich … was hat er damals gesagt?«

Elina stützte ihr Gesicht in den Händen ab und schloss die Augen. So richtig was erzählt hatte Herr Schnotter ihr das erste Mal beim Betrachten des Fotos und da ging es um … sie schreckte auf. »Das *Bittersüß!* Dort hat Herr

Schnotter seiner Frau einen Antrag gemacht! Dieser Ort ist ihm wichtig!«

»Das *Bittersüß* wäre definitiv ein Ort, der Herrn Schnotter und seiner Frau etwas bedeutet«, grübelte Charlie mit. »Nur was hat dieses Gerede von der Zeit, die sie gemeinsam finden müssen, mit dem *Bittersüß* zu tun?«

»Puh«, machte Elina. »Das ist alles so verstrickt! Aber vielleicht finden wir die Antwort darauf wirklich im *Bittersüß?* Irgendwie muss diese Verbindung stimmen …«

»Was sagt dein Elina-Bauchgefühl?«, zog Robin sie auf.

»Dass wir hier nicht weiter still rumsitzen sollten, während Herr Schnotter in einem magischen Schlaf liegt«, sagte sie. »Wir können ihn nicht enttäuschen!«

»Dann fahren wir zum *Bittersüß!«,* sagte Charlie entschlossen.

»Aber nicht ohne Süßigkeiten, oder?«, sagte Elina. »Wenn die Seiten dort sind, brauchen wir etwas, um sie und *uns* zu schützen. Und wenn wir trotz Frau Bonets Rat Magie benutzen, um die Rezeptur zu finden, dann wird sie es sicher verstehen.«

»Da gibt's nur ein Problem«, meinte Charlie. »Unser Koffer ist weg.«

Robin grinste. »Hast du da nicht etwas vergessen? Ich bin ein Süßigkeitenwerker. Und da, wo ein Süßigkeitenwerker ist, sind auch magische Süßigkeiten nicht fern.«

Elina erwiderte sein Grinsen. »Scheint so, als hätten wir einen Plan.«

Eine Stunde später trafen sich die drei im Baumhaus. Robin hatte Arthur nach Nachschub der magischen Süßigkeiten aus dem Koffer gefragt und dieser hatte ihm die Reste der Süßigkeiten überlassen.

Da waren ein letzter Zielsicher-Zitronenriegel, einige Saure Schoko-Schocker sowie ein faustgroßer Würfel, auf dessen Verpackung *Waldmeister-Wegweiser-Würfel* stand. Außerdem hatte Charlie noch immer die Süßigkeit aus dem *Erfinder-Emporium,* die aus dem zerstörten Schaukasten gefallen war.

»*Versteinernde Vollmilchkekse*«, las Elina die Beschriftung auf der Schachtel vor. »Das klingt echt extrem.«

»Da die Süßigkeit von Mortimer ist, hat die es bestimmt in sich«, sagte Robin. »Wir sollten sie nur im äußersten Notfall benutzen, wenn nichts anderes mehr geht.«

»Sehe ich auch so!«, sagte Charlie. »Viele Süßigkeiten sind das ja nicht …«

»Wir kriegen das schon hin«, meinte Elina.

»Bei unserem Glück wird das nicht so leicht«, murmelte Charlie.

»Die Sauren Schoko-Schocker sind als Einziges einzeln verpackt«, sagte Elina. »Die können wir untereinander aufteilen – aber wie machen wir das mit dem Rest?«

»Ich finde, Charlie sollte den Zielsicher-Zitronenriegel nehmen«, meinte Robin. »Du konntest mit der Steinschleuder super zielen – wer weiß, was die Magie in dir weckt.«

»Die Steinschleuder habe ich leider nicht mehr«, erwiderte Charlie. »Ich nehme ihn trotzdem.«

»Was ist mit den anderen beiden?«, fragte Robin.

»Nimm du die Waldmeister-Wegweiser-Würfel«, sagte Elina. »Es ist bestimmt kein Zufall, dass in deinem Orakelspruch die Rede vom ›richtigen Weg‹ war.«

»Ist es okay, wenn du die Kekse nimmst?«, fragte Charlie.

Elina hatte ein mulmiges Gefühl. Sie merkte, wie beim Anblick dieser Anderwärts-Süßigkeit ihr Herz schneller zu schlagen begann. Sie war aufgeregt wegen dem, was sie gleich tun würden, und hatte gleichzeitig große Sorge, ob sie die Seiten wirklich fanden – da machte eine solche Süßigkeit in der Tasche sie nur noch unruhiger.

Dennoch … es wäre dumm, sie hierzulassen. Richtig?

»Ich nehme sie«, sagte Elina zögerlich.

Als sie wenige Minuten später auf ihrem Rad saß und mit den anderen Richtung Stadt radelte, hoffte sie, dass sie die verlorenen Seiten im *Bittersüß* fanden.

Kapitel 30

Das *Bittersüß* befand sich in der Nähe vom Rathausplatz. Charlie, Robin und Elina schlossen ihre Fahrräder dort ab und gingen den restlichen Weg zu Fuß.

Von außen wirkte Madame Picots Laden sehr unscheinbar: Er war klein, mit einem von Holz umrahmten Schaufenster und einer schmalen Eingangstür mit einer Handvoll Verzierungen. Ein Messingschild an der Wand daneben hielt ein paar Infos zu dieser »Sehenswürdigkeit« bereit. Wenn man sich hier nicht auskannte, lief man glatt dran vorbei.

»Charlie und ich sind mal mit der Klasse hier gewesen«, sagte Elina. »Alles dadrinnen ist unfassbar alt und es sieht aus wie in einem staubigen Minimuseum.«

Robin hob eine Augenbraue. »Meine Klasse war auch schon hier. Aber eigentlich war die Führung ganz okay. Die meisten glauben ja an die Legende von Madame

Picot, und zu sehen, wo sie ihre ›Wunder‹ gewirkt hat, war schon cool.«

»Ganz Belony hat sich den Laden bestimmt schon zehn Mal angeguckt«, sagte Charlie. »Hoffen wir also mal, dass uns heute niemand stören wird.«

»Ja, hoffentlich«, meinte Elina. »Aber wie genau kommen wir da rein?«

Tatsächlich hatten sie in ihrer Eile darüber nicht nachgedacht …

»Charlie hat es eben noch selbst gesagt: Bisher haben uns die Orakelsprüche geholfen«, meinte Robin. »Und in meinem Spruch ging es darum, dass ich mit etwas Glück meinen richtigen Weg finde – und wegen meines Talents.«

»Du meinst, das heißt … auch den Weg ins *Bittersüß?«*, fragte Elina.

Er zuckte mit den Schultern. »Mein Talent ist es ja, magische Süßigkeiten herzustellen, also warum sollte mir dann nicht eine helfen, auch den Weg zu finden.«

»Einen Versuch ist es wert«, sagte Elina.

Robin griff in seine Jackentasche und zog die viereckige schwarze Verpackung der Waldmeister-Wegweiser-Würfel heraus. Er riss das Papier an einer Ecke ab und zum Vorschein kamen kleine, essbare Würfel. Sie waren grün und sahen aus wie Wackelpudding in Würfelform. Robin hielt einen der Würfel hoch, sodass Charlie und Elina ihn auch sehen konnten. Im Licht wirkte er richtig glibbrig.

»Ob die Pfeile darauf was bedeuten?«, fragte Charlie.

»Vielleicht sind das Pfeile wie bei Wegweisern«, rätselte Elina.

Robin schob sich einen Würfel in den Mund und ließ den

Rest der Süßigkeit wieder in seiner Jackentasche verschwinden. Er kaute und stieß einen wohligen Seufzer aus. »Wie klebriger, süßer Sirup. Lecker!«

Erwartungsvoll sahen Charlie und Elina ihn an.

Staunend sah Robin sich um. »Da sind Wörter in der Luft. Sie bewegen sich!« Er wandte sich der Eingangstür des *Bittersüß* zu. »Die Wörter bilden Sätze, die angeordnet sind wie ein Pfeil! Das ist ja irre!«

Elina runzelte die Stirn. »Du meinst, ein Pfeil, der aus Buchstaben besteht?«

»Ja, genau!«, sagte Robin. »Und er zeigt auf das *Bittersüß*. Ich glaube, das ist eine Art Hilfe, um reinzukommen.« Er begann, laut vorzulesen. »›Hinter meiner Tür liegen Geheimnisse verborgen, verrätst du mir eins deiner, hast du den Schlüssel schnell erworben. Doch sei gewarnt – böse Absichten werden rasch enttarnt.‹«

»Das klingt fast so, als würde das *Bittersüß* leben und hätte Vorkehrungen gegen Anderwärts-Werker getroffen«, scherzte Charlie.

»Dieser Laden war für Madame Picot von großer Bedeutung, vielleicht hat sie ihn wirklich irgendwie geschützt«, meinte Elina. »Aber wenn es diesen Schutz gibt, heißt das, jeder kann ihn dann mit irgendeiner magischen Süßigkeit sichtbar machen?«

»Vielleicht«, sagte Robin. »Heute finden wir das allerdings nicht mehr heraus. Aber da Madame Picot die erste Süßigkeitenwerkerin war, wer weiß, was für krasse Magie sie früher gewirkt hat, ehe es den Picot-Pakt gab?«

»Wir haben ja nichts zu befürchten«, sagte Charlie. »Unsere Absichten sind gut.«

Elina nickte. »Also verraten wir der Tür … ähm, ein Geheimnis?« Sie ging vor der Tür in die Hocke und betrachtete das Schlüsselloch. »Hallo?«, wisperte sie. »Hört mich jemand?«

Ein wenig albern kam sie sich schon vor, aber mit dem magischen Koffer hatten sie ja damals auch gesprochen …

Charlie und Robin hockten sich rechts und links neben Elina.

»Und fällt wem ein Geheimnis ein?«, fragte Robin.

»Hmm«, machte Charlie.

»Mir fällt da was ein.« Elina senkte die Stimme. »Mein Opa Alfred Pfeffer ist mit einem Süßigkeitenwerker befreundet«, flüsterte sie der Tür zu.

»Was?«, sagten Charlie und Robin wie aus einem Mund.

Im selben Moment gab die Tür ein leises Klicken von sich.

Elina drückte sanft mit den Fingern dagegen. »Es ist offen!«

Rasch huschten sie durch den Eingang und holten ihre Handys wegen der Taschenlampen-App heraus. Obwohl es erst spät am Nachmittag war, war es hier drinnen sehr düster, weil es nur das eine Fenster gab.

Charlie und Robin starrten Elina entgeistert an.

»Dein Opa kennt einen Süßigkeitenwerker?«, fragte Charlie.

»Das erzähle ich euch, während wir suchen, okay?«, meinte Elina.

Der Verkaufsraum des *Bittersüß* war nicht sehr groß. Es gab in die Wände eingelassene Holzregale voller Dosen,

Gläser und Schüsseln, den Glastresen, in dem verschiedenes antikes Backzubehör auslag, und auf einigen Podesten hatte man besondere Schmuckstücke wie einen mit Ranken verzierten, gusseisernen Kessel oder eine altertümliche Maschine ausgestellt.

Während jeder in einer anderen Ecke suchte, fasste Elina für Charlie und Robin die Sache mit ihrem Opa zusammen.

»Auch noch mit einem Zuckerhut«, staunte Robin. »Dabei sagt mir der Name gar nichts … aber das muss nichts heißen, wir haben einen gigantischen Stammbaum.«

Abrupt blieb er vor einem Durchgang stehen, der abgesperrt war. »Ich sehe wieder Sätze. Da steht: ›Hinein in die Stube, schaut nicht zurück, in diesen vier Wänden sind jede Menge Kostbarkeiten versteckt.‹ Das klingt vielversprechend!«

Elina schob gemeinsam mit Robin die Absperrsockel weg, dann gingen sie durch den schmalen Flur dahinter und betraten die kleine Stube, die eine Art Vorraum zur Küche war. Hier war es noch beengter als im Verkaufsraum. Ein Regal stand neben einer Vitrine, von der Decke hing eine staubige Lampe und jeder Zentimeter freier Wand war bedeckt mit Zeug – einem Spiegel, Gemälden oder komischer Dekoration wie einem antiken Nudelholz.

»Siehst du noch was, das hilft?«, fragte Elina Robin.

Immerhin wussten sie gar nicht recht, *wonach* sie eigentlich suchen sollten …

Er schüttelte den Kopf und schob sich noch einen Waldmeister-Wegweiser-Würfel in den Mund. »Es scheint, als würde die Süßigkeit hier drin nicht wirken.«

Die drei mussten sich nicht absprechen, um mit der

Suche fortzufahren. So vorsichtig wie möglich betasteten sie Gegenstände, klopften Wände ab und verrückten sogar gemeinsam das Regal, in der Hoffnung, dahinter etwas zu finden – nichts. Das war aber auch verflixt schwer, wenn es keinen Anhaltspunkt gab!

»Keine Wappen, keine Symbole und keine geheimen Verstecke«, murmelte Elina.

»Mit den Kostbarkeiten ist dann wohl dieser ganze Kram gemeint«, sagte Charlie.

Sie bemühten sich weiter, irgendetwas zu finden, was herausstach, doch auf so engem Raum kamen sie sich immer wieder in die Quere und alle waren zusehends genervter davon, dass sie sich praktisch gegenseitig auf die Füße traten. Elinas Geduldsfaden wurde kürzer und kürzer … was nun?

Auf einmal sprang ihr etwas Neues ins Auge: eine Art Kuckucksuhr an der gegenüberliegenden Wand. Elina wirbelte zu den anderen herum.

»Hing die eben auch schon da?«, fragte sie verwundert.

»Nein«, antwortete Charlie. »Ganz sicher nicht.«

»Wie funktioniert so was denn?«, fragte Elina. »War sie unsichtbar?«

»Vielleicht ist sie ein Apparillo und hat sich selbst getarnt?«, überlegte Robin laut. »Es könnte ein wenig wie mit der Sicheren Sicht sein, die die Bittersüße Allee schützt. Nur wer danach sucht, kann sie sehen? Aber … Apparillos werden mit der Energie magischer Süßigkeiten betrieben, also dürfte sie nicht mehr funktionieren.«

Elina starrte die Uhr an. »Dann ist … die Uhr die Lösung?«

»›M hat die Zeit vergessen‹«, sagte Charlie. »›Nur gemeinsam finden wir sie.‹«

Die drei stellten sich vor der Kuckucksuhr auf. Wie eine gewöhnliche hatte sie die Form eines kleinen Häuschens und war aus dunklem Holz. Elina fielen sofort die vielen hübschen Details auf – Verzierungen wie mit Zuckerguss gemalt und ein Pendel, das rund und filigran war, fast wie ein aufwendiges Schmuckstück.

»Da sind Buchstaben«, sagte Elina. Links oberhalb des Ziffernblatts saß ein großes B und rechts davon ein großes S. »Wie beim Wappen der Zuckermeister!«

»Die stehen sicher für das bittere und das süße Talent«, meinte Robin.

»Guckt mal!«, entfuhr es Charlie. Sie deutete mit dem Finger auf den unteren Bereich des Apparillos, wo sich die Zahl Sechs auf der Uhr befand. Dort saß eine Miniaturversion des achteckigen Hüter-Sterns. Links davon waren ein Blatt und ein Schneekristall zu erkennen und rechts davon eine Sonne und eine Blume.

Ganz so wie Symbole für Jahreszeiten …

»Wenn diese Uhr nicht mehr funktioniert, muss man sie vielleicht richtig stellen? Wegen der ersten Zeile der Notiz. ›M hat die Zeit vergessen‹«, sagte Charlie.

»So einfach kann es nicht sein«, murmelte Elina.

»Versuchen wir es«, meinte Robin. Er schaltete seine Taschenlampen-App aus und begann zu googeln, wie man eine Kuckucksuhr stellte. Dann steckte er sein Handy weg, um die Zeiger wie in der Beschreibung zu drehen.

Wie Elina erwartet hatte, tat sich nichts.

»Dann muss eine bestimmte Zeit gemeint sein«, sagte Charlie.

»›Nur gemeinsam finden wir sie‹«, murmelte Robin. »Das

könnte doch heißen, dass wir zusammen die Uhr stellen sollen? Sollen wir mal gemeinsam drehen?«

In Elinas Kopf drehte sich bereits etwas, nämlich lauter wirre Gedanken.

»Da es ein magischer Apparillo ist, bringt normales Drehen anscheinend nichts«, sagte sie. »Das wäre auch zu einfach. Die Symbole könnten doch was bedeuten?«

»Hm«, machte Robin. »Das B und S stehen für die zwei Talente, die gemeinsam Magie wirken. Und die Jahreszeit, in der man geboren wird, bestimmt, welches Talent man hat. Aber wie soll das helfen?«

»Herrn Schnotters Frau war ja auch keine Süßigkeitenwerkerin, sondern eine Hüterin«, warf Charlie ein. »Wenn nur die beiden die richtige Zeit finden konnten, dann könnten wir die Zeiger so stellen, dass einer auf den Stern und der andere auf die richtige Jahreszeit deutet … vielleicht löst das dann den Mechanismus aus.«

»Leider hat Herr Schnotter uns nie sein Talent verraten«, sagte Elina.

»Winter und Herbst stehen für das bittere Talent und Frühling und Sommer für das süße Talent, also haben wir vier Möglichkeiten. Testen wir sie einfach durch!«, schlug Robin vor und fing an, genau das zu tun.

Doch auch nachdem er alle Kombinationen durchhatte, geschah nichts.

»So ein Mist!«, stieß er frustriert aus.

»Es muss noch eine Möglichkeit geben«, grübelte Charlie.

»Nur gemeinsam können wir sie finden«, wiederholte Elina. »Ist euch eigentlich klar, dass wir genau wie Herr Schnotter und seine Frau sind?«

»Du meinst ein altes verheiratetes Ehepaar?«, witzelte Robin. »Nein, schon klar. Ihr beide seid Hüter … genau wie Maggie und ich bin ein Süßigkeitenwerker.«

Dass Robin sie Hüter und nicht Talentlose genannt hatte, ließ Elina lächeln.

»Damals waren ein paar Sachen anders«, murmelte sie. »Eine Welt, in der die Hüter mit den Süßigkeitenwerkern zusammenlebten – es gab keine getrennten Seiten, sondern eine Welt, in der alle Symbole gleich wichtig waren. Die vier Jahreszeiten für alle Süßigkeitenwerker und der Stern für alle Hüter.«

»Das klingt schön«, sagte Charlie. »Aber es sind nicht genug Zeiger, um alle zu verbinden.«

Elina trat vor und betastete zunächst einen Zeiger der Uhr. Es dauerte, bis ihre Finger eine kaum spürbare Unebenheit zu fassen bekamen, und es gelang ihr, die obere Platte des Zeigers zu lösen – nun waren es zwei dünne Plättchen.

»Die Zeiger!«, staunte Robin. »Sie liegen übereinander.«

Mit sanftem Druck schob Elina auch die anderen auseinander – mit dem Sekundenzeiger waren es nun genau fünf Stück, so wie auch die Symbole.

Elina schob den ersten Zeiger im Uhrzeigersinn, bis er auf dem Schneekristall saß, der sich unter der Acht befand.

Dann folgte der nächste Zeiger – auf die Sieben, wo das Blatt war.

Der dritte Zeiger landete auf der Sechs mit dem Stern.

Der vierte rastete bei der Fünf und der Sonne ein.

Und der letzte gehörte zur Vier und der Blume.

Mit klopfendem Herzen trat Elina schließlich zurück.

Und dann durchbrach ein Ticken die Stille.

Kapitel 31

Irgendetwas im Inneren der Kuckucksuhr erwachte zum Leben. Elina konnte hören, wie es klackerte und quietschte und sich vermutlich Dutzende Zahnräder zu drehen begannen. Das Ziffernblatt öffnete sich nach vorne weg und gab den Blick auf eine schmale Papierrolle frei. Elina griff hinein und zog sie behutsam heraus.

»Die verlorene Rezeptur«, hauchte sie.

Dieser Moment fühlte sich unwirklich an. Elina hatte zwar gehofft, dass die anderen und sie mit ihrer Vermutung richtiglagen, aber die Rezeptur so vor sich zu sehen, war etwas ganz anderes. Sie verspürte kein richtiges Siegesgefühl. Beim Finden der Bonbonbroschen hatte Elina jedes Mal laut jubeln wollen, denn mit diesen waren sie der Lösung Stück für Stück näher gekommen. Doch das, was sie nun in den Händen hielt, schien alles zum Schlechten verändern zu können.

Frau Bonet hatte deutlich gemacht, was damals passiert wäre, hätte die Anderwärts-Gesellschaft einen Sieg beim Großen Zerwürfnis davongetragen –

noch immer erschauderte Elina bei der Vorstellung von einer düsteren Welt, in der die machthungrigen Anderwärts-Werker die Talentlosen unterwarfen und die Magie missbrauchten, wie es ihnen gefiel.

Elina spürte mit einem Mal eine große Verantwortung auf sich lasten.

Sie mussten diese Seiten beschützen!

So wie es auch Herr Schnotter getan hatte.

»Wir haben sie gefunden«, sagte Robin ehrfürchtig.

»Meint ihr, wir sollten lesen, was drinsteht?«, wisperte Charlie.

Für einige Herzschläge schwiegen sie alle.

Elina holte tief Luft. »Ja! Ich denke, wir sollten sie uns ansehen. Uns wurde so viel verschwiegen und wenn wir die Rezeptur erst mal abgeben, wird uns sicher niemand sagen, was auf diesen Seiten steht, das so mächtig zu sein scheint.«

Zudem war Elina trotz ihres rasenden Herzens auch neugierig. Was beinhaltete die sagenumwobene Rezeptur von Madame Picot? Was konnte sie bewirken?

Sie löste das Band, mit dem die zwei Seiten umwickelt waren, und mit der Hilfe von Charlie rollte sie das Papier vorsichtig auseinander. Die Schrift war dünn und kantig, als habe man sie mit einer kratzigen Feder und Tinte niedergeschrieben.

Tödliche Talentraub-Trinkschokolade

Allein der Name der Rezeptur verursachte Elina eine Gänsehaut.

»Talentraub?«, hauchte Robin entsetzt. »Das … das ist unmöglich!«

»Madame Picot hat eine Rezeptur geschaffen, mit der man jemandem das Talent stehlen kann?«, fragte Charlie geschockt. »Eine Rezeptur, die tödlich ist?«

»Nein!«, stieß Robin hervor. »Das hätte Madame Picot niemals getan! Sie war gut! Sie wollte den Menschen mit ihrer Magie helfen und nicht …«

Er brach ab und Elina war froh darüber. Denn ihre eigene Fantasie malte sich auch so schon grausige Szenarien aus, in denen die Süßigkeitenwerkerin, auf deren Regeln das ganze magische System aufbaute, in Wahrheit eine grausame, erbarmungslose Frau gewesen war …

Zumindest, bis sie sich eines Besseren besann.

»Das kann nicht Madame Picots Rezeptur sein«, sagte Elina entschlossen. »Sie hat so viel Gutes vollbracht und dafür gibt es Jahrzehnte an Beweisen. Ganz Belony liebt sie und ihre Legende! Mortimer hat gesagt, die verlorene Rezeptur stamme aus der Picot-Chronik, das heißt aber nicht, dass Madame Picot sie verfasst hat. Das könnte auch jemand aus ihrer Familie gewesen sein.«

»Elina, verstehst du nicht?«, sagte Robin aufgebracht. »Die Picot-Familie ist für uns Süßigkeitenwerker einfach alles. Ihr entspringt all unsere Magie … und das bedeutet, in uns allen ist nicht nur Gutes, sondern auch etwas teuflisch Böses!«

»Robin«, sagte Charlie behutsam. »Beruhige dich.«

Elina trat näher zu Robin und sah ihm direkt in die Augen. »In all den Geschichten von großen Helden und Abenteuern wird eines immer ganz klar gesagt: Jeder von uns hat

Gutes und Böses in sich. Und es kommt drauf an, welchen Weg man geht. Du hast dich nicht auf die Seite von Vivien und Mortimer geschlagen, obwohl er es dir angeboten hat – er hat dich bedroht und verletzt und trotzdem hast du nicht klein beigegeben. Du hast diese Seiten mit uns gesucht und sogar Frau Bonets Warnung, Magie zu benutzen, ignoriert. Ich kenne keinen mutigeren Süßigkeitenwerker als dich, Robin.«

Bei Elinas Worten wich alle Wut aus seinem Gesicht.

»Madame Picot war eine von den Guten, Robin. Sie hat sich für die Menschen entschieden, für Belony. Und du hast das auch. Du hast dich für uns entschieden, für Charlie und mich. Du hast uns nicht vergessen lassen und du hast für uns gekämpft. Diese Seiten werden niemals ändern, dass du gut bist, verstanden?«

Robin traten Tränen in die Augen. »Das gilt für dich und für Charlie. Egal, was Anderwärts-Werker wie Mortimer sagen, ihr seid nicht wertlos, nur weil ihr keine Magie habt. Wir sind zusammen mutig und gut, weil unser Talent Freundschaft ist.«

»Weil unser Talent Freundschaft ist«, sagte Elina.

»Wir heulen gleich alle die Seiten voll«, schniefte Charlie.

»Zumindest wären sie dann kaputt«, sagte Robin.

»Herr Schnotter hat die Seiten versteckt und nicht zerstört«, dachte Elina laut nach. »Wir sollten warten, bis er aufwacht, und ihn nach seinen Gründen fragen, oder? Und dann kann er sie den Zuckermeistern übergeben, das fände ich richtig.«

Robin nickte. »Wir sollten die Seiten solange aufteilen. Nur für den Fall.«

Elina betrachtete die Seiten, die voller kompliziert klingender Anweisungen waren, die sie nicht verstand. Die erste reichte sie Charlie und die zweite Robin.

Mit den Seiten unachtsam umzugehen, war angesichts ihres Werts zwar nicht ideal, aber Charlie und Robin blieb nichts anderes übrig, als sie in ihre Jackentaschen zu stecken, um sie zu transportieren.

Elina steuerte den Ausgang der Stube an und war schon mit einem Fuß zurück im Verkaufsraum, da fiel ihr Blick nach draußen. Sie wich so hastig zurück in die Stube hinein, dass sie rückwärts gegen Charlie und Robin prallte.

»Da draußen steht Vivien«, wisperte sie erschrocken.

»Was?«, entfuhr es Charlie geschockt. »Wie hat sie uns gefunden?«

»Sie muss irgendeinen Aufspürzauber benutzt haben«, sagte Robin. »Dann ist Mortimer hier sicher auch irgendwo. Das darf doch nicht wahr sein!«

»Damals bei unserer Führung waren wir noch in einem Hinterhof, der in den Wald übergeht. Da kommen wir sicher unbemerkt raus!«, meinte Elina.

»Vielleicht kommt Vivien gar nicht rein«, sagte Robin. »Die Waldmeister-Wegweiser-Würfel haben immerhin diese Warnung angezeigt, von wegen ›böse Absichten‹.«

»Darauf können wir uns nicht verlassen«, entgegnete Elina. »Vivien ist sehr mächtig und sprengt die Tür nachher noch weg. Und wenn wir bleiben, kann sie uns hier drinnen einkesseln und lässt wer weiß was für einen Zauber auf uns los.«

Sie hatte selbst schon darüber nachgedacht, die Rezeptur wieder in ihr Versteck zu schließen, doch so riskieren, dass Vivien sie auch fand? Niemals!

Schnell verließen sie die Stube auf der anderen Seite und kamen so in die Küche. Hier war es heller, sodass sie die Handys endgültig wegstecken konnten. Zum Glück ließ sich die Tür zum Hinterhof von innen problemlos öffnen.

Der Hinterhof war größer als gedacht und wirkte fast schon wie ein verwilderter Garten. Hinter der hohen Mauer wuchsen lauter Bäume und der einzige Ausweg war ein schmiedeeisernes Tor, das zu Elinas Entsetzen mit dicken Ketten verhangen war. Da kamen sie ganz sicher nicht in den Wald.

»Hätten wir uns ja denken können, dass alles gesichert ist«, grummelte Robin.

Elina spürte ein Ziehen im Magen. Das war gar nicht gut!

»Ruf deine Eltern an, Robin«, sagte sie. »Wir brauchen dringend Hilfe!«

»Es geht nicht!«, sagte er. »Mein Handy funktioniert nicht mehr.«

Auch Charlie und Elina überprüften ihre Handys – sie waren beide tot.

»Wie kann das sein?«, fragte Charlie.

»Funkloch-Fruchtdrops«, ertönte da eine Stimme wie aus dem Nichts hinter ihnen. »Die sind wie ein schwarzes Loch und verschlucken so ziemlich jedes Signal.«

Elina und ihre Freunde wirbelten herum. Mortimer! Wo kam der denn her?

»Versucht ruhig zu entkommen! Ich habe so einige Süßigkeiten in petto, die ich liebend gerne benutzen würde«, sagte er hämisch. »Wenn ich tagein, tagaus den netten Erfinder mimen muss, kommen meine geliebten Experimente viel zu kurz.«

Charlie, Robin und Elina rannten trotz der vorhandenen Ketten automatisch zum Tor. Sie hätten Mortimers Warnung jedoch nicht in den Wind schießen sollen, denn irgendein neuer Süßigkeiten-Zauber schlug zu. Elina wurde mit jedem Schritt mehr und mehr schwarz vor Augen. Sie fühlte sich schwach und stürzte auf die Knie ins weiche Gras. Sie war so benommen, dass sie sich kaum noch bewegen konnte.

Sie hörte Mortimer lachen. Dann war er auf einmal bei ihnen und ragte bedrohlich über ihnen auf. »Nun verratet mir nach unserem glückseligen Wiedersehen doch, wo die Rezeptur ist – und überlegt euch gut, ob ihr wieder lügen wollt«, sagte er.

»Sie ist im *Bittersüß«,* sagte Elina schwach. »Wir haben sie nicht.«

»Netter Versuch.« Vivien kam in den Hinterhof. »Dadrinnen ist sie nicht.«

Elina warf Robin einen Blick zu. So viel zur Warnung des *Bittersüß* …

»Nun«, sagte Mortimer. »Da du die Idee hattest, die Kinder mit einem Tracking-Zauber zu versehen und sie laufen zu lassen, überlasse ich dir gerne den Vortritt, Vivien. Hol die Rezeptur – und schalte diese nervigen Gören am besten für immer aus!«

Was? Elina sog scharf die Luft ein. Deshalb hatte Vivien ihnen nicht die Erinnerung genommen? Das war alles Teil eines Plans gewesen? Aber wieso dann die verschlossene Tür? Das Rauch-Kaugummi? Sie hatten es doch kaum da rausgeschafft …

Elinas Benommenheit flaute langsam ab und sie wollte

sich schon aufrappeln, da schoss ihr ein Gedanke durch den Kopf. Die Sauren Schoko-Schocker in ihrer Jackentasche! Sie tat so, als krümme sie sich zusammen und ließ eine Hand rasch hineingleiten. Sofort bekam sie einige der Süßigkeitenkugeln zu fassen.

»Hey!« Mortimer versetzte ihr mit dem Fuß einen leichten Tritt. »Was ist los mit dir?«

»Mortimer!«, zischte Vivien. »Halt dich zurück. Das sind immer noch Kinder.«

Der Erfinder lachte erneut. »Talentlose bleiben Talentlose.«

Elina wusste selbst nicht, wie sie es schaffte, eine der Süßigkeitenkugeln aus ihrem Papier zu wickeln, doch ehe sie darüber Triumph verspüren konnte, riss Vivien sie am Arm nach oben und Elina verlor die Süßigkeit, die ins Gras fiel.

Sie zappelte und wehrte sich, während Vivien ihre Finger in Elinas Tasche schob und eine Handvoll der Sauren Schoko-Schocker herauszog. »Ihr und eure Tricks.«

Plötzlich sprang Robin auf und packte Vivien von hinten. Vivien schrie auf, ließ Elina los und taumelte zurück – Robin hatte sie geschockt! Er musste auf dieselbe Idee wie Elina gekommen sein! Sie sah, wie seine Finger Funken sprühten und elektrisch knisterten.

»Achtung!«, brüllte Charlie.

Sie war ebenfalls wieder auf den Beinen und warf sich gegen Robin und Elina, sodass sie alle stürzten. Elina spürte noch, wie etwas sengend Heißes über sie hinwegflog. Als sie den Kopf hob, sah sie ein großes Loch in der Mauer, das ordentlich paffte. Leider war es nicht breit genug, um auf diesem Wege zu fliehen.

So schnell es ging, zogen sie einander auf die Füße.

Dabei verpasste Robin Elina auch gleich einen kleinen Schlag.

»Die Dinger haben es echt in sich«, keuchte sie.

Vivien war noch immer halb ausgeknockt und stöhnte. Sie versuchte, wieder hochzukommen. Hastig bückte sich Elina, um die Sauren Schoko-Schocker aufzuheben, und stopfte sie in ihre Jackentasche. Sie zögerte. Nicht nachdenken! Bloß nicht zu viel nachdenken, schalt sie sich. Trotzdem kostete es sie Überwindung, sich Vivien zu nähern. Sie trug wieder ihren schwarzen Mantel, der sicher auch irgendwie magisch war – und voller Taschen mit Süßigkeiten und Waffen.

Elina gab sich einen Ruck und fasste in Viviens äußere Manteltasche. Da schoss eine von Viviens Händen vor und klammerte sich um ihr Handgelenk. Durch den Schock war Vivien jedoch zu schwach und Elina riss sich samt Apparillo von ihr los. Sie hielt nun etwas, das sie stark an eine von Piets Spielzeugpistolen erinnerte – nur eine bedrohlich wirkendere Version davon, aus Metall und Zahnrädern und mit einer Spirale an der Spitze und einem gläsernen Bauch voller Schokoladentrüffel.

»Elina, weg hier!«, schrie Charlie.

Die drei preschten erneut zum Tor, da es trotz Ketten ihre einzige Chance zu sein schien, hier irgendwie rauszukommen, doch erneut setzte die Wirkung von Mortimers mysteriöser Süßigkeit ein. Elina spürte, wie ihre Knie weich wurden, dabei fehlte nur noch höchstens ein Meter zum Tor!

Mortimer, der ihren Angriff auf Vivien und ihren verzweifelten Versuch zu flüchten anscheinend amüsiert beobachtet hatte, kam nun mit schnellen Schritten auf sie zu und lachte dabei boshaft.

Elina stellte sich vor ihre Freunde, nahm den Erfinder mit Viviens Waffe ins Visier und drückte mit wummerndem Puls in den Ohren den Abzug durch.

»Warum passiert nichts?«, stieß sie erschrocken aus.

»Ich lerne aus Viviens Fehlern«, sagte Mortimer. »Meine neu gebauten Apparillos können nur noch vom vorgesehenen Benutzer eingesetzt werden – und nicht von jedem dahergelaufenen Talentlosen, der sie in die Finger kriegt.«

Mortimer hob den Arm. Am Handgelenk trug er ein kleines Gerät, mit dem er auf sie schoss. Robin riss Charlie nach links und Elina hechtete zur anderen Seite weg.

Ihr wurde vor Panik richtig schlecht. Sie warf den nutzlosen Apparillo hastig weg und versuchte, einen kühlen Kopf zu bewahren. Doch ihr Herz raste nur noch schneller und Hitze schoss ihr wegen all des Adrenalins durch den Körper.

Elina wirbelte herum und schloss wieder zu ihren Freunden auf. »Rennt!«

Zusammen liefen sie durch den Hinterhof und schafften es noch gerade so, sich hinter den breiten Sockel einer Statue zu retten, ehe Mortimer seinen Apparillo wieder abfeuerte.

Es stank nach verbrannten Nüssen und erstickten Flammen. Mortimer hatte der Statue einen Arm abgeschossen, der nun krachend herunterstürzte.

»Er genießt es richtig, uns zu quälen«, sagte Robin atemlos.

Elina zitterte am ganzen Leib und versuchte, sich zu beruhigen. Robin hatte recht. Mortimer bewegte sich langsam und ließ sich Zeit – für ihn war das ein Spiel. Und Vivien? Elina spähte um die Ecke des Sockels. Die kam gerade zu sich …

»Vivien ist gleich wieder auf den Beinen. Hat jemand eine Idee?«

Unter einem ohrenbetäubenden Geräusch schoss Mortimer der Statue auch noch den anderen Arm ab. Die drei rückten enger zusammen.

»Mortimer ist gerade ein größeres Problem!«, sagte Robin. »Gleich ist nicht mehr viel von der Statue übrig – und von uns dann auch nicht mehr.«

»Wir haben noch den!«, sagte Charlie. Sie hatte den Zitronenriegel herausgeholt und war schon dabei, ihn auszupacken. »Der muss uns einfach retten!«

Charlie hatte gerade mal einen Bissen genommen, da zerbarst die Staue in tausend Stücke und der Druck warf sie alle ins Gras. Staubige Steinbrösel fegten über sie hinweg. Elina gab einen erstickten Laut von sich. Als sie sich aufrichtete, brannte ihr rechtes Knie schmerzhaft, weil sie anscheinend auf einige der kleineren Trümmer gefallen war. Charlie und Robin kämpften sich ebenfalls hoch. Charlies Jacke war am rechten Arm zerrissen und Robin hatte lauter Kratzer im Gesicht.

»Vivien! Du verpasst noch alles!«, brüllte Mortimer hämisch und sah auf die drei Freunde, die zusammengedrängt mit der Mauer im Rücken vor ihm standen.

Elina zwang sich, ihm in die Augen zu sehen, als er auf sie zielte. Ihr war vor Angst übel und sie klammerte sich an Charlies Arm fest – doch der Schuss ging daneben. Mortimer riss überrascht die Augen auf, fing sich jedoch schnell wieder. Er zielte ein weiteres Mal auf die drei – und schoss wieder vorbei.

»Der Riegel«, hauchte Elina erleichtert. Vielleicht sorgte der Zielsicher-Zitronenriegel nicht nur dafür, dass der Besitzer besser zielen konnte – sondern auch, dass alle anderen in ihrer Umgebung es nicht taten. So musste es sein!

Ohne die Feuerkraft seines Apparillos wich Mortimer zurück, als ginge nun die Gefahr von ihnen aus. Dabei stolperte er fast in Vivien hinein, die sich anscheinend endgültig vom magischen Schock erholt hatte und nun ebenfalls einen Apparillo auf sie richtete. Das fehlte gerade noch! Es war der seltsame Föhn, mit dem Vivien bereits Arthur und Juna einmal ausgeknockt hatte. Vivien drückte den Abzug mehrmals durch, aber der betäubende Nebel puffte nur in winzigen Wölkchen hinaus, die sie nicht erreichten. Irritiert starrte Vivien auf ihre Waffe.

Um den Überraschungsmoment zu nutzen, packte Elina ihre Freunde und riss sie mit sich. Sie mussten zurück ins *Bittersüß* und von dort aus abhauen! Gegenseitig zogen sie einander weiter. Elina ignorierte ihr schmerzendes Knie. Nur weg hier!

Mortimers Zauber hatte seine Wirkung zum Glück verloren.

Nur noch ein Stück! Gleich waren sie beim Hintereingang des Ladens! Elina begann, Hoffnung zu schöpfen. Sie würden es schaffen!

Doch kaum war ihr der Gedanke gekommen, prallte sie gegen eine unsichtbare Barriere und taumelte zurück. Vor ihr hatte sich ein Netz aus Fäden gebildet, die nur zu sehen waren, wenn man sie berührte.

Plötzlich kreischte Charlie neben ihr auf, denn wie aus dem Nichts schlangen sich klebrige Schnüre aus irgendeiner gummiartigen Masse um ihren Körper und sie stürzte. Robin und Elina versuchten, ihr zu helfen. Doch je mehr sie an den Fäden zogen, umso enger wurden diese um Charlie und schnitten ihr in die Haut.

Charlie stöhnte auf und wand sich. »Geht ohne mich! Verschwindet!«

Weder Robin noch Elina antworteten darauf. Charlie allein lassen? Niemals!

»Wenn man einen von euch schnappt, hat man alle«, sagte Vivien. »Eure größte Schwäche ist nämlich zu denken, dass ihr gemeinsam mehr ausrichten könnt.«

Vivien hob den Föhn-Apparillo an und zielte auf die drei. »Euer Zauber von eben verliert seine Wirkung gleich auch wieder. Ihr habt euch vielleicht etwas Zeit verschafft, aber das wars auch.«

Hinter ihr näherte sich Mortimer, der eine neue Waffe gezogen hatte. Elina lief ein kalter Schauer über die Haut, denn diese hatte große Ähnlichkeit mit einer Armbrust.

Die Pfeile schienen statt aus Holz aus glänzendem Zucker gemacht zu sein.

»Diese frechen Gören denken doch wirklich, sie wären jemandem wie mir überlegen«, sagte Mortimer mit tödlicher Ruhe. »Talentlose sind eine Sache, aber *du!*« Er richtete die Waffe auf Robin. »Bist eine Schande für uns alle, Junge!«

Elina hatte das Gefühl, sie beobachte auf einmal alles in Zeitlupe. Da war Charlie, die sich am Boden wand, gefesselt von den magischen Fäden, und versuchte loszukommen. Robin, der kreidebleich wurde und vor lauter Angst wie gelähmt war. Vivien, die sich umdrehte und etwas zu Mortimer sagte. Und dann die Sekunde, in der Mortimer trotz Viviens wütenden Ausrufs den Abzug drückte.

Ohne nachzudenken, warf Elina sich vor Robin. Jemand schrie laut, vielleicht Charlie. Und dann traf der Zuckerpfeil Elina genau in die Brust.

Kapitel 32

Der Pfeil traf Elina mit solcher Wucht, dass er sie umriss und direkt in Robins Arme katapultierte. Schmerz schoss ihr durch alle Nervenenden. Sie hatte das Gefühl, keine Luft mehr zu kriegen – selbst nachdem der Zuckerpfeil wie eine Rauchkugel verpuffte, wurde es nicht besser.

»ELINA!«, kreischte Charlie. »Elinaaaa!«

»Elina«, wisperte Robin. »Nein, nein, nein!«

Die Welt um Elina herum verschwamm. Sie versuchte zu atmen, aber ihrer Kehle entwich nur ein gequältes Stöhnen. Elina schaffte es nicht mehr, die Augen offen zu halten, und kaum hatte sie diese geschlossen, schien der Schmerz nur noch schlimmer zu werden. Er war überall und sie hatte keine Kraft mehr …

Sagte da jemand ihren Namen? Robin? Charlie?

Elina war das egal. Sie wollte nur, dass diese Qual aufhörte. So musste sich sterben anfühlen …

Der Gedanke war wie ein Becher eiskaltes Wasser, den man ihr ins Gesicht gekippt hatte. Nein! So durfte es nicht enden! Die verlorene

Rezeptur musste beschützt werden. Wichtiger noch, ihre Freunde brauchten sie! Elina zwang sich, die Augen wieder zu öffnen, und sah Robins verzweifeltes Gesicht über sich.

»Helfen Sie uns!«, schrie Robin. »Bitte!«

Niemand hatte bemerkt, dass Elina noch bei Bewusstsein war, aber sie schaffte es auch nicht, auf sich aufmerksam zu machen. Aus den Augenwinkeln sah sie, wie sich der Fessel-Zauber von Charlie löste und sie freikam. Sofort stürzte sie sich auf Vivien und trommelte gegen ihren Arm.

»Wie können Sie nur so grausam sein?«, schluchzte Charlie. »Wieso wollen Sie unbedingt, dass wir sterben? Sperren uns mit einem Räucher-Kaugummi ein und jetzt … jetzt … hat Mortimer auf Elina geschossen! Was, wenn unsere Freundin stirbt!«

Charlie, ich lebe noch! Elina hätte so gerne etwas gesagt, aber das Atmen tat so weh und sie brachte kein Wort über die Lippen.

»Was für ein Kaugummi?«, fragte Vivien. In ihrer Stimme schwang Verunsicherung mit. »So etwas habe ich nie gegen euch benutzt! Und die Tür war nicht verschlossen! Schließlich war es Teil meines Plans, euch in Sicherheit …«

»Lügnerin!«, rief Robin. »Sie haben uns eingesperrt und dieses Räucher-Kaugummi hat uns fast erstickt! Wir sind nur mit viel Glück da rausgekommen!«

»Helfen Sie unserer Freundin!«, flehte Charlie.

Elina fühlte sich unfassbar hilflos. Sie hasste es so sehr, sich immer wieder so zu fühlen. Doch als ihr Blick auf Charlie und Robin fiel, wurde diese Hilflosigkeit von etwas anderem abgelöst: Vertrauen. Ihre Freunde waren hier, an ihrer Seite, und sie ließen Elina nicht im Stich.

Und genau dieser Gedanke gab ihr neue Kraft. Sie atmete tief durch, blendete den Schmerz aus und versuchte hochzukommen. Robin, der bemerkte, dass Elina sich bewegte, sah sie erleichtert an und half ihr, sich aufzurichten.

Im Sitzen blickte sie zu Vivien, die sich zu Mortimer umgedreht hatte. »Mortimer, was hat das zu bedeuten?«, verlangte Vivien zu wissen.

Mortimer hob abwehrend die Hände, doch seine Miene war alles andere als bedauernd. Er trug wieder dieses ekelhaft hämische Grinsen zur Schau, das verriet, wie amüsiert er war. »Sie leben doch noch. Und dein Plan hat funktioniert.«

»Mein Plan?«, echote Vivien. »Mein Plan war es, die Kinder in Sicherheit zu wiegen, damit sie heimkehren und uns zum Versteck der verlorenen Rezeptur führen. Ich würde niemals … ich habe es dir doch gesagt, das sind dumme Kinder, Mortimer, keine Gefahr für uns!«

»Du bist nicht mehr dieselbe wie früher«, erwiderte Mortimer. »Ständig redest du nur von diesen Kindern. Was interessieren die dich schon!«

Was dann passierte, war kaum zu glauben. Elina dachte schon, ihre Augen würden sie betrügen, so verrückt erschien ihr diese Wende der Ereignisse. Denn …

… Vivien richtete nun ihre Waffe auf Mortimer.

»*Du* bist nicht mehr derselbe wie früher«, sagte Vivien mit tödlicher Ruhe. »Du handelst eigenmächtig und denkst nur an dich! Worüber hast du noch gelogen? Du verfolgst schon die ganze Zeit eigene Pläne! Wie konnte ich das nicht gleich sehen? Wenn ich ihnen davon berichte, wars das für dich!«

»Wie kannst du es wagen?«, fauchte Mortimer. »Ich bin ein treuer Anderwärts-Werker! Diese Rezeptur wird uns mächtiger machen, als es das Concilium der Zuckermeister je sein könnte! Hunderte Talente werden uns gehören! Die magische Welt wird sich der Herrschaft der Anderwärts-Gesellschaft beugen! Wir werden jeden ohne Talent vernichten! Und diese Rezeptur ist der Schlüssel zu alldem!«

Elina sah, wie Viviens Hand mit der Waffe leicht zitterte. War ihr diese Seite an Mortimer etwa neu? Hatte sie Bedenken wegen seiner Worte? Es schien so, als könne sie kaum glauben, dass Mortimer für das Rezept bereit war, über Leichen zu gehen. Wenn Vivien das anders sah …

»Robin«, krächzte Elina. »Sag ihr … die Rezeptur …«

»Was?«, fragte Robin und beugte sich näher zu ihr.

»Die Wirkung der Rezeptur … «, flüsterte sie.

Es dauerte einige Sekunden, bis Robin verstand. »Vivien!«, sagte er. »Diese Rezeptur, sie ist gefährlich! Sie … sie heißt Tödliche Talentraub-Trinkschokolade!«

»Da! Sie haben sie gelesen!«, spuckte Mortimer aus.

Robins Worte verfehlten jedoch nicht ihre Wirkung.

Vivien schob die schluchzende Charlie zur Seite, die sich zu Robin umdrehte und bemerkte, dass Elina die Augen aufgeschlagen hatte. Sofort stürzte sie an Elinas Seite. Tränen stiegen Charlie in die Augen. »Es geht dir gut!«

Gebannt verfolgten die drei, wie Vivien einen Schritt nach vorne machte, die Waffe noch immer auf Mortimer gerichtet. »Jemand muss sterben, damit die Rezeptur angewendet werden kann? Davon haben sie nie etwas gesagt …«

Mortimer stieß ein Schnaufen aus. »Ein Talent hat eben einen hohen Preis.«

»Du wusstest das also die ganze Zeit und hast nie ein Wort gesagt?«

»Wieso auch?«, fauchte Mortimer. »Nur die Stärksten und Besten können die Anderwärts-Gesellschaft in eine neue Ära führen und dazu erfordert es eben einige Opfer! Stell dich nicht so an! Wir werden unbesiegbar sein, Vivien! Unbesiegbar!«

»Nein«, sagte Vivien durch zusammengepresste Zähne.

»Nein?«, wiederholte Mortimer. »Was soll das heißen – nein?«

»Nein! Es war nie die Rede davon, dass Süßigkeitenwerker sterben müssen! Sie sollten in ein neues Zeitalter geführt werden!«, erwiderte Vivien aufgebracht. »Eines, in dem jeder von uns die Magie erhält, die ihm nach seinem Geburtsrecht zusteht! Ich wollte nur, dass mein … das … das ist nicht die Lösung, nach der ich gesucht habe! Und es kann nicht der Weg in die Zukunft sein, von der die Anderwärts-Gesellschaft immer gesprochen hat!«

»Dann bist du wirklich blind!«, brüllte Mortimer.

»Du wirst diese Rezeptur nicht bekommen!«, erwiderte Vivien völlig außer sich. Sie schrie fast. »Ich bin vielleicht vieles, aber ich bin keine Mörderin!«

Nun hob auch Mortimer seinen Armbrust-Apparillo. »Überleg dir gut, was du da sagst. Ich weiß um meine Treue, aber deine scheint gefährlich zu wanken.«

»Du bekommst die Rezeptur nicht! Verschwinde!«

»Sie gehört mir!«, kreischte Mortimer wie verrückt.

Im nächsten Moment schoss er auf Vivien. Sie riss ihren Mantel auf und zog ihn wie einen Schild vor sich. Der Zuckerpfeil verpuffte an dem Stoff, ohne ihn zu durchdringen. Vivien ging langsam rückwärts, bis sie schützend vor Elina, Charlie und Robin stand.

Mortimer schoss wieder und wieder, doch Viviens Mantel schützte sie alle.

Als die Waffe des Erfinders leer war, warf er sie weg und zog die nächste.

Vivien war jedoch schneller. Sie zerrte eine Süßigkeit aus einer ihrer Taschen, von der Elina nur das Papier aufblitzen sah. In ihrer Position war schwer zu erkennen, was vor sich ging, aber Vivien musste die Süßigkeit gegessen haben, denn Mortimer gab ein lautes Stöhnen von sich. Es schien, als würde ihn etwas mit enormer Gewalt zu Boden drücken. Er wehrte sich, doch schon bald konnte er seine Waffe nicht mehr halten und wurde in die Knie gezwungen.

»Ihr müsst von hier verschwinden!«, zischte Vivien.

Elina schaffte es nur aufzustehen, weil Charlie und Robin sie stützten. Der Hintereingang des *Bittersüß* war nur wenige Schritte entfernt, doch Viviens magisches Netz hatte sich noch immer nicht ganz vor der Tür aufgelöst.

Charlie versuchte, sich durch eine bereits entstandene Lücke zu pressen, aber es gelang ihr nicht. Elina war so wackelig auf den Beinen, dass sie ohne Robin kaum aufrecht stehen konnte. Ihr Brustkorb brannte höllisch qualvoll. Noch immer bekam sie schwer Luft, doch sie zwang sich, weiter zu atmen, stark zu bleiben.

»Danke«, hauchte Robin. »Du hast dich, ohne zu zögern, vor mich geworfen.«

Elina drückte kurz seine Hand und Robin schlang den Arm fester um sie.

Im Hintergrund kämpften Mortimer und Vivien erbittert weiter. Alles ging so schnell – gezückte Waffen und eingesetzte Süßigkeiten, dass Elina kaum registrierte, wer was tat und die Oberhand gewann. Es knallte und zischte, Pulver und Funken stoben umher, mechanische Apparate knallten, Mortimer stieß wüste Beschimpfungen aus.

»Du kannst gemeinsam mit deinen kostbaren Gören untergehen!«

Der Erfinder zog eine bronzene metallische Kugel auf und warf sie dann vor Viviens Füße. Es folgte eine so gigantische Explosion, dass Vivien nach hinten flog und regungslos vor dem Teil der Mauer liegen blieb, in die Mortimer zuvor ein kopfgroßes Loch gesprengt hatte. Der Erfinder zog eine zweite Metallkugel hervor – zweifelsohne, um Vivien damit ein für alle Mal aus dem Weg zu schaffen.

Elina starrte zu Vivien hinüber und spürte plötzlich unfassbar großes Mitgefühl für diese Frau, die ihnen so viel Ärger bereitet, sie aber auch gerade noch beschützt hatte.

»Das Netz, wir passen durch!«, jubelte Robin.

»Elina, was ist?«, fragte Charlie, die ihr Zögern bemerkte.

»Vivien! Sie braucht unsere Hilfe!«, sagte Elina.

Mortimer zog gerade die zweite Metallkugel auf. Er warf einen Blick über seine Schulter und grinste sie an, als wollte er ihnen damit sagen: Ihr seid auch gleich dran! Sicher dachte er, dass der Fadenzauber sie noch weiter hier festhielt.

Vivien blieben nur noch Sekunden …

Da fasste Elina einen Entschluss. »Wir müssen die Kekse benutzen. Selbst wenn es eine Anderwärts-Süßigkeit ist und wir ihre Wirkung nicht kennen.«

Keiner von ihnen zögerte. Innerhalb eines Herzschlags hatte Charlie die Versteinernden Vollmilchkekse aus Elinas Jackentasche geholt und sie aus der Schachtel gezogen, die sie unachtsam wegwarf. Die meisten von ihnen waren ohnehin aufgrund von Elinas Sturz nur noch Krümel, doch drei hatte Charlie noch retten können. Irgendwoher nahm Elina noch ein letztes bisschen Kraft und zwang ihre Beine weiter, während Robin sie stützte. Charlie drückte ihnen noch im Gehen jeweils einen der Kekse in die Hand.

Mortimer holte zum Wurf aus.

Die drei führten die Kekse mit dem silber-weißen Marmormuster zum Mund.

Elina registrierte kaum den Geschmack des Kekses. Ihr war noch übel vom Zuckerpfeil-Angriff, das Schlucken fiel ihr schwer und sie fokussierte mit ganzer Willenskraft Mortimer und betete, dass sie es rechtzeitig schafften, ihn aufzuhalten.

Und tatsächlich! Etwas geschah! Der Erfinder hielt abrupt in der Bewegung inne, den Arm in der Wurfpose ganz steif, während ein lautes Knacken zu hören war wie bei einem Ast, der brach. Er schien erstarrt, rührte sich keinen Zentimeter mehr von der Stelle. Dann zogen sich Risse über Mortimers Hand, seinen Arm und sein Gesicht. Sie hatten sich gerade schützend vor die noch immer bewusstlose Vivien gestellt, da traf sein Blick Elinas, die Augen vor Schreck geweitet, als er zu realisieren schien, welche Süßigkeit sie gegen ihn eingesetzt hatten.

Mit einem letzten Atemzug verwandelte sich der Erfinder in Stein und mit ihm auch die Metallkugel, die zu Elinas Erleichterung dadurch nicht mehr losging.

Kurz darauf folgte ein ohrenbetäubender Knall, als würde

eine gigantische Blase zerplatzen. In der Luft lag ein seifenartiger Film, der zu einem feinen Nebel wurde. Geräusche prasselten auf Elina ein. Seltsamerweise wurde ihr erst jetzt so richtig klar, dass sie zuvor wie abgeschirmt gewesen waren auf diesem Hinterhof – sicher wegen irgendeiner von Mortimers Süßigkeiten. Der Zauber war mit seiner Versteinerung anscheinend zerrissen und verlor endgültig seine Wirkung.

»Robin!«, rief Herr Zuckerhut.

»Kinder!«, schrie Frau Zuckerhut.

Elina wagte es kaum zu blinzeln. Robins Eltern! Sie waren nur wenige Armeslängen von ihnen entfernt aufgetaucht und stürzten sofort auf die drei zu. Es war, als habe man sie wie mit einem Fingerschnippen herbeordert. Schützend stellte Herr Zuckerhut sich hinter Charlie und Elina und berührte sie behutsam an den Schultern, als wolle er ihnen so sagen, dass er für sie da war. Frau Zuckerhut nahm Robins Gesicht in ihre Hände und blickte sorgenvoll auf ihn hinab.

Doch Robins Eltern waren nicht allein! Elina sah Frau Bonet, Herrn Aldric und einige andere Männer und Frauen in Uniformen und Roben! Zuckermeister? Reveretti? Es war ihr egal, denn beim Anblick der vielen Erwachsenen wurde ihr ganz leicht ums Herz – sie waren nun sicher und die Seiten waren es auch.

Im nächsten Augenblick schienen die Erwachsenen zu begreifen, was hier vor sich gegangen war. Elina bemerkte, wie Herrn Aldrics Kopf zur Seite ruckte. Zeitgleich rief die junge Frau, die rechts neben ihm stand, erschrocken: »Da ist Vivien Aldric!«

Verwirrt blickte Elina zur Seite. Vivien lag nicht mehr

auf dem Boden. Sie hatte sich vor der Mauer auf die Beine gekämpft und war gerade dabei, sich in einem seltsamen Nebelstrudel aufzulösen.

»Vivien, du bist es wirklich!«, rief Frau Zuckerhut überwältigt.

Vivien schien für eine Sekunde fast so erstarrt wie Mortimer durch den versteinernden Zauber. Elina glaubte, sie ganz leise »Abigail« flüstern zu hören.

Die Erkenntnis, wen die versammelten Erwachsenen hier vor sich hatten, schien nun wie ein Lauffeuer von einer Person zur nächsten zu springen. Unruhe kam auf.

Die Zuckermeister, die Vivien am nächsten waren, setzten sich in Bewegung. Doch die Hände eines Mannes griffen durch Viviens neblige Silhouette hindurch und schon war sie verschwunden.

»Sucht sie!«, stieß Frau Bonet aus. »Sie kann nicht weit sein!«

Die Zuckermeister teilten sich auf. Eine Frau zog eine Süßigkeit hervor und sprengte damit die Ketten des Tores, um hindurchzueilen, ein Mann stopfte sich etwas in den Mund und sprang einfach so über die hohe Mauer hinweg. Weitere Süßigkeiten wurden hervorgeholt, Apparillos gezückt und mit einem Mal herrschte ein reges Durcheinander, als die Suche nach Vivien begann.

Nur eine ältere Dame rührte sich nicht. Sie sah Robin, Charlie und Elina ehrfürchtig an.

»In Belony«, sagte sie, »geschehen wahrlich noch Wunder.«

Kapitel 33

»Er wurde also mit seiner eigenen Süßigkeit versteinert?«, fragte Herr Schnotter. Seiner Miene nach zu urteilen, musste er diese Information erst mal verarbeiten.

»Ja«, bestätigte Elina. »Es ist echt viel passiert.«

»Ihr Kinder …«, setzte er an, lächelte dann aber nur.

Elina erwiderte das Lächeln. Sie war unfassbar froh zu sehen, dass es dem alten Herrn gut ging. Dass er wach und munter war – und sie alle bei ihm sein durften.

Zuckermeisterin Abramov, die sie in die Heilende Halle geführt hatte, meldete sich nun von ihrem Stuhl in der Ecke zu Wort. »Deine Schüler haben da so einiges geleistet!« Sie wirkte, als würde sie sich ehrlich über den Ausgang von Charlies, Robins und Elinas Abenteuer freuen.

Ob sie und Herr Schnotter sich von früher kannten?

»Ich bin sehr stolz auf euch«, sagte Herr Schnotter und er betrachtete sie gutmütig. »Ich wusste, dass ich euch vertrauen kann und ihr meine Notiz entschlüsseln werdet. Dass ihr am Ende alles zum Guten wendet.«

»Meine Eltern sehen das etwas anders«, sagte Robin. »Die sind immer noch sauer auf Sie. Aber das ist uns egal! Hauptsache, es geht Ihnen besser!«

Oh ja! Besonders Frau Zuckerhut war stinkwütend gewesen, dass Herr Schnotter ihnen dieses Rätsel hinterlassen und sie so in Gefahr gebracht hatte. Aber Elina bereute nichts, auch wenn sie das alles lange nicht loslassen würde.

Charlie lehnte sich vor. »Wir haben so viele Fragen an Sie.«

Herr Schnotter zwinkerte ihr zu. »Das ist zur Gewohnheit geworden, was?«

Elina kam dieser ganze Tag wie ein Déjà-vu vor, als habe sie diese Situation schon einmal erlebt. Ihre Freunde und sie auf gefährlicher Mission, die Zuckermeister, die zu spät kamen und ihnen keinen Beistand geleistet hatten und sie letzten Endes ins Museum überführt hatten, als wären sie hier die Bösewichte …

Nur die Befragung hatte Elina sich schenken dürfen. Wegen ihrer Verletzung durch den Zuckerpfeil hatte man sie viel länger als Charlie und Robin in einem der Behandlungszimmer behalten – zum Glück im Beisein von Frau Zuckerhut. Insgeheim hatte sie sich in diesem Moment ihre eigene Mutter herbeigewünscht. Heute Abend würde Elina sie ganz fest in die Arme schließen und ihren Vater und Piet gleich mit! Und ihrem Opa diese Geschichte erzählen!

»Elina, du bist so still«, bemerkte Herr Schnotter.

Sie rieb sich über die Stelle ihrer Verletzung. »Ich bin nur müde. Und nach all der Aufregung vermisse ich meine Familie ein bisschen«, gestand sie.

Herr Schnotter sah sie mitfühlend an. »Verständlich.«

»Was machen die Zuckermeister jetzt mit uns?«, fragte sie. Sie lugte zu Frau Abramov. Bisher hatte es stets so gewirkt, als käme mit der Jobbeschreibung eines Zuckermeisters ein Verbot einher, gute Laune zu haben. Doch Zuckermeisterin Abramov hatte Elina auf Anhieb gemocht und wenn noch andere Zuckermeister die Sache so sahen wie sie – nämlich, dass Charlie, Robin und sie etwas Gutes vollbracht hatten, dann bestand ja noch Hoffnung, einer Strafe zu entgehen. Auf Frau Bonets Unterstützung konnten sie sicher zählen …

Elina wollte unbedingt optimistisch bleiben.

»Nachdem die Zuckermeister mich aus dem magischen Koma geholt haben, habe ich ihnen das Versteck der verlorenen Rezeptur nur unter der Bedingung verraten, dass sie euch nicht für etwas bestrafen, was ich euch aufgebürdet habe«, sagte Herr Schnotter und blickte nun zu Frau Abramov. »Und eines ist den Zuckermeistern heilig: ihre Versprechen. Macht euch nicht zu große Sorgen.«

Die Zuckermeisterin nickte bedächtig, als alle zu ihr sahen. »Es gibt gerade größere Probleme als zwei Mädchen, die unser Geheimnis kennen.«

Elina wollte das auf keinen Fall vor Frau Abramov sagen, aber sie zweifelte noch immer an den Versprechungen der Zuckermeister – und obwohl sie ihnen die verlorene Rezeptur gleich nach der Ankunft im Museum übergeben hatten, kam Elina nicht um den Gedanken herum, ob sie damit der Anderwärts-Gesellschaft nicht doch irgendwie in die Hände gespielt hatten. Mortimer hatte von einem Spion gesprochen, der seine Augen und Ohren sicher überall an diesem Ort hatte. Das hatten Charlie und Robin bei der Befragung natürlich nicht verschwiegen, wie Elina wusste.

Doch bis dieser gefunden wurde …

»Denkst du über Vivien nach?«, fragte Charlie.

Elina zögerte. »Ja, auch. Sie konnte das *Bittersüß* betreten, weil sie keine bösen Absichten hatte. Vielleicht wusste sie das selbst nicht, bis sie uns geholfen hat, aber irgendetwas an ihr … scheint gut zu sein. Was wohl ihr Geheimnis ist?«

»Wie schafft sie es überhaupt, immer zu verschwinden?«, warf Robin ein.

»Das ist ein Rätsel für ein anderes Mal«, sagte Herr Schnotter. »Mir gefällt es gar nicht, dass ihr euch nach allem, was ihr erlebt habt, weiter über so was den Kopf zerbrecht.« Er räusperte sich. »Legt mal eine Pause ein. Wir sind alle gesund, die Rezeptur ist in Sicherheit und Mortimer stellt kein Problem mehr dar.«

»Das stimmt schon«, sagte Elina. »Aber Mortimer gehörte doch nicht als Einziger zur Anderwärts-Gesellschaft … was ist mit all den anderen da draußen?«

»Lass das mal unsere Sorge sein!« Zuckermeisterin Abramov trat zu Herrn Schnotter ans Bett und blickte gutmütig auf Elina herab. »Ihr Kinder habt nun mehr als genug getan und habt euch eine Pause wirklich verdient. Ich sagte ja, das Concilium hat derzeit viel größere Probleme als euch Mädchen – und die Zuckermeister wissen um die Gefahr der Anderwärts-Gesellschaft.«

»Aber es gibt so vieles, das wir noch nicht verstehen«, drängte Elina weiter und sah zwischen Herrn Schnotter und Frau Abramov hin und her. »Warum haben Sie die Rezeptur damals aus dem Museum entwendet? Wieso haben

Sie sie nicht in all den Jahren zerstört? Was hat es mit der Picot-Chronik auf sich und, und, und …«

Zuckermeisterin Abramov machte ein nachdenkliches Gesicht. »Nun«, begann sie. »Zu den Seiten aus der Picot-Chronik kann ich euch Folgendes sagen: Sie lassen sich nicht einfach zerstören. Sie werden durch uralte Magie geschützt, Magie, die sogar das Concilium bis heute nicht ganz entschlüsseln konnte. Es ist uns schon ein Rätsel, wie jemand es geschafft hat, die Seiten aus der Picot-Chronik zu entfernen.«

»Wo ist die Picot-Chronik? Und sind die Seiten nicht weiter in Gefahr?«, fragte Robin.

Frau Abramov zögerte. »Die Picot-Chronik selbst gilt als verschollen. Sie hat sich nie im Museum der Zuckerkünste befunden – nur die Seiten daraus haben vor langer Zeit ihren Weg zu uns gefunden, doch darüber darf ich euch nicht mehr sagen. Es heißt allerdings, dass nur der wahre Erbe Madame Picots die Macht besitzt, die Chronik zu finden und sie auch zu zerstören. Das ist eine lange, verworrene Geschichte, Kinder.« Die Zuckermeisterin warf einen Blick auf die Wanduhr. »Ich muss nun gehen. Bitte stellt keinen Unfug an. Sonst stecken sie euch womöglich in die Quengelnde Qualkammer und da wollt ihr wirklich nicht sein.«

»So einen Raum gibt es hier doch gar nicht«, entgegnete Herr Schnotter.

Frau Abramov legte einen Finger an die Lippen. »Nun, wer weiß?« Sie zwinkerte ihm zu. »Es hat sich hier einiges verändert, seitdem du nicht mehr da bist.«

Beschwingt verließ sie den Raum.

»Die ist echt merkwürdig«, meinte Robin.

»Ihr fandet mich anfangs auch merkwürdig«, entgegnete Herr Schnotter.

»Wir finden Sie noch immer merkwürdig«, sagte Charlie frech.

Sie alle begannen herzhaft zu lachen. Elina spürte das Lachen bis in die Zehenspitzen hinein. Mit Robin, Charlie und Herrn Schnotter so zusammenzusitzen, machte sie glücklich. Kein Abenteuer und keine Gefahr würde sie je den Glauben an ihre Freundschaft zu Robin, Charlie und auch zu Herrn Schnotter verlieren lassen.

»Erzählen Sie uns jetzt etwas mehr über die Rezeptur?«, fragte Elina. »Wieso haben Sie den Zuckermeistern das Versteck nach all den Jahren doch verraten und was genau ist damals passiert? Wurden Sie wegen den Seiten ins Exil geschickt? Und wenn ja, wieso haben Sie es riskiert, mit uns in die Allee zu gehen?«

Herr Schnotter schob seine Finger ineinander. »Um schon mal eine der Fragen zu beantworten: Als Frau Bonet mich damals in Belony besucht hat, nach der Sache mit Vivien, und mir die Zuckerkreide überließ, bat sie mich um einen Gefallen. Ich sollte mich in der Bittersüßen Allee mit einem Verbündeten der Zuckermeister treffen. Die Details darüber kann ich euch nicht verraten, aber das allein war nicht der Grund, wieso ich mit euch dorthin gereist bin. Ich wollte euch wirklich helfen.«

Elina dachte an den Moment vor dem *Zarellas,* als Herr Schnotter sich so seltsam benommen hatte. Er war damals also tatsächlich kurz verschwunden gewesen …

»Ich fühle mich schuldig, weil ihr wegen mir überhaupt erst auf Mortimers Radar geraten seid, Kinder. Denn wie wir alle inzwischen wissen, war, ihn aufzusuchen, ein großer Fehler und hat dazu geführt, dass ihr in den Kampf gegen die Anderwärts-Gesellschaft verstrickt wurdet.« Herr Schnotter seufzte schwermütig. »Oftmals ist es nicht leicht zu erkennen, wem man trauen kann, aber ich möchte, dass ihr eines wisst: Ich würde euch wieder mein Leben anvertrauen. Ich werde nie vergessen, was ihr für mich getan habt – und deshalb möchte ich euch auch meine Geschichte erzählen. Aber ich bin noch sehr erschöpft und würde das lieber auf einen anderen Tag verschieben, einverstanden?«

»Klar!«, sagte Charlie. »Dann sprechen wir eben über was Schönes, um uns abzulenken. Da würde mir direkt ein besonders schönes Thema einfallen!«

»Bitte fang jetzt nicht von Arthurs schönen Funkelsternglitzeraugen an«, murrte Robin. »Sie müssen nämlich wissen, dass Charlie total besessen von … hey!«

Charlie hatte Robin in die Seite geboxt. »Klappe!«

Elina musste so laut lachen, dass ihre Verletzung zu schmerzen begann, und ächzend verzog sie das Gesicht. »Wisst ihr, was ich schön fände und mich sofort wieder gesund machen würde? Ein köstliches Grünkohleis!«

Nun begannen auch Charlie und Robin zu lachen.

Herr Schnotter beobachtete sie kopfschüttelnd, ehe er sich in die Kissen zurücksinken ließ. »Ihr seid mir eine Bande!«

»Nein«, sagte Elina. »Das Süßigkeiten-Squad.«

Die Flügeltüren schwangen auf und Robins Eltern traten ein. Herr Zuckerhut lächelte Herrn Schnotter verhalten zu, während Frau Zuckerhut ihn ignorierte und sich an Charlie, Robin und Elina wandte.

»Das Concilium der Zuckermeister empfängt euch nun.«

Kapitel 34

Robins Eltern waren nervös und das machte Elina nur noch nervöser. Ihre Hände waren schon ganz schwitzig und sie fühlte sich, als müsse sie unvorbereitet in die schwerste Prüfung ihres Lebens gehen. Nur die Anwesenheit von Robin und Charlie ließ Elina nicht durchdrehen – was auch immer auf sie zukam, sie würden es gemeinsam durchstehen.

Draußen vor der Heilenden Halle hatte bereits Frau Illmore gewartet und führte sie durch ein Labyrinth von Treppen. Schließlich kamen sie in einem der oberen Stockwerke bei ihrem Ziel an: Der Raum war weitläufig und erinnerte Elina an einen Gerichtssaal. Mit seinem detailverliebten Wandteppich voller Süßigkeiten und dem Zuckerkristallkronleuchter an der Decke war er jedoch um einiges schöner.

Vier Männer und vier Frauen in dunklen Roben saßen an einer langen Tafel im hinteren Teil des Raums. Ihnen gegenüber befand sich ein kleinerer

Tisch mit Stuhl und zu beiden Seiten gab es etliche Sitzplätze für Zuschauer. Von den acht Zuckermeistern kannte Elina bisher nur Frau Bonet, Herrn Aldric und Frau Abramov. Die vertrauten und fremden Gesichter so auf einem Haufen zu sehen, löste großes Unbehagen in ihr aus. War so eine Versammlung normal? Oder kam das gesamte Concilium nur für besonders schlimme Strafen zusammen?

»Ich will nicht wieder befragt werden«, flüsterte Charlie.

»Ich auch nicht«, sagte Robin ebenso leise.

Frau Bonet erhob sich. »Kommen Sie alle vor. Es wird nicht lange dauern.«

Elina fasste Charlie und Robin bei den Händen. Sie traten, gefolgt von Herrn und Frau Zuckerhut, weiter nach vorne, sodass sie direkt vor der Tafel standen.

»Als oberste Zuckermeisterin ist es an mir, Sie über die Entscheidung des Conciliums zu informieren«, erklärte Frau Bonet. »Es wurde einstimmig beschlossen, Sie und die Kinder von allen vorliegenden Vorwürfen freizusprechen.«

Ihre Worte sickerten nur langsam zu Elina durch. Was?

»Es steht ganz außer Frage, dass von der Familie Zuckerhut viele Regeln im Laufe der Jahre gebrochen wurden – einige zum Schutze der Magie«, sagte Frau Bonet. »Und auch ihr Mädchen, die ihr kein magisches Talent besitzt, habt euch den Regeln der Zuckermeister widersetzt, indem ihr weiter Teil unserer Welt geblieben seid. Vor einigen Jahrzehnten wurde beschlossen, dass Talentlose eine Gefahr für die Süßigkeitenwerker und ihre Geheimnisse darstellen, und dennoch … dennoch ist das Concilium der Meinung, dass in der Vergangenheit so mancher Fehler begangen wurde, den wir heute nicht wiederholen möchten.«

Die Zuckermeisterin machte eine bedeutsame Pause.

»Die Anderwärts-Gesellschaft ist auf dem Vormarsch – die Zeichen sind eindeutig und wir möchten sie nicht ignorieren. Nur durch den Einsatz von euch, Elina, Charlie und Robin, konnten die verlorenen Seiten der Picot-Chronik sichergestellt werden und auch Sie, Herr und Frau Zuckerhut, haben damals eine wichtige Rolle im Kampf gegen Vivien Aldric gespielt – und erneut in dieser Sache. Wir können nicht sagen, wo wir jetzt wären, wenn Elina und Charlie ihre Erinnerungen niemals zurückerhalten hätten. Vielleicht wären die aktuellen Ereignisse ganz anders ausgegangen.«

Hoffnungsvoll schaute Elina zu Frau Bonet. Würde alles gut werden?

»Ihr dürft eure Erinnerungen auch weiterhin behalten«, fuhr Frau Bonet fort. »Mehr noch, das Concilium findet, dass ihr zwei euch euren Platz in der magischen Welt durch euren Mut, euren Zusammenhalt und eure Loyalität verdient habt.«

Elina spürte, wie ihr bei diesen herzlichen Worten ein paar Tränen der Erleichterung in die Augen traten. Doch am größten war das Gefühl der Freude, das sie überkam. Es würde keine Strafe geben! Sie durften sogar Teil der magischen Welt sein! Sie wandte sich zu ihren Freunden, die genauso überrascht waren.

Alle drei hatten mit vielem gerechnet, aber nicht damit!

Frau Bonet blickte nun zu Robins Eltern. »Wir möchten Sie bitten, die Mädchen weiter unter ihre Fittiche zu nehmen und als magischer Vormund für die beiden zu agieren. Machen Sie Elina und Charlie mit all unseren Regeln vertraut. Dann können sie diese beim nächsten Mal zur Abwechslung auch einmal einhalten.«

Bildete Elina sich das ein oder lag da ein Funkeln in den Augen von Frau Bonet?

»Es wäre uns eine Freude!«, brachte Frau Zuckerhut hervor.

»Wir würden nichts lieber tun!«, sagte Herr Zuckerhut.

»Sehr gut«, sagte Frau Bonet. Dann blickte sie wieder zu Charlie, Robin und Elina. »Das Concilium der Zuckermeister möchte euch seinen Dank aussprechen. Ihr habt wahrlich Großes geleistet, Kinder. Da ist auch noch etwas.«

Elina schluckte schwer. Gab es doch einen Haken an der Sache?

»Das Concilium hat sich viele Gedanken gemacht und, nicht zuletzt wegen eures recht beeindruckenden Auftritts in der Bittersüßen Allee, eine weitere Entscheidung getroffen: Wir möchten aus euch, Elina und Charlie, zwei Süßigkeitenhüterinnnen machen. Es ist vorerst nur ein Versuch, diese alte Tradition aufleben zu lassen, und wir hoffen, ihr nehmt diese Aufgabe an – und vor allem ernst.«

Elina klappte der Mund auf. »Träume ich?«, murmelte sie, was Frau Abramov ein Lachen entlockte, und auch die Frau neben ihr lächelte fröhlich.

»Nein, das ist kein Traum«, erwiderte Frau Bonet und Elina spürte, wie ihr Hitze in die Wangen schoss. Das war aber auch kaum zu glauben! Sie und Charlie, Süßigkeitenhüterinnen – wie Herrn Schnotters Frau! Er würde so stolz sein! Elina war stolz!

»Wir? Süßigkeitenhüterinnen?«, fragte Charlie strahlend und da kehrte Elinas Freude endgültig zurück. Charlie hatte ihre Angst vor der Magie völlig überwunden!

»Ihr müsst dazu natürlich einen Schwur der Geheimhaltung leisten«, erklärte Frau Bonet. »Aber das ist eine Sache, um die wir uns ein anderes Mal kümmern – natürlich nur, sofern ihr beide dieses Amt annehmen möchtet!«

Nun strahlte auch Elina übers ganze Gesicht. »Das möchte ich!«

»Und ich möchte das auch!«, sagte Charlie glückselig.

Nun erhob sich Frau Abramov. »Wir werden sehen, wie sich alles Weitere entwickelt. Neue Hüter gab es schon seit Jahrzehnten nicht mehr. Sicher ist dies auch im Sinne eures mutigen Süßigkeitenwerker-Freunds Robin Zuckerhut?«

»Ich würde mir nichts anderes wünschen!«, erwiderte Robin begeistert.

»Schön!«, sagte Frau Abramov. »Ich bin mir sicher, ihr werdet uns nicht enttäuschen und noch Großes vollbringen! Wir haben da noch etwas für euch.«

Die Zuckermeisterin gab Frau Illmore ein Zeichen, woraufhin diese die Tür öffnete und neben Anwärter Benning noch zwei weitere junge Männer den Raum betraten.

»Das Pon von Robin Zuckerhut wurde vollständig repariert«, sagte Frau Abramov.

Sofort trat einer der Anwärter vor und reichte Robin sein Pon.

»Mortimer Alberts hat es ganz offenbar absichtlich weiter beschädigt, in der Hoffnung, Herrn Schnotter ein zweites Mal in die Allee zu führen – nun, wir werden seine Absichten womöglich nie ganz durchschauen können. Er ist noch immer versteinert. Vielleicht bleibt sein Zustand sogar dauerhaft.«

Elina schluckte hart. Wenn die Versteinernden Vollmilchkekse schon solch eine Wirkung hatten, wollte sie sich nicht ausmalen, was die Anderwärts-Werker noch alles hätten anrichten können …

Nun trat der zweite Anwärter vor und hielt ihnen ihren Notfallkoffer hin. »Der gehört wohl auch euch.«

Charlie reagierte als Erste und nahm ihm den Notfallkoffer ab.

»Und zu guter Letzt«, sagte die ältere Zuckermeisterin und Elina sah bereits, was der dritte Anwärter in den Händen hielt. »Geht der Zuckerperlenstab noch in euren Besitz über. Dieser Stab funktioniert nicht für jeden. Er wurde so konzipiert, dass er sich einen Besitzer aussucht und nach all den Jahren, die er anscheinend im *Erfinder-Emporium* zugebracht hat, bist das dann wohl du, Elina. Du solltest ihn jedoch mit Bedacht und Vorsicht benutzen, solange du nicht seine ganze Magie kennst.«

Elina nickte und der Anwärter übergab ihr den Apparillo.

»Vielen Dank!« Elina war überwältigt von so viel Freundlichkeit. Dadurch ermutigt, wagte sie sich vor, um eine Frage zu stellen. »Was passiert mit Herrn Schnotter?«

»Die Entscheidung des Conciliums schließt ihn ein. Er ist von jeder Anschuldigung gegen ihn befreit und wird sein ruhiges Leben in Belony weiterführen können.«

»Aber … was ist mit seinem Exil?«, hakte sie nach.

Herr Schnotter hatte mal davon gesprochen, dass es sein sehnlichster Wunsch war, seinen Ruf wiederherzustellen und in die magische Welt zurückzukehren …

»Das kann er euch selbst beantworten«, warf Frau Bonet ein. »Ihr könnt nun gehen. Verabschiedet euch gerne von Herrn Schnotter. Er wird noch einige Tage zum Genesen brauchen. Und dann führt euch Anwärter Benning zurück zu den vergänglichen Wegen. Damit seid ihr ja vertraut.«

Elina trat einen Schritt vor. Sie ließ ihren Blick über die Gesichter der Zuckermeister schweifen und sah Skepsis, Sorge, aber auch Zustimmung und Hoffnung in ihren Augen – doch egal, was diese mächtigen Süßigkeitenwerker auch in diesem Moment dachten, in einem waren sich wohl alle Anwesenden sicher:

Die Freundschaft zwischen einem Süßigkeitenwerker und zwei normalen Mädchen hatte am heutigen Tag die magische Welt ein kleines Stück besser gemacht.

»Danke«, wiederholte sie glücklich.

Zuckermeisterin Bonet lächelte. »Wir danken *euch.*«

Kapitel 35

Elina legte die Blumen auf das Grab nieder und trat zurück.

»Lilien mochte Maggie besonders gerne«, sagte Herr Schnotter. »Eigentlich mochte sie alle Blumen. Sie war jemand, der sich über die einfachsten Dinge freuen konnte.«

»Wir hätten Maggie gerne kennengelernt«, sagte Elina.

»Sie hätte euch alle gemocht«, meinte Herr Schnotter. »Eure Abenteuerlust hätte ihr wirklich gefallen. Ich könnte euch so viele verrückte Geschichten über sie erzählen.«

»Die würden wir gerne hören«, sagte Charlie.

»Genau!«, stimmte Robin zu.

»Vielleicht erzähle ich euch bei eurem nächsten Besuch eine.«

»Das wäre schön«, sagte Elina.

Eine Weile standen sie in Stille da, hörten dem Rauschen des Windes zu und leisteten Herrn Schnotter einfach nur Gesellschaft. Schließlich räusperte er sich.

»Ich habe Maggie unfassbar geliebt«, sagte er leise. »Wir sind hier in Belony zusammen zur Schule gegangen und einige Jahre später, als es mein größer Herzenswunsch wurde, sie für immer an meiner Seite zu haben, und ich wusste, dass es ihr ebenso ging, weihte ich sie in die Geheimnisse der Magie ein. Es dauerte nicht lange, da wurde sie zu einer Hüterin. Als wir heirateten, war unser Glück perfekt.«

Kurz wurde es still, als Herr Schnotter pausierte.

»Ich war damals Anwärter auf einen Zuckermeister-Posten, gemeinsam mit Vivien Aldrics Vater Edward. Zu dieser Zeit zog die Anderwärts-Gesellschaft immer mehr Aufmerksamkeit auf sich. Es gab Überfälle auf Süßigkeitenwerker in wichtigen Positionen und Diebstähle wertvoller Apparillos – und dabei hinterließen die Anderwärts-Werker ihr Wappen wie eine Warnung. Im Museum, wo auch Mortimer arbeitete, wurde die Anderwärts-Gesellschaft ein immer größeres Thema. Zeitgleich wurden Gerüchte über eine mächtige Rezeptur laut, die angeblich im Besitz der Zuckermeister war und eine so starke Magie beinhaltete, dass sie jedes Problem aus der Welt schaffen konnte. Mortimer war wie besessen von der Vorstellung einer solchen Rezeptur – aber ich hielt es für nichts Ungewöhnliches, denn die Zuckermeister besitzen mehr als nur eine mächtige Rezeptur.«

Herr Schnotter ließ den Blick zurück zum Grab seiner Frau schweifen. »Für mich waren andere Dinge wichtiger als irgendwelche Rezepturen. Die Ernennung zum Zuckermeister kurz darauf, die ich gemeinsam mit Edward Aldric erhielt. Meine Frau Maggie, die mittlerweile neue Hüter unterrichtete, und unser gemeinsames Leben in Belony, an dem für mich einfach alles perfekt war. Und als Mortimer eine Stelle im *Erfinder-Emporium* erhielt und wir uns aus den Augen verloren, dachte ich nie wieder an diese mächtige Rezeptur – bis Maggie schwer krank wurde.«

Elinas Herz pochte schneller, denn sie wusste, dass es für Maggie nicht gut endete. Auch, dass Herr Schnotter ein Zuckermeister gewesen war, versetzte sie in Aufregung.

»Ich wollte nicht glauben, dass ich ihr mit meiner Magie nicht helfen durfte – oder es konnte. Es war das erste Mal, dass ich die Welt der Süßigkeitenwerker verfluchte. Tag und Nacht hockte ich im Saal des sagenhaften Wissens und suchte nach einer Lösung.« Herr Schnotter wirkte gequält, als er von alldem sprach. »Und da kamen mir Mortimers Erzählungen von den Seiten wieder in den Sinn. Als Zuckermeister wusste ich inzwischen, wo man die mächtigsten Rezepturen aufbewahrte. Doch diese war auf gefährliche Art besonders und als ich sie dann zu Gesicht bekam, wurde mir klar, dass diese Magie keine Probleme löste, sondern nur verursachen würde.«

Die Finger des alten Herrn schlossen sich fester um seinen Stock. »Wenige Wochen später starb Maggie und ich stand völlig neben mir … ich war oft in einem Pub in der Bittersüßen Allee unterwegs, um mich von meinen Sorgen abzulenken, da hörte ich sie reden. Mortimer und ein paar andere. Sie sprachen über diese besondere Rezeptur und von einem Zuckermeister, der zur Anderwärts-Gesellschaft übergelaufen war und sie ins Museum bringen würde. Zu hören, wie diese Süßigkeitenwerker den Diebstahl dieser Rezeptur planten, rüttelte mich wach. Mir wurde klar, dass ich die Seiten stehlen musste, damit sie niemand in die Finger bekam. Denn mit einem Mal wusste ich nicht mehr, wem unter den Zuckermeistern noch zu trauen war.«

»Sie wollten nicht, dass jemand Schaden nimmt«, sagte Elina mitfühlend.

Herr Schnotter nickte. »Ich befürchtete, die Rezeptur wäre nicht mehr sicher im Museum – und ich sollte damit recht behalten. Doch dann passierte so viel auf einmal: mein Diebstahl der Seiten, das Große Zerwürfnis und dessen Folgen, wie die Verbannung der Hüter. Maggies Erbe schien plötzlich für immer verloren.«

»Das war nicht Ihre Schuld«, sagte Charlie. »Der Diebstahl der Seiten hat immerhin verhindert, dass die Anderwärts-Gesellschaft sie in die Finger bekommen konnte!«

»Ja«, stimmte Robin zu. »Das war richtig heldenhaft!«

Herrn Schnotters traurige Miene blieb unverändert. »Für mich hat es sich nie ganz richtig angefühlt … ich habe damals lange überlegt, wo ich die Rezeptur verstecken könnte, und mich an eine Geschichte von Maggie über das Unfehlbare Uhrwerk der Madame Picot erinnert. Ein Apparillo, der ein Geheimnis wahren kann und es bis zum richtigen Tage beschützt. Ich konnte mir nicht erklären, wieso er nach all den Jahrzehnten im *Bittersüß* ausgerechnet für mich funktionierte, aber so war es.«

»Aber haben die Zuckermeister Sie denn nicht verfolgt?«, fragte Charlie. »Wenn Sie mit Maggie in Belony gelebt haben, dann wussten die Zuckermeister doch, wo man Sie finden kann. Wurden Sie denn nie für Ihre Tat verurteilt?«

»Manchmal ist das beste Versteck eins, das genau vor der Nase des Betrachters liegt«, erklärte Herr Schnotter. »Die Zuckermeister haben mich gefunden. Ich wurde festgenommen, für geraume Zeit eingesperrt, wurde mithilfe von magischen Süßigkeiten befragt … aber da war noch dieser

Funke in mir, die Erinnerungen an Maggie, die meinen Lebenswillen gestärkt haben, und ich schaffte es, mich der Magie zu widersetzen und mein Geheimnis zu bewahren.«

Elina erschauderte bei der Vorstellung, was Herr Schnotter alles mitgemacht hatte. »Wieso haben die Zuckermeister Sie wieder gehen lassen und Ihnen sogar geholfen, sich in Belony versteckt zu halten?«

»Manchmal frage ich mich dasselbe«, sagte Herr Schnotter. »Wieso sie mich nicht für immer in eine ihrer Zellen gesperrt haben … aber ich denke, die Antwort doch irgendwie zu kennen: Als Zuckermeister habe ich viel für das Concilium getan, über etliche Jahre hinweg. Die meisten im Museum kannten mich seit meiner Ausbildung und ich schätze, dass einen Großteil seines Lebens der Wahrung des Picot-Pakts zu widmen, auch etwas wert gewesen ist. Und nicht zu vergessen, dass Roderick Bonet, ein Zuckermeister, sich für mich verbürgt hat.«

Wenn Elina Herrn Schnotter so reden hörte, war sie zutiefst beeindruckt. Er hatte so viel erlebt, so viel geleistet … und sie hoffte, dass er ihnen in Zukunft noch viel mehr über sein Leben als Zuckermeister erzählen würde.

»Bonet?«, fragte Elina. »So wie in Zuckermeisterin Bonet?«

»Ja. Er war nur wenige Jahre älter als ich, als er mein Lehrer wurde, und als wir einmal gemeinsam im Auftrag der Zuckermeister unterwegs waren, gab es einen Zwischenfall, bei dem ich ihm sozusagen das Leben gerettet habe.«

»Wie kann man denn jemandem sozusagen das Leben retten?«, fragte Robin.

Herr Schnotter schmunzelte, überging die Frage aber. »Er hat mich ausgebildet und uns verband eine enge Freundschaft. Besonders nachdem ich zum Zuckermeister ernannt wurde und wir Seite an Seite arbeiteten. Ich denke, er hat sich für mich eingesetzt, dafür gesorgt, dass ich ins Exil geschickt wurde. Und vielleicht hat Roderick ebenfalls geglaubt, dass meine Tat eine gute Seite gehabt hatte.«

»Aber Sie haben den Zauber gebrochen, um in die Allee zu reisen«, sagte Charlie.

»Das habe ich«, sagte Herr Schnotter. »Denn der Auftrag, den Frau Bonet mir erteilt hat, war von großer Wichtigkeit – wichtiger, als verborgen zu bleiben.«

Elina öffnete den Mund, aber er schüttelte den Kopf. Natürlich … darüber durfte er nicht sprechen, das hatte er bereits in der Heilenden Halle zu ihnen gesagt.

»Was für eine Geschichte«, sagte sie schließlich.

»Was für eine Geschichte«, wiederholte Herr Schnotter.

Für einige weitere Minuten blieben sie noch am Grab stehen, dann wandten sie sich ab und schlenderten Richtung Tor. Robin und Charlie fingen an, sich darüber zu kabbeln, wer den Koffer bei sich aufbewahren durfte, und liefen dabei weiter, ohne zu merken, dass Elina stehen blieb.

Sie drehte sich noch einmal zu Maggies Grab um.

Herr Schnotter hielt ebenfalls inne. »Ich vermisse sie so sehr.«

Elina lächelte ihn an. »Maggie wäre sicher stolz auf Sie.«

»Sie wäre stolz auf uns alle«, sagte Herr Schnotter. »Warte mal einen Moment.« Er griff in die Brusttasche seiner Weste und zog eine Anstecknadel heraus, deren Symbol Elina inzwischen sehr vertraut war. »Die habe ich lange aufbewahrt. Sie gehörte einst Maggie und ich … ich möchte sie dir geben.«

Elina blinzelte ungläubig. »Das … das kann ich doch nicht annehmen!«

Herr Schnotter klemmte sich seinen Gehstock unter den Arm, um beide Hände frei zu haben, und beugte sich zu Elina. Mit zittrigen Fingern steckte er die Anstecknadel mit dem Hüterstern an den Kragen ihrer Jeansjacke.

Elina hatte vor Rührung einen Kloß im Hals. »Aber, Herr Schnotter …«

»Genau da gehört sie hin«, sagte er. »Weißt du noch, was ich zu dir gesagt habe, als ihr in den Kampf gegen Vivien Aldric gezogen seid, als sie noch Althea war?«

»Dass ich mich daran erinnern soll, dass ich etwas habe, was sie nicht hat.«

Herr Schnotter lächelte Elina an. »Vergiss es niemals, ja?«

Elina blickte zu Charlie und Robin, die am Tor des Friedhofs stehen geblieben waren und zu ihnen hinüberschauten. Sie winkten ihr und Herrn Schnotter zu.

»Haltet ihr ein Kaffeekränzchen?«, rief Charlie frech.

»Na, geh schon«, sagte Herr Schnotter.

Elina schloss ihn fest in die Arme. »Danke. Für alles.«

Dann lief sie zu ihren Freunden. Doch ehe sie langsam vorausgingen, vielleicht sogar schon ins nächste Abenteuer, berührte Elina die Anstecknadel. Sie strich mit dem Finger darüber und flüsterte leise: »Wir werden dich stolz machen, Maggie.«

Sie hakte sich bei Charlie und Robin ein. »Was ist unser Talent?«

»Freundschaft!«, riefen sie im Chor.

Und dann begannen sie alle zu lachen.

Danksagung

Juhu! Wir alle dürfen den zweiten Zuckermeister-Band in den Händen halten! Mit Elina, Charlie und Robin in ein weiteres Abenteuer abzutauchen, hat mich unfassbar glücklich gemacht – und ich hoffe, es geht euch genauso. Zwischen diesen Buchdeckeln steckt die Magie wahren Zusammenhalts, die ich beim Schreiben auch spüren durfte – denn ein Buch ist nur so gut wie das Team, das dahintersteht …

Danke an die lieben Leute hinter den Kulissen des Arena Verlags (Deborah, Verena und Elena sind nur einige davon) für die Unterstützung in so vielen Bereichen! Danke an meine wundervolle Lektorin Laura, die sich mit ihren konstruktiven, witzigen und lehrreichen Kommentaren für immer einen besonderen Platz in meinem Herzen gesichert hat. Deinen magischen Pfefferminzatem der Macht möchte ich nicht mehr missen. In dir steckt viel mehr als nur eine Zuckermeisterin!

Vielen Dank an meinen Agenten Niclas Schmoll! Du gibst mir immer die besten Ratschläge und lachst mit mir – auch wenns mal wieder in meinem Kopf regnet.

Für das zauberhaft-schöne Cover und die Wow-ich-kann-mich-nie-dran-sattsehen-Innenillustrationen gilt der lieben Viktoria Gavrilenko mein ewiger Dank.

Einen Koffer voller magischen Süßigkeiten hätten außerdem alle meine Freunde verdient, die mir immer wieder aufs Neue beweisen, dass Freundschaft wirklich ein Talent ist, das wir alle im Herzen tragen. Fabian, du bist einer der wichtigsten Menschen in meinem Leben und stets für mich da. Wenn ich eine Schokomünze für den Wunsch-O-Mat hätte, würde ich mir dasselbe wie Elina wünschen: dass wir immer Freunde bleiben. Eva, ich bin froh, dich zu haben, und du bist auf die allerschönste Weise meine »Soul-Sister«. Ich brauche keine Tarotkarten, um zu wissen, dass wir unseren Weg durch diese Welt immer gemeinsam gehen werden.

Eine Süßigkeitenhüter-Anstecknadel hätten zudem verdient: Carina, die beste »Baffy« der Welt. Liz, die mich ermutigt, meinen Träumen zu folgen. Lisa R. und Jenny, denn ihr seid die einzig wahren Elinas und ich kann euch gar nicht genug für euren nie endenden Support danken! Steffi H., unsere »Musketier-Mama«, die allzeit bereit ist, zu helfen und uns alle anzufeuern! Ann-Kathrin, deren Voicemails-des-Glücks mir viel bedeuten. Und natürlich noch Sophie und Kyra – danke für all die Lacher und schönen Gespräche und das chaotisch-coole Brainstorming, das zur Erfindung des Zielsicher-Zitronenriegels geführt hat! Außerdem Laura K. und Bianca, die mich schon sehr lange auf meinem Weg begleiten.

Danke auch an Cristina H., Alena und Lisa L. – ihr drei seid ganz wunderbare Freundinnen, mit denen ich mich so, so gerne austausche! Nicht zu vergessen, die liebe Lucy Astner, die für mich mit ihrer Potzblitz-Whoop-Power einfach ein großes Vorbild ist.

Eine Runde Applaus verdienen außerdem meine fantastischen Testleser: Solveig, Sina, Leo, Julia, Carina und Vanni – ihr seid das wahre Süßigkeiten-Squad!

Zu guter Letzt danke ich noch meiner Familie, die meine verrückten Anwandlungen, chaotischen Ideen und seltsames Gerede über meine Buchfiguren mit einem Lächeln über sich ergehen lässt. Ganz besonders Steffi, meiner Schwester, mit der sich jeder Moment, den wir zusammen verbringen, schöner anfühlt als ein Besuch in der Bittersüßen Allee. Ich habe euch alle sehr lieb!

Ein zuckertastisches Danke auch an DICH! Dafür, dass du Elina, Charlie und Robin ein weiteres Mal beigestanden hast! Ich bin für jeden einzelnen Menschen da draußen dankbar, der es mir möglich macht, Geschichten zu erzählen.

Wo auch immer die Reise als Nächstes hingeht – ich hoffe, ihr seid dabei!

Alles Liebe,
eure Tanja

Tanja Voosen

Die Zuckermeister

Der magische Pakt

In der Kleinstadt Belony glaubt man noch an echte Wunder. Nur Elina hält das alles für Unsinn. Bis ihrer nervigen Nachbarin Charlie eine Schokolade in die Hände fällt, die eine seltsame Wirkung hat. Plötzlich ist Elina sich sicher: Charlie wurde verzaubert! Hilfe bekommen die Mädchen ausgerechnet vom verschlossenen Robin. Seine Familie gehört zu den Süßigkeitenwerkern – Menschen mit der Fähigkeit, magische Süßigkeiten herzustellen, um anderen damit zu helfen. Und deshalb weiß Robin: Die Einzigen, die Charlie helfen können, sind die geheimnisvollen Zuckermeister. Doch auf der Suche nach diesen lauern überall Gefahren für Elina, Charlie und Robin. Denn nicht jeder hält sich an den Pakt, die magischen Süßigkeiten nur zum Guten einzusetzen …

Arena

Auch als E-Book und als Hörbuch
bei Arena audio erhältlich

Band 1
272 Seiten • Gebunden
ISBN 978-3-401-60533-3
www.arena-verlag.de

R
C
E